ein Ullstein Buch

Vom selben Autor
in der Reihe der
Ullstein Bücher

PM u. d. Schatz im Schuhkarton (1131)
PM und die müde Mücke (1364)
PM und der letzte Kuß (1435)
PM u. d. Geständnis im Dunkel (1468)
PM und die heisere Schwalbe (1472)
PM und die Affen auf Seide (1481)
PM und der zornige Zeuge (1497)
Das Rätsel d. sprechenden Glocke (1509)
Das Rätsel der tanzenden Jacht (1521)
Nägel mit Köpfchen (1526)
Das Rätsel der tickenden Kerze (1538)
Das Rätsel der ertrunkenen Uhr (1551)
PM und das halbierte Haus (1557)
PM und der tote Skipper (1591)
PM und die krumme Kerze (1598)
PM und die toten Augen (1609)
PM und der blonde Bluff (1625)
PM u. d. Mädchen m. d. grünen Augen (1642)
Das Rätsel d. rauchenden Lampe (1648)
PM und die vollschlanke Nixe (1660)
PM und der Tote im Rollstuhl (1678)
PM u. d. lustlose Liebhaber (1690)
Gleiche Kaliber (1715)
PM u. d. amouröse Tante (1727)
PM u. d. liebliche Lady (1738)
PM u. d. Mord ohne Leiche (1745)
PM u. d. schweigende Braut (1757)
PM u. d. Scheidungsgrund (1769)
PM u. d. Leiche im Laub (1786)
PM und die rote Kaffeedose (1804)
PM und die bestochenen Zeugen (1816)
PM und die fünfzig Päckchen (1840)
PM und die Katze mit dem Goldfisch (1852)
PM und das Mädchen mit der Narbe (1870)

Auch von E. St. Gardner = A. A. Fair erschienen in derselben Reihe zahlreiche Bücher

Ullstein Buch Nr. 1888
im Verlag Ullstein GmbH,
Frankfurt/M – Berlin – Wien
Titel der amerikanischen
Originalausgabe:
The Case of the Beautiful Beggar

Übersetzt von Ingeborg Hebell

Neuauflage der deutschen
Originalausgabe

im Verlag Ullstein GmbH,
Frankfurt/M – Berlin – Wien

Umschlagfoto: Three Lions,
New York
Printed in Germany 1978
Gesamtherstellung:
Ebner, Ulm
ISBN 3 548 01888 2

CIP-Kurztitelaufnahme
der Deutschen Bibliothek

Gardner, Erle Stanley

Perry Mason und der letzte Brief:
klass. Krimi. – Neuaufl. d. dt. Orig.-
Ausg. – Frankfurt/M, Berlin, Wien:
Ullstein, 1978.
(Ullstein-Bücher; Nr. 1888: Ullstein-
Krimi) Einheitssacht.: The case of the
beautiful beggar ‹dt.›
ISBN 3-548-01888-2

Erle Stanley Gardner

Perry Mason und der letzte Brief

Klassischer Krimi

ein Ullstein Buch

Wegen der Bedeutung der forensischen Medizin im täglichen Leben, wegen seiner wichtigen Rolle bei der Aufklärung so vieler Verbrechen, wegen seiner Entwicklungs- und Pionierarbeit auf dem Gebiet der Serologie widme ich dieses Buch meinem Freund Tanemoto Furuhata, M. D., M. J. A., Professor emeritus der Universität von Tokio.

ERLE SATANLEY GARDNER

(Aus dem Vorwort der Originalausgabe)

1

Della Street, Perry Masons Sekretärin, sah den Anwalt flehend an. »Bitte sprechen Sie doch mit ihr, Chef.«

Mason runzelte die Stirn. »Ich habe diesen Termin um 10.30 Uhr, Della, und bevor ich den Mann sehe, will ich noch – na schön, ich will Ihnen die Laune nicht verderben. Was ist denn mit ihr los?«

»Sie ist gerade aus dem Fernen Osten wieder in Los Angeles eingetroffen, kam über Honolulu. Sie hat einen Brief von ihrem Onkel erhalten, wonach sie sich sofort nach ihrer Rückkehr mit Ihnen in Verbindung setzen soll, und zwar noch ehe sie nach Hause geht.«

»Aber warum hat sie nicht telegrafisch um einen Termin gebeten?« fragte Mason.

»Darauf ist sie wohl nicht gekommen. Sie mag etwa 22 Jahre alt sein und scheint ein bißchen naiv; sie ist zurückhaltend, spricht leise und sehr verstört.«

»Und sie sollte mich bei ihrer Ankunft aufsuchen?«

»Ja. Ihr Onkel, Horace Shelby, hat ihr einen Brief geschickt, und –«

»Was steht drin?«

»Weiß ich nicht. Sie sagt, er habe ihr verboten, diesen Brief auch nur einer Menschenseele zu zeigen – außer Perry Mason.«

Mason seufzte. »Holen Sie sie herein. Ich werde nur das Wesentliche mit ihr besprechen und muß sie dann schnell loswerden ...«

Wie der Blitz schoß Della ins Vorzimmer.

Mason erhob sich lächelnd, als sie mit einem hübschen jungen Mädchen wieder eintrat.

»Dies ist Daphne Shelby«, stellte sie vor, und freundlich zu Daphne gewandt: »Und dies ist Mr. Mason.«

Daphne murmelte scheu einen Gruß, öffnete ihre Handtasche, nahm einen Brief heraus und sagte: »Haben Sie Dank für Ihre Freundlichkeit, Mr. Mason. Ich hätte wohl telegrafieren sollen, aber ich war völlig durcheinander ... Ich will versuchen, mich so kurz wie möglich zu fassen.«

Della reichte Mason Brief und Umschlag.

Der Anwalt hielt das Kuvert einen Moment in Händen und sah Daphne prüfend an.

»Wollen Sie sich nicht setzen?« fragte er.

Etwas unsicher nahm sie auf dem geradlehnigen Stuhl vor seinem Schreibtisch Platz anstatt auf dem bequemen Ledersessel, den sich die Mandanten gewöhnlich aussuchten.

Mason betrachtete sie nachdenklich. »Wie alt sind Sie?«

»Zweiundzwanzig.«

»Sie wollen mich Ihres Onkels wegen sprechen?«

»Ja. Wegen Horace Shelby.«

»Wie alt ist er?«

»Fünfundsiebzig. Ich bin die Tochter von Robert Shelby, der achtzehn Jahre jünger war als Horace.«

»Lebt Ihr Vater noch?«

»Mein Vater und meine Mutter starben bei einem Autounfall, als ich erst ein Jahr alt war. Onkel Horace ließ mich holen und zog mich auf.«

»Ist er verheiratet?«

»Nein, er ist Witwer, aber er hatte eine großartige Haushälterin. Sie war wie eine Mutter zu mir.«

»Ist sie noch bei ihm?«

»Sie starb vor zwei Jahren ... Bitte, Mr. Mason, ich glaube, wenn Sie diesen Brief lesen, werden Sie verstehen, wie dringend das alles ist.«

Mason entfaltete das Schreiben, das den Vermerk »Eilbrief« trug.

Es war mit Tintenfeder und in der verkrampften, zittrigen Handschrift eines Menschen geschrieben, dessen Reflexe altersbedingte Unregelmäßigkeiten aufweisen.

Es lautete:

»Liebe Daphne, komm nicht nach Hause, bevor Du getan hast, was ich Dir auftrage. Laß keinen Menschen wissen, daß Du von mir gehört hast. Ich werde Dich nicht vom Schiff abholen können. Nimm ein Taxi und fahre so schnell wie möglich zu Perry Masons Anwaltsbüro. Er soll mit Dir zur Bank gehen, den beigelegten Scheck einlösen und das Geld für Dich so verwahren, daß niemand es finden kann.

Wenn Du das erledigt hast, komm nach Hause und versuche, ruhig zu bleiben. Und mache Dich auf einen Schock gefaßt.

Bitte Perry Mason, ein Testament aufzusetzen, in dem ich alles Dir hinterlasse. Ich möchte eine Kurzfassung, und er soll sie so schnell vorbereiten, wie er nur kann. Er soll zu mir ins Haus kommen, wenn sie zur Unterschrift fertig ist, und die nötigen Zeugen mitbringen. Niemand außer Mason und den Zeugen darf wissen, daß er ein Testament für mich aufgesetzt hat oder daß ich es unterschrieben habe. Größte Verschwiegenheit ist notwendig.

Denke bitte daran, Daphne, was auch geschieht: Ich liebe Dich wirklich sehr. – Dein Onkel Horace.

Mason las den Brief und runzelte die Stirn. »Klingt wie ein Hilferuf. Haben Sie eine Ahnung, was da los ist?«

»Außer dem, was in dem Brief steht, weiß ich gar nichts. Er wurde nach Honolulu gesandt; ich bin drei Monate auf Ferien in Hongkong gewesen. Sie glaubten, ich brauchte Erholung.«

»Wer ist ›sie‹?«

»Onkel Borden und sein Freund.«

»Borden Shelby?« fragte Mason.

»Nein, er heißt Finchley. Er ist Onkel Horaces Halbbruder. Er und seine Frau besuchten Onkel Horace. Er brachte seinen Freund mit, Ralph Exeter. Und weil Tante Elinor auch da war, schlugen sie vor –«

»Tante Elinor?«

»Sie ist Bordens Frau und wollte sich um den Haushalt kümmern. Sie fanden, ich sei sehr abgearbeitet und brauchte eine gründliche Erholung. Ich sollte eine Seereise machen und mich um nichts kümmern außer um mich selbst.«

»Und Sie waren mehrere Wochen fort?«

»Fast drei Monate.«

Mason streckte beiläufig die Hand aus. »Da lag noch ein Scheck bei?« fragte er.

Sie reichte ihm das Papier. »Hier ist er.«

Mason sah sich den Scheck an, richtete sich plötzlich im Stuhl auf, kniff die Augen zusammen und sah noch einmal hin. »Dieser Scheck lautet über 125 000 Dollar!«

»Ich weiß«, erwiderte Daphne. »Und ich verstehe überhaupt nichts mehr.«

Mason verzog den Mund. »Ganz offensichtlich macht irgend etwas Ihrem Onkel Sorgen.« Er sah auf seine Uhr. »Also gut«, sagte er,

»gehen wir zur Bank, und lösen wir den Scheck ein. Sind Sie dort bekannt?«

»O ja. Ich habe die Bankangelegenheiten immer für meinen Onkel erledigt.«

»Und sein Guthaben reicht aus, um diesen Scheck einzulösen?«

»Ja. Bei meiner Abreise waren etwa 145 000 Dollar darauf. Ich führe seine Bücher und schreibe seine Schecks aus.«

»Aber er unterzeichnet sie?«

»Gewiß.«

Mason sah etwas gequält zu Della Street hinüber. »Dieser Termin um 10.30 Uhr, Della«, sagte er. »Erklären Sie dem Mann, ich sei in einer dringenden Sache kurz aufgehalten worden ... Aber was soll mit dem ganzen Geld geschehen, Daphne? Sie können diese Summe doch nicht bei sich tragen.«

»Nein, nein. Im Brief steht ja, Sie möchten es für mich so in Verwahrung nehmen, daß ich heran kann, aber niemand anderer es findet.«

Damit schien Mason nicht einverstanden. »Ich glaube kaum, daß sich das machen läßt. Aber bis wir festgestellt haben, um was es sich überhaupt handelt, werde ich das Geld wohl für Sie verwahren können. Haben Sie Bargeld bei sich?« fragte er, schon an der Tür.

»Leider nicht. Onkel Horace hatte mich mit Reiseschecks versorgt, als ich abfuhr. Es war aber alles viel teurer als vorgesehen. Ich löste meinen letzten Reisescheck in Honolulu ein und besaß gerade noch genug Geld für ein Taxi hierher. Das Taxi für die Heimfahrt muß ich von dem Scheckgeld bezahlen. Sehen Sie«, setzte sie entschuldigend hinzu, »ich hatte damit ja nicht gerechnet, und die Fahrt zu Ihnen hat schon viel mehr gekostet als – na ja, ich bin völlig abgebrannt.«

»Verstehe«, sagte Mason. Als sie über den Flur zum Fahrstuhl gingen, fragte er: »Ihr Onkel ist wohlhabend?«

»Ziemlich«, erwiderte sie. »Das heißt, ich nehme es an. Er besitzt einige Grundstücksaktien, Obligationen und Wertpapiere, dazu eine große Summe Bargeld.«

»Scheint so«, meinte Mason. »Und warum läßt er den großen Betrag auf seinem Konto?«

»Um ihn jederzeit rasch investieren zu können, ohne erst Wertpapiere verkaufen zu müssen.«

Sie fuhren hinunter und gingen zwei Straßen weiter zur Bank. »Kennen Sie einen der Herren an den Schaltern?«

»O natürlich, ich kenne mehrere. Da drüben sitzt Mr. Jones. Vor seinem Fenster wartet nur eine kurze Schlange.«

Sie stellte sich dort an, Mason blieb neben Daphne.

Als sie an der Reihe war, unterzeichnete sie den Scheck und schob ihn durch das Schalterfenster.

»Hallo, Daphne«, rief der Kassierer und nahm den Scheck. »Eine Einzahlung?«

»Nein, ich möchte diesen Scheck einlösen«, erwiderte sie.

Der Kassierer öffnete ein Schubfach. »In Ordnung. Wie möchten Sie das Geld? In –« Er sah nochmals auf den Scheck nieder, erstarrte und sagte: »Entschuldigen Sie mich bitte einen Moment.«

Er verließ den Schalter und kam kurz darauf mit dem Hauptkassierer zurück.

Der warf einen Blick auf Daphne und erkannte dann Perry Mason.

»Nanu! Guten Tag, Mr. Mason«, grüßte er.

Mason erwiderte den Gruß.

»Gehört er zu Ihnen?« wandte sich der Hauptkassierer an Daphne.

Sie nickte.

Er gab ihr den Scheck zurück. »Tut mir leid, Daphne, aber er ist nicht gedeckt.«

»Nicht gedeckt?« fragte sie fassungslos. »Aber wieso, es muß doch genug Geld da sein. Als ich abfuhr, war –«

»Es ist auf Grund eines Gerichtsbeschlusses abgehoben und an einen Vormund überwiesen worden. Ich denke, Sie sprechen am besten mit Ihrem Onkel. Mr. Mason kann Ihnen erklären, was geschehen ist.«

»Da bin ich nicht so sicher«, entgegnete Mason. »Wie ging die Sache vor sich?«

»Durch Gerichtsbeschluß wurde ein Vormund eingesetzt. Dieser ließ sich den Kontostand nennen, schrieb einen Scheck über diesen Betrag aus und ließ die Summe an ein Konto auf den Namen Borden Finchley überweisen.«

»Wann geschah das alles?« fragte Mason.

»Vorgestern.«

»Ich glaube, ich verstehe.«

Mitleid lag in den Augen des Kassierers, als er Daphne den Scheck zurückgab. »Es tut mir sehr leid«, sagte er und fügte hinzu: »Aber das ist auch ein etwas ungewöhnlicher Scheck.«

»Ich weiß«, gab sie zu. »Onkel Horace wollte es so.«

»Nun, es ist wohl besser, Sie sprechen mit ihm und diesem Borden Finchley . . . Kennen Sie ihn?«

»O ja, er ist mein Onkel – das heißt, er ist ein Halbbruder von Onkel Horace und bei ihm zu Besuch.«

Der Kassierer warf Mason einen scharfen Blick zu und wandte sich wieder an Daphne. »Sie waren verreist?« fragte er.

»Ja. Seit fast drei Monaten.«

»Offenbar ist inzwischen allerlei passiert«, meinte der Kassierer und bemerkte dann die Schlange, die sich hinter Daphne gebildet hatte. »Mr. Mason wird sich gewiß um Sie kümmern.«

Er lächelte ihr aufmunternd zu und wandte sich ab.

Mason nahm Daphnes Ellbogen. »Ich denke, Sie geben den Scheck besser mir, Daphne«, sagte er. »Und vielleicht bewahre ich auch lieber den Brief für Sie auf. Jetzt habe ich eine Verabredung, die ich unbedingt einhalten muß. Der Mandant wartet im Büro auf mich. Sie sollten ein Taxi nehmen und direkt nach Hause fahren, um mit Ihrem Onkel zu sprechen, falls das möglich ist. Sollte es nicht gehen, benachrichtigen Sie mich und –«

»Aber warum sollte ich nicht mit ihm reden können?« fragte sie.

»Ich weiß nicht. Er hat möglicherweise einen Schlaganfall oder etwas Ähnliches hinter sich. Sie wissen, in seinem Alter können solche Dinge passieren. Es scheint mir fast sicher, daß die Lage sich seit Ihrer Abreise drastisch verändert hat. Wenn Sie aus irgendeinem Grund Ihren Onkel nicht sehen können, kommen Sie sofort in mein Büro zurück. Rufen Sie vorher an, und geben Sie meiner Sekretärin, Miss Street, Bescheid.«

Daphnes Augen wurden vor Schreck dunkel. »Sie glauben, Onkel Horace ist . . .?«

»Ich weiß es nicht. Ihr Onkel war gesund, als er diesen Brief schrieb. Aber offensichtlich ist etwas geschehen. Vielleicht hat er Schwierigkeiten mit seinem Halbbruder.«

»Na«, erwiderte Daphne, »das könnte ich verstehen. Er hat sich über den Besuch überhaupt nicht gefreut.«

»Also gut. Hier sind zwanzig Dollar für Taxi und andere Ausgaben. Laufen Sie jetzt los. Ich gehe ins Büro zurück. Sie rufen Miss Street an. Geben Sie uns unbedingt Nachricht über die Lage bei Ihnen zu Hause.«

Der Anwalt klopfte ihr ermunternd auf die Schulter, hielt ein Taxi an und ließ sie einsteigen. Dann ging er die Straße hinunter zu seinem Büro.

Gerade, bevor Mason mittagessen gehen wollte, sagte Della Street:

»Sie ist wieder da, Chef.«

»Wer?«

»Daphne Shelby.«

»Ich will sie sprechen.«

Della nickte und brachte Daphne Shelby herein.

»Was ist, Daphne, schlechte Nachrichten?«

An ihren Augen sah man, daß sie geweint hatte. Sie schien stumm vor Schreck. »Sie haben etwas Furchtbares getan, Mr. Mason.«

»Wer?«

»Borden Finchley, Ralph Exeter und Elinor.«

»Und was?«

»Sie haben Onkel Horace weggebracht.« Sie brach in Tränen aus.

»Aber, aber. Fassen Sie sich, Daphne, und sagen Sie mir, was Sie mit ›wegbringen‹ meinen.«

»Sie haben ihn für unzurechnungsfähig, geisteskrank oder so erklären lassen. Das Haus haben sie übernommen, mein Zimmer abgeschlossen und mir eröffnet, ich müsse bis morgen abend all meine Sachen abholen. Und keiner will mir sagen, was los ist.«

»Also gut«, sagte Mason grimmig. »Setzen Sie sich. Wir müssen das aufklären.«

Er nahm den Hörer ab. »Rufen Sie bitte Paul Drake, Gertie, ich habe einen Fall für ihn.«

Er wandte sich zu Daphne. »Nun versuchen Sie mal, sich ein bißchen zu beruhigen, Daphne. Paul Drake ist Privatdetektiv, und zwar ein tüchtiger. Er hat sein Büro hier auf der Etage und wird in ein paar Minuten eintreffen. In der Zwischenzeit möchte ich noch etwas über den Hintergrund dieser Sache hören.«

»Was soll ich Ihnen erzählen?«

»Sie waren drei Monate im Orient?«

»Im Orient und an Bord des Schiffes. Ich habe eine lange Kreuzfahrt gemacht, Honolulu, Japan, Hongkong und Manila besucht, und dann ging es zurück.«

»Erhielten Sie unterwegs Post von Ihrem Onkel?«

»O ja.«

»Was für Post?«

»Nette, frohe Briefe.«

»Und als Sie in Honolulu eintrafen, kam dann dieses Schreiben hier?«

»Ja. Wenn ich es nicht so eilig gehabt hätte, an Land zu gehen, hätte ich den Brief schon während der Liegezeit des Schiffes bekommen. Dann hätte ich telefonieren, ein Flugzeug nehmen oder irgend etwas tun können. Aber auf der Hinfahrt hatte ich in Honolulu ein paar Bekanntschaften gemacht. Die Leute warteten auf mich, und so ging ich sofort von Bord, als wir landeklar waren, und kam erst kurz vor Abfahrt zurück. Zum Abschied stand ich mit meinen Bekannten an Deck, ehe ich in die Kabine hinunterging, wo der Brief auf mich wartete. Als ich ihn gelesen hatte, war das Schiff schon weit hinter Diamond Head. Irgendwie schien mir der Brief an sich gar nicht so bedeutsam. Ich glaubte, Onkel Horace sei etwas verzagt oder mutlos und wollte mir vielleicht eine Summe zukommen lassen, die – also, offen gesagt, Mr. Mason, ich dachte, es handelte sich um eine Steuerangelegenheit. Er wollte mir vielleicht in seinem Testament Geld hinterlassen, aber es sollte frei von Erbschaftssteuer sein.«

Mason schüttelte den Kopf. »Das wäre eine Schenkung auf den Todesfall gewesen. Nein, nicht zu diesem Zweck sandte er Ihnen den Scheck. Es fragt sich also – warum tat er es?«

»Dann weiß ich es wirklich nicht.«

»Und seine Briefe waren heiter und zuversichtlich?«

»Na ja. Wenn ich jetzt darüber nachdenke, klangen sie vielleicht an einigen Stellen etwas gezwungen. Doch, da Sie es jetzt erwähnen, fällt mir manches wieder ein. Sie waren irgendwie etwas eintönig – ich sollte wohl meine Reise genießen und vor meiner Rückkehr nichts erfahren.«

»Als Sie heute morgen nach Hause kamen, was –«

Der Anwalt brach ab, als Paul Drakes Klopfzeichen an der Tür ertönte.

Er nickte Della zu. Sie öffnete.

Paul Drake, groß, schlaksig, von trügerisch sanftem Benehmen, grüßte mit verständnisvollem Grinsen.

»Dies ist Daphne Shelby, Paul. Setz dich. Ich muß erst feststellen, was passiert ist. Wenn Daphne mir alles erzählt hat, werden wir Pläne machen. Ihr Bericht ist zu wichtig, um sie jetzt zu unterbrechen.«

Mason wandte sich wieder Daphne zu. »Was geschah, als Sie ins Haus kamen?«

»Ich war natürlich schrecklich in Unruhe und hatte es eilig, Onkel

Horace zu sehen. So wartete ich nicht lange, benutzte meinen Hausschlüssel, lief direkt hinein und rief: ›Huhuu! Hier bin ich!‹ Niemand antwortete. Ich schaute sofort in Onkel Horaces Zimmer, und es war leer, sein Schlafzimmer ebenso. Dann lief ich hinauf zu meinem Zimmer, aber das war abgeschlossen.«

»Hatten Sie einen Schlüssel dazu?« fragte Mason.

»Himmel, nein. Als ich abreiste, steckte innen ein Schlüssel, aber ich schloß nie ab.«

»Und jetzt war abgeschlossen?«

»Ja. Ich suchte also Onkel Borden oder Ralph Exeter, Tante Elinor oder sonst wen.«

»Und wen fanden Sie?«

»Tante Elinor.«

»Was passierte?«

»Tante Elinor lächelte und sagte: ›Hallo, Daphne. Hast du eine gute Reise gehabt?‹ Und ich antwortete: ›Ja. Aber was ist los? Wo ist Onkel Horace?‹ Sie erklärte mir: ›Dein Onkel Horace mußte fortgebracht werden. Er ist in einem Heim, wo er beste Pflege hat. Und wir nehmen natürlich an, auch du wirst so schnell wie möglich ausziehen wollen, wenn du deine Sachen gepackt hast.‹ Und dann lächelte sie mich eiskalt an und sagte: ›Wir haben dein Schlafzimmer verschlossen, damit deine Sachen in Sicherheit sind. Wir möchten, daß du bis morgen abend ausziehst, denn Borden hat die Absicht, das Haus möbliert zu vermieten. Es wird eine hübsche Summe einbringen.‹«

»Weiter bitte«, drängte Mason.

»Ich sah sie ganz fassungslos an und sagte: ›Aber es ist doch mein Heim. Hier habe ich schon gewohnt, als ich noch ein Baby war. Auf keinen Fall ziehe ich aus. Ich werde zu Onkel Horace gehen und ihn fragen, was das alles zu bedeuten hat.‹ Da wurde Tante Elinor plötzlich furchtbar böse. So habe ich sie noch nie gesehen. Kalt wie Granit war sie. ›Du wirst *nicht* bleiben, junge Dame!‹ sagte sie. ›Du hast deinen Onkel lange genug ausgesaugt.‹ Ich fragte sie: ›Was meinst du mit ausgesaugt? Ich habe doch für ihn gesorgt und war davon völlig erschöpft. Du selbst hast doch behauptet, ich hätte zu schwer gearbeitet und brauchte drei Monate Ferien.‹«

»Und was antwortete sie darauf?« fragte Mason.

»Sie sagte, in der Zwischenzeit hätte sie eine Menge über mich erfahren, und ihr Mann wäre jetzt Horace Shelbys Vormund und Verwalter seines Vermögens. Dieses Vermögen wolle er erhalten und verhindern, daß es verschwendet und verschleudert werde oder in die Hände von skrupellosen und berechnenden Menschen falle. Sie hätte Beweise für mein Vorhaben, Onkel Horace zu übervorteilen, und ich sei so scharf auf sein Geld, daß ich nicht einmal seinen Tod abwarten könne, sondern ihn schon die ganze Zeit ausgenommen hätte. Auch seine Haushälterin habe das vor ihrem Tod getan, weil ich mit ihr unter einer Decke gesteckt hätte.«

»Und dann?«

»Dann war ich schon in Tränen aufgelöst. Ich glaube, ich habe eine schreckliche Szene gemacht. Ich konnte mich nicht wehren, aber auch die furchtbaren Dinge nicht mehr anhören. Ich drehte mich um und lief aus dem Haus. Sie rief hinter mir hir, bis morgen abend müßte ich meine Sachen abgeholt haben, sonst würde sie selbst dafür sorgen.«

»Weiter bitte.«

»Ich fürchte, ich war hysterisch. Ich – ich konnte an nichts anderes denken, als so schnell wie möglich zu Ihnen zu fahren, weil ... weil eben alles so schrecklich war. Jetzt weiß ich, daß sie Heuchler sind, sich bei Onkel Horace wie die Maden im Speck einnisteten, seine Großzügigkeit und Gutmütigkeit ausnutzten und mich unter dem Vorwand verdrängten, ich müßte ausspannen und Ferien machen. Und kaum war ich fort, da haben sie ihm bestimmt so zugesetzt, daß es unerträglich für ihn gewesen sein muß. Weil er aber so viel von mir hält und auch wußte, daß ich Ruhe und Erholung brauchte, schrieb er mir nichts davon.«

Mason zog die Stirn in Falten. »Die Tatsache, daß Ihr Onkel Ihnen den Scheck sandte, läßt darauf schließen, daß er glaubte, noch etwas mehr Zeit zu haben, als es dann der Fall war. Oder er meinte vielleicht, Sie hätten ein Flugzeug nehmen können. Auf jeden Fall handelten diese Leute rascher, als er vorausgesehen hatte, und erwirkten offensichtlich einen Gerichtstermin.«

Mason winkte Della Street. »Rufen Sie bitte die Geschäftsstelle des Amtsgerichts an, Della, und stellen Sie fest, bei welcher Abteilung die Sache Shelby vorgestern verhandelt wurde, welcher Richter dem Antrag stattgab und wie der Fall zur Zeit steht.«

Dann wandte er sich Paul Drake zu. »Du mußt herausfinden, Paul, wo Horace Shelby sich jetzt befindet. Sie haben ihn sicher im Krankenwagen abholen lassen. Irgendein Arzt steckt möglicherweise mit im Komplott, und wahrscheinlich haben sie Drogen angewandt. Daphne«, fuhr er fort, »besitzt einer Ihrer Onkel oder Ihre Tante Erfahrung mit Medikamenten?«

»Ja, Tante Elinor ist ausgebildete Krankenschwester.«

»Dann verstehe ich«, sagte Mason finster. »Es gibt ja einige Präparate zur Beruhigung älterer Menschen, mit anderen wieder kann man sie völlig aus ihrem seelischen Gleichgewicht reißen. Ich fürchte, Daphne, Sie sind das Opfer eines umfangreichen Komplotts geworden... Wie hoch ist das Vermögen Ihres Onkels? Haben Sie eine Ahnung?«

Sie dachte nach. »Oh, mindestens eine Million Dollar. Wahrscheinlich mehr, wenn man seinen Grundbesitz, die Börsenpapiere und Obligationen hinzurechnet.«

Mason überlegte einen Moment und sagte: »Paul, du mußt etwas für mich herauskriegen. Du hast ja einen direkten Draht zu Bankkreisen. Vertrauliche Informationen werden sie dir zwar nicht geben, aber doch immerhin alle Auskünfte, die nicht unter die Geheimhaltung fallen. Und da stellst du bitte fest, was mit Horace Shelbys Konto passiert ist.«

Della, die inzwischen telefoniert hatte, berichtete: »Der Beschluß, durch den Borden Finchley zum Vormund für Horace Shelby bestimmt wurde, ist von Richter Ballinger vorgestern gefällt worden. Finchley wies sich entsprechend aus und nahm sofort alles in die Hand.«

»In Ordnung.« Mason sah auf seine Uhr. »Ich weiß zufällig, daß Ballingers Sekretärin bis 12.30 Uhr in der Kanzlei ist. Rufen Sie sie bitte an, Della, und fragen Sie, ob ich Richter Ballinger um 13.30 Uhr sprechen kann. Auf jeden Fall muß ich ihn sehen, bevor er heute nachmittag zum Gericht geht. Sagen Sie, es sei äußerst wichtig.«

Della nickte, telefonierte und berichtete Perry Mason wenig später: »Er wird erst kurz vor seinem Termin zurückerwartet, aber wenn Sie um 13.45 Uhr dort sind, können Sie ihn wenigstens ein paar Minuten sprechen, bevor er zur Sitzung geht.«

»Schön«, sagte Mason, »ich werde zu ihm gehen.«

Er drehte sich um und sah in Daphne Shelbys unglückliches Gesicht.

»Wo ist Ihr Gepäck?« fragte er.

»Noch im Taxi. Ich konnte es nicht ausladen, denn ich weiß ja nicht, wohin damit... All das kostet natürlich schrecklich viel. Ich lebe von geborgtem Geld und fürchte, ich habe keinen Cent auf meinem Konto.«

»Das kommt schon in Ordnung«, beruhigte Mason sie. »Wir werden uns vorläufig um Sie kümmern.«

»Ich werde schon irgendwo Arbeit finden. Aber das Ganze ist ein solcher Schock für mich.«

Mason wandte sich Della zu. »Nehmen Sie Miss Shelby mit, Della, und helfen Sie ihr, ein Zimmer in einem Hotel der Innenstadt zu finden. Holen Sie ein paar hundert Dollar aus der Kassette, damit Sie ausreichend mit Geld versorgt sind. Und geben Sie Daphne das Nötige für ihre Auslagen.«

»O nein, Mr. Mason«, protestierte Daphne, »das kann ich nicht annehmen. Ich möchte nicht als Bettlerin dastehen.«

Mason lächelte sie an. »Hören Sie auf zu jammern, Daphne. Wenn alle Bettlerinnen so hübsch wären wie Sie – es wäre eine wundervolle Welt ... Aber Sie sind keine Bettlerin. Sie sind eine Mandantin, und ich bin Ihr Anwalt.«

»Ich kann Ihnen aber vorläufig nicht das geringste zahlen, und es sieht bis jetzt nicht so aus, als ob ich es jemals könnte. Sagen Sie, wenn Onkel Horace ein Testament zu meinen Gunsten gemacht hat, und sie haben es gefunden und einfach verbrannt – was könnte man dagegen tun?«

Masons Gesicht wurde ernst. »Wahrscheinlich gar nichts«, erwiderte er, »sofern wir nicht beweisen können, daß ein solches Testament existiert hat und verbrannt wurde. Wissen Sie denn, ob er eins gemacht hat?«

»Er sagte mir einmal, er wolle es tun.«

»Sein Brief«, wandte Mason ein, »läßt darauf schließen, daß er es nicht getan hat. Ich muß Sie auf das Schlimmste vorbereiten, Daphne. Sie sind das Opfer einer sehr gerissenen Intrige geworden, eines uralten Komplotts. Ein reicher Mann hat Verwandte. Einige stehen ihm nahe, andere nicht. Diese letzteren besuchen ihn, nisten sich im Hause ein und drängen den nahestehenden Verwandten heraus. Sie benutzen seine Abwesenheit zu der Erklärung, der alte Mann sei geistesschwach und werde von skrupellosen und berechnenden Personen ausgebeutet. Sie lassen sich zum Vormund einsetzen, vernichten das Testament, das sie vielleicht finden, und sind so in der Lage, sein Vermögen unter sich aufzuteilen.«

»Aber kann er kein neues Testament machen?«

»Nicht wenn er für geschäftsunfähig erklärt worden ist«, sagte Mason. »Das ist der Dreh bei der Sache.«

»Wie kann man aber einen Menschen für geschäftsunfähig erklären lassen, wenn er im vollen Besitz seiner geistigen Kräfte ist?«

»Darin«, erklärte Mason, »besteht eben der teuflische Plan der

Leute. Stellen Sie sich einen Mann vor, der über eine gewisse Altersgrenze hinaus ist und an liebevolle, aufopfernde und loyale Behandlung gewöhnt war. Umgeben Sie ihn mit Menschen, die bereit sind, einen Meineid zu schwören, die ihn ständig reizen und vielleicht sogar Drogen anwenden – und der Mann wird Ihnen innerhalb kürzester Zeit unzurechnungsfähig vorkommen. Was ich aber hier befürchte, ist eine Falle, in die Ihr Onkel gegangen ist.«

»Was meinen Sie damit?« fragte sie.

»Diesen Brief an Sie«, erwiderte Mason.

»Wieso? Onkel Horace wollte wahrscheinlich einfach für mich sorgen, ganz gleich, was geschehen würde.«

»Natürlich wollte er das«, sagte Mason, »aber wenn die Leute zum Gericht gehen und behaupten, da ist ein Mann, der seiner Nichte einen Scheck über 125 000 Dollar ausstellt und ihr sagt, sie soll das Geld so aufbewahren, daß es niemand findet – nun, ein solcher Mann braucht eben einen Vormund.«

Daphnes Augen wurden groß und rund. »Sie meinen, sie haben diesen Brief benutzt –«

»Vielleicht«, unterbrach Mason. »Ich weiß es natürlich nicht, aber ich könnte es mir vorstellen. Und jetzt gehen Sie mit Della Street. Ich werde Mr. Drake ein paar Einzelheiten mitteilen. Er wird mit der Arbeit beginnen, und bis 14 Uhr habe ich mit Richter Ballinger gesprochen. Dann wissen wir schon eine Menge mehr.«

»Und was wird aus meinen Sachen zu Hause?« fragte Daphne.

»Die lassen Sie im Moment einfach dort, falls Sie nicht irgend etwas davon brauchen.«

»Aber ich sage Ihnen doch, ich habe nur bis morgen abend Zeit zum Ausziehen.«

»Morgen abend sind Sie vielleicht schon im Hause und die anderen draußen.«

»Oh, Mr. Mason, ich ... ich weiß nicht, wie ich Sie jemals bezahlen soll.«

»Das wird sich finden«, beruhigte Mason sie. »Vorläufig bedenken Sie nur, daß ich eine Amtsperson bin, ein Hohepriester im Tempel der Gerechtigkeit. Und Sie sind ein naives Individuum, das zum Opfer einer himmelschreienden Ungerechtigkeit wurde. Es ist mein Prinzip, so etwas auszugleichen. Und nun gehen Sie mit Della.«

Er nickte Della Street zu. »Sorgen Sie dafür, daß Daphne etwas zu essen bekommt, Della, und Sie selbst auch.«

3

Richter Ballinger hastete zwölf Minuten vor 14 Uhr in seine Kanzlei.

»Hallo, Perry«, sagte er. »Kommen Sie herein. Tut mir leid, daß ich so pedantisch mit der Zeit sein muß, aber ich hatte eine ziemlich wichtige Verabredung zum Mittagessen.«

Mason folgte dem Richter ins Zimmer und sah zu, wie dieser seine Robe anlegte.

»Ich habe um 14 Uhr einen Termin«, erklärte Ballinger. »Eine oder zwei Minuten kann ich ihn vielleicht hinausschieben. Was für Sorgen haben Sie?«

»Möglicherweise muß ich in einem Streitfall unter Ihrem Vorsitz auftreten, und ich möchte nicht Ihre oder meine Position in Frage stellen, indem ich den Fall jetzt diskutiere. Sehr gern würde ich aber etwas über den Sachverhalt und, falls möglich, über die Begründung des von Ihnen gefaßten Beschlusses erfahren.«

»Um welche Sache handelt es sich?«

»Um die Vormundschaftssache Horace Shelby.«

»Ach ja, den Fall habe ich vor zwei Tagen verhandelt«, bestätigte Richter Ballinger.

»Ich weiß«, erwiderte Mason.

Richter Ballinger sah ihn scharf an. »Ist da etwas nicht in Ordnung?«

»Lassen Sie uns ausschließlich über den Sachverhalt sprechen. Es geht mir um Ihre Einstellung.«

»Eine Vormundschaftssache zu besprechen, bin ich jederzeit bereit«, sagte Ballinger. »In solchen Fällen braucht das Gericht alle nur möglichen Informationen. Wohlgemerkt, ich wünsche in einer strittigen Sache keine Mitteilungen über Dinge, die Sie in der Beweisaufnahme vorbringen wollen, aber ich bin absolut bereit, Ihnen meinen Standpunkt zu erläutern. Horace Shelby ist ein alter Mann. Er ist konfus, darüber besteht kein Zweifel. Und er handelte widersprüchlich. Er war leicht erregbar, übermäßig gefühlsbetont, und offenbar schrieb er für eine junge Frau, die in seinem Hause gelebt hatte, einen Scheck über 125 000 Dollar aus. Nun, bei dieser Kombination hat man den Eindruck, es müsse etwas unternommen werden. Ich bestellte den Vormund nur auf beschränkte Zeit mit der Maßgabe, das Gericht könne jederzeit neu darüber befinden, wenn sich neue Tatbestände ergäben.« Der Richter schwieg und sah Mason an. »Und Sie glauben, es haben sich neue Tatsachen ergeben?«

»Das scheint zumindest möglich«, erwiderte Mason.

»Also gut. Der Beschluß wurde vorbehaltlich einer Überprüfung im Falle neuer Tatsachen gefaßt. Wäre es Ihnen morgen um 10 Uhr zu früh, diese vorzubringen?«

»Ich denke nicht«, sagte Mason.

»Also morgen früh um 10 Uhr – nein, Moment mal, ich habe ja schon einen Termin um 10 Uhr. Machen wir's also 9.30 Uhr. Horace Shelby werde ich nicht vorladen lassen, denn ich glaube, die Verhandlung hat ihn sehr aufgeregt. Ich werde alle neuen Tatsachen prüfen und den Beschluß, falls ich es für richtig halte, aussetzen oder abändern. Einverstanden?«

»Sehr«, stimmte Mason zu.

»Benachrichtigen Sie die Gegenseite über die Abkürzung des Verfahrens und alles Weitere. Und jetzt komme ich schon zwei Minuten zu spät.«

Er schüttelte Mason die Hand und eilte zum Gerichtssaal.

Mason verließ Ballingers Zimmer, fuhr in sein Büro zurück und ging durch das Vorzimmer.

Er nickte Gertie zu, der Empfangsdame, und fragte: »Ist Della zurück?«

»Seit ungefähr zwanzig Minuten.«

Mason betrat sein Zimmer.

»Wie war es, Della?«

»Alles okay«, meldete sie. »Das arme Ding brachte kaum einen Bissen herunter ... ist das nicht eine Teufelei?«

»So was kommt häufiger vor, als man glaubt.«

»Was haben Sie bei Richter Ballinger erreicht?«

Mason grinste. »Eine zusätzliche Verhandlung morgen früh 9.30 Uhr. Sorgen Sie dafür, daß die Gegenseite verständigt wird. Wer ist übrigens der gegnerische Anwalt in der Sache?«

»Denton, Middlesex & Melrose«, sagte sie. »Der Juniorpartner, Darwin Melrose, ist in der Sache erschienen.«

»Eine gute Firma«, stellte Mason fest. »Keiner von ihnen würde sich wissentlich auf einen faulen Fall einlassen. Die sehen sich eine Sache genau an, bevor sie sie übernehmen. Hat Paul Drake sich gemeldet?«

»Noch nicht. Er versucht noch, etwas von der Bank zu erfahren.«

»Gut. Machen Sie bitte diesen Bescheid fertig, und sorgen Sie für Zustellung. Rufen Sie auch Daphne an, und geben Sie ihr den Termin für morgen 9.30 Uhr durch. Sie soll schon um neun Uhr hier im Büro sein und kann mit mir zum Gericht gehen ... Sie sehen am besten heute abend mal nach ihr, Della, damit sie uns nicht ganz umfällt.«

Della nickte und fragte: »Wie stellt sich denn Richter Ballinger dazu?«

»Nun«, lächelte Mason, »als Richter will er natürlich nichts diskutieren, das ihm eventuell in einer strittigen Sache später als Beweis vorgetragen wird. Aber er ist nicht von gestern, und er weiß sehr wohl, daß Verwandte sich benehmen können wie das sprichwörtliche Kamel im Zelt, das zuerst den Kopf hineinsteckt und allmählich den Körper nachschiebt und die Zeltbewohner in die Kälte hinausdrängt.«

»Das hat er doch wohl nicht gesagt, oder?« fragte Della lachend.

»Nein, gesagt hat er es nicht, aber ich hatte den Eindruck, sein Juristengehirn arbeitete ziemlich flott.«

»Das könnte morgen eine interessante Verhandlung werden«, meinte Della.

»Könnte.«

Drakes Klopfzeichen ertönte an der Tür.

»Da ist Paul«, sagte Della. »Ich will nur schnell die Mitteilungen schreiben und herausgeben.«

Sie öffnete. »Kommen Sie herein, Paul. Ich muß eine eilige Sache tippen. Der Chef ist gerade zurückgekommen. Verhandlung morgen früh 9.30 Uhr.«

»Na, da habe ich ein paar Beweise für dich«, verkündete Drake.

»Welche?«

»Stanley Paxton, der Vizepräsident der Bank, engagiert sich mächtig für die Sache. Er will alles tun, was er kann.«

»Wird er aussagen?«

»Bestimmt. Wenn er weiß, daß morgen eine Verhandlung stattfindet, wird er kommen.«

»Weiter. Erzähl mir was über Paxton.«

»Er ist der Vizepräsident der Bank, der alle Aktivkonten überwacht, besonders die großen.«

»Wie gut kennt er Horace Shelby?«

»An sich nur durch die Korrespondenz. Den meisten persönlichen Kontakt hatte er mit Daphne.«

»Was hält er von ihr?«

»Er hält sie für das netteste Mädchen, das ihm seit langem begegnet ist, und schätzt sie als sehr geschäftstüchtig. Ferner meint er, Horace Shelby werde in einen Zustand manövriert, in dem er kein Testament mehr machen könne, das vor Gericht besteht. Und er findet, diese Verwandten, die Finchleys, haben sich nur auf dem Grundstück eingenistet, um was für sich herauszuholen.«

»Und was will Paxton nun bezeugen?«

»Daß Horace Shelby, sooft er ihn sah, genau gewußt zu haben schien, was er tat; daß er einige Male am Telefon über Investitionen mit ihm gesprochen habe und diese Gespräche so verliefen, wie man es bei einem durchschnittlich scharfsinnigen Geschäftsmann erwartete, und daß Horace Shelby größte Liebe und Zuneigung zu Daphne empfinde; daß er sich buchstäblich in jeder Hinsicht auf sie verlassen und sie Shelbys Interessen stets loyal wahrgenommen habe. Er will auch bezeugen, daß er niemals von Borden Finchley, Elinor Finchley oder deren Freund, Ralph Exeter, gehört habe, bis Daphne auf die Reise ging; daß Borden Finchley während ihrer Abwesenheit offensichtlich neugierig war. Er versuchte, Paxton über den Umfang von Shelbys Aktienkapital, Nettovermögen und so weiter auszuhorchen. Paxton sagt, er halte Borden Finchley für einen Gauner und Nassauer mit ausschließlich egoistischen Motiven.«

»Nun, das kann er natürlich nicht beweisen«, wandte Mason ein.

»Nicht mit diesen Worten«, gab Drake zu, »aber Paxton ist ein recht cleverer Mann. Wenn du ihn im Zeugenstand über Horace Shelby verhörst, wird er schon eine Möglichkeit finden, den Richter seine Meinung über Borden Finchley wissen zu lassen.«

»Und was hast du über Ralph Exeter rausgefunden?«

»Der scheint so eine Art Anhängsel zu sein«, sagte Drake. »Niemand kennt seine genaue Beziehung zu Finchley. Zu Shelby hat er aber keine.«

»Bist du sicher?«

»Ziemlich. Bedenke aber, daß ich unter Zeitdruck arbeiten mußte und deshalb noch nicht alles nachprüfen konnte. Offenbar jedoch schuldet Finchley Exeter eine erhebliche Summe. Exeter drängte auf Rückzahlung, und so nahm Finchley ihn mit zu seinem reichen Bruder, damit er sich überzeugen konnte, daß Finchley viel Geld zu erwarten hätte.«

Mason hob leicht die Augenbrauen und wurde nachdenklich. »Das ergibt allerdings schon ein Bild, Paul. Und natürlich hatte Exeter herausgefunden, daß Horace Shelby beabsichtigte, Daphne alles zu vererben und . . .« Ein Grinsen zog sich über Masons Gesicht.

»Paul«, sagte er, »Exeter ist das schwache Glied in der Kette. Du mußt alles über die Schulden Borden Finchleys bei Ralph Exeter feststellen. Wenn Finchley als Zeuge auftritt, werde ich ihn nicht über Shelby, sondern über Exeter ins Kreuzverhör nehmen ... Woher hast du diese Information, Paul?«

»Da ist eine Haushälterin, die täglich sechs Stunden kommt.«

»Und wer kocht?«

»Elinor Finchley. Vor Ankunft der Finchleys hat Daphne gekocht. Shelby hat verhältnismäßig einfach gelebt, und Daphne wußte genau, was und wie er essen wollte. Es war aber eine Riesenmenge Arbeit zu bewältigen, und sie schuftete sich halbtot. Als dann die Finchleys und Exeter einzogen, konnte Daphne es nicht mehr schaffen. Sie stellten die Haushälterin ein und ließen das Essen meist von außerhalb kommen. So war es möglich, Daphne auf diese lange Seereise zu schikken. Sie hat ihr Bestes getan.«

Mason lachte. »Paul, ich will nichts versprechen, aber ich glaube, morgen um 9.30 Uhr werden wir eine sehr, sehr interessante Gerichtsverhandlung erleben. In der Zwischenzeit mußt du Informationen über Ralph Exeter beschaffen. Ich muß wissen, was die Grundlage seiner Beziehungen zu Borden Finchley ist. Und wenn Borden Finchley ihm Geld schuldet, möchte ich Genaueres darüber hören.«

»Finchley schuldet ihm in der Tat Geld«, sagte Drake. »Die Haushälterin hörte Exeter zu Finchley sagen, er wolle sich nicht ewig gedulden und habe nicht die Absicht, auf einem Abstellgleis darauf zu warten, daß jemand starb. Das könne man mit ihm nicht machen. Er brauche sein Geld, und zwar mit Zinsen. Dann sahen sie die Haushälterin in der Tür und wechselten sofort das Thema.«

Mason nickte. »Untersuche Exeters Verhältnisse – ganz gleich, wie viele Leute du darauf ansetzen mußt, Paul.«

4

Pünktlich um 9.30 Uhr nahm Richter Ballinger seinen Platz ein und verkündete: »In der Vormundschaftssache Horace Shelby hat das Gericht zur Zeit des Beschlusses festgestellt, es werde möglicherweise von Zeit zu Zeit zusätzliches Beweismaterial vermitteln und die Sache deshalb noch nicht abschließen. Das Gericht will jetzt weitere Beweise hören. Mr. Mason, Sie haben etwas vorzutragen?«

»Jawohl, Euer Gnaden.«

»Wollen Sie einen Zeugen vorführen oder Urkunden vorlegen?«

»Ich habe eine Erklärung von Daphne Shelby«, begann Mason, »der Nichte des Horace Shelby. Sie behauptet, daß bis vor drei Monaten – als sie zu einer langen Seereise überredet wurde und Horace Shelby mit Borden Finchley, dessen Frau und Ralph Exeter allein im Hause ließ – Shelby bei guter Gesundheit und im Vollbesitz seiner geistigen Kräfte gewesen sei. Ferner habe ich eine Erklärung des Stanley Paxton von der *Investors National Bank*, wo Shelby seit vielen Jahren ein Konto besitzt. Nach seiner Meinung ist Shelby absolut geschäftsfähig, denn er habe in allen geschäftlichen Angelegenheiten ein gesundes kaufmännisches Urteil bewiesen. Der Wert seines Besitzes sei im Lauf der Jahre gestiegen, und er habe kluge Investitionen gemacht. Daphne Shelby habe seine Interessen stets aufs beste wahrgenommen und sei ihm eine sehr tüchtige Hilfe gewesen. Weiter erklärte Stanley Paxton, unmittelbar nach Daphne Shelbys Abreise habe Borden Finchley angefangen herumzuschnüffeln und versucht, von der Bank Informationen über Shelbys finanzielle Angelegenheiten zu erhalten, und zwar unter dem Vorwand, Shelby sei krank. Paxton hat Shelby angerufen. Shelby habe völlig normal reagiert und ein sehr gesundes Urteil abgegeben. Auf Grund meiner Darlegungen möchte ich vorschlagen, Euer Gnaden, die Vormundschaft aufzuheben. Und sollte irgendeine Notwendigkeit für einen Vormund bestehen, so wäre Daphne Shelby, die jetzt von ihrer Reise zurückgekehrt ist, weit besser hierfür geeignet als Borden Finchley. Für meine weitere Beweisführung möchte ich Borden Finchley als Zeugen aufrufen.«

Richter Ballinger blickte finster zu Finchley hinunter. »Treten Sie zur Vereidigung vor, Mr. Finchley. Sie haben in dieser Sache zwar schon den Eid geleistet, aber ich denke, ich lasse Sie nochmals schwören, um kein Mißverständnis aufkommen zu lassen.«

Borden Finchley, ein untersetzter dickhalsiger Mann Ende der Fünfzig, hob die Hand zum Eid und betrat den Zeugenstand. Er funkelte Perry Mason aus schmalen blauen Augen kalt an.

»Ihr Name ist Borden Finchley. Sie sind ein Halbbruder von Horace Shelby, und Sie waren die treibende Kraft bei dem Antrag auf Ernennung eines Vormunds?« fragte Mason.

»Das ist richtig«, sagte Finchley.

»Sie wohnen besuchsweise in Shelbys Haus?«

»Ja.«

»Seit wann sind Sie dort zu Besuch?«

»Seit etwa sechs Monaten.«

»Sie waren also ungefähr drei Monate dort, bevor Daphne Shelby ihre Reise antrat?«

»Ja.«

»Wer ist jetzt in dem Haus, Mr. Finchley?«

»Meine Frau Elinor und Ralph Exeter.«

»Ralph Exeter?« fragte Mason und legte genau die richtige Dosis Überraschung in seine Stimme. »Ist Ralph Exeter ein Verwandter von Horace Shelby?«

»Nein.«

»Ein naher Freund vielleicht?«

»Nicht von Horace Shelby, von mir. Er kam mit uns von der pazifischen Küste. Wir fuhren nämlich in seinem Wagen.«

»Und Sie quartierten sich so einfach bei Horace Shelby ein?«

»Wir wollten Horace an sich nur kurz besuchen. Als wir aber sahen, daß seine Kräfte abnahmen, blieben wir so lange, bis wir die Lage übersehen konnten.«

»Und Ralph Exeter half Ihnen, die Lage zu übersehen?«

»Wir waren mit ihm und in seinem Wagen gekommen und konnten ihn nicht gut bitten auszuziehen. Wir verließen uns auf seine Gutmütigkeit und wollten ihn hierbehalten, weil die Situation sich zuspitzte.«

»Mit ›zuspitzen‹ meinen Sie, es kam der Zeitpunkt heran, an dem Sie Daphne Shelby herausdrängen konnten, um die Verwaltung von Shelbys Vermögen in eigener Regie zu übernehmen?«

»Nichts dergleichen meine ich. Ich will sagen, daß Ralph Exeter so freundlich war, seine privaten Pläne aufzugeben, um bei mir zu bleiben, bis die Lage geklärt war.«

»Was heißt das — ›bis die Lage geklärt war‹?«

»Bis mein Bruder nicht mehr von einem gewissen jungen Mädchen ausgenutzt werden konnte, das seinen Liebreiz dazu mißbrauchte, ihm sein Geld abzuschwatzen, und ihn schließlich so weit brachte, ihr einen Scheck über 125 000 Dollar auszustellen. Damit schickte er sie zu einem Anwalt, der das Geld verstecken sollte.«

»Aha«, rief Mason, »Sie wußten von jenem Brief?«

»Allerdings wußte ich davon.«

»Und wie erfuhren Sie es?«

»Ich sah den Brief, bevor er abgesandt wurde.«

»Wo sahen Sie ihn?«

»Auf dem Schreibtisch meines Bruders.«

»Sie dachten, der Brief sei an Sie adressiert?«

»Nein, ich wußte, daß er nicht an mich gerichtet war.«

»Wußten Sie denn, an wen er adressiert war?«

»Gewiß.«

»Und trotzdem lasen Sie ihn?« fragte Mason, und seine Stimme verriet einen Grad von Erstaunen, der das Lesen des Briefes als abscheuliches Verbrechen erscheinen ließ.

»Ich las ihn«, stieß Finchley hervor. »Allerdings tat ich das. Ich rief auch meine Frau herein und ließ sie lesen, und ich sah den Scheck über 125 000 Dollar, der in den Brief hinein sollte. Und genau dann entschloß ich mich, diese Ausbeutung meines Bruders durch eine völlig fremde Person zu stoppen.«

»Eine völlig fremde Person?« wiederholte Mason. »Sprechen Sie von seiner Nichte Daphne Shelby?«

»Ich spreche von Daphne Raymond, die sich Daphne Shelby nennt und die sich bei der Bank und bei meines Bruders Geschäftspartnern als seine Nichte eingeführt hat. In Wirklichkeit ist sie die Tochter seiner Haushälterin und nicht blutsverwandt mit ihm.«

Als alter Hase im Gerichtssaal verbarg Mason jede Spur von Überraschung, lächelte nur und sagte: »Ich nehme doch an, Sie haben Ihren Halbbruder, Horace Shelby, wiederholt von Daphne als von seiner Nichte sprechen hören?«

»Das habe ich«, erwiderte Finchley erbost, »und jedesmal war das für mich ein weiterer Hinweis auf die Tatsache, daß Horaces geistige Kräfte abnahmen und daß die Schmeicheleien und Überredungskünste dieses Mädchens gewirkt hatten.«

»Aber er ist doch mein Onkel!« rief Daphne. »Er ist –«

Richter Ballinger klopfte mit dem Bleistift. »Sie werden noch genügend Gelegenheit haben, Ihre Argumente vorzutragen, junge Frau. Jetzt aber enthalten Sie sich bitte jeder Äußerung.«

Er wandte sich an den Zeugen. »Ich nehme an, Sie sind in der Lage, diese Angaben zu beweisen?«

»Selbstverständlich, Euer Gnaden«, erwiderte Finchley. »Ich habe bisher davon abgesehen, die Sache zur Sprache zu bringen, weil ich dem Namen des Mädchens nicht schaden wollte. Wenn sie aber auf ihrer Behauptung besteht, werden wir dem Gericht die Tatsachen mitteilen müssen.«

»Und welches sind die Tatsachen?« fragte Richter Ballinger.

»Marie Raymond war eine recht attraktive Frau, die in Detroit eine unglückliche Liebesaffäre hatte. Sie kam nach Los Angeles und suchte Arbeit. Sie besaß keinen Cent Geld, keine Freunde, war unerfahren und hatte keinen Beruf erlernt. Es blieb ihr nichts übrig, als Hausarbeit anzunehmen. Sie suchte eine Stellung als Haushälterin, und zufällig sah Horace Shelby die Annonce in der Zeitung. Er ließ Marie Raymond zu einer Vorstellung kommen. Die Unterredung verlief zufriedenstellend, und sie nahm bei ihm die Arbeit auf. Zu der Zeit vermutete sie bereits, daß sie in anderen Umständen sei, wußte es aber nicht sicher. Als sie es später bestätigt fand, vertraute sie sich Horace Shelby an. Shelby war damals so großzügig, ihr vorzuschlagen, das Kind auszutragen und weiter bei ihm zu arbeiten. Als dann Horace Shelbys jüngerer Bruder und seine Frau bei einem Autounfall ums Leben kamen, bot er Marie Raymond an, die kleine Daphne glauben zu lassen, sie sei die Tochter des verstorbenen Bruders und seiner Frau; auf diese Weise erhalte Daphne einen Namen, und ihre Mitschülerinnen würden nichts von ihrer Unehelichkeit erfahren. Das geschah auch.«

»Sie können das alles beweisen?« fragte Richter Ballinger.

»Gewiß kann ich das. Ich habe Briefe von Horace Shelby an meine Frau und mich, in denen er die ganze Geschichte erzählt.«

»Wie erhielt Daphne ihren Paß?«

»Auf Grund einer eidesstattlichen Erklärung von Horace Shelby«, sagte Finchley. »In dem Gerichtsgebäude des Bezirks, wo der Bruder und die Schwägerin gelebt hatten, war Feuer ausgebrochen, wobei die Geburtsurkunden vernichtet wurden. Ich kann wohl sagen, daß Horace, obwohl er nach dem Tode seiner Frau nicht wieder heiratete, für weiblichen Charme immer sehr empfänglich war – das heißt für Schmeicheleien und Bitten. Wir haben jedoch keinen Grund zu der Annahme, daß zwischen Shelby und Marie Raymond irgendwelche intimen Beziehungen bestanden, abgesehen davon, daß sie ihn überredete, ihrer Tochter einen Namen zu geben. Und diesen Umstand nutzte die Tochter aus, sich Shelbys Gunst zu erschleichen. Zweifellos empfindet er große Zuneigung zu ihr, und meiner Ansicht nach hat das Mädchen, das die Lage voll übersah, hieraus bezweckt ihren Vorteil gezogen.«

»Wo ist Marie Raymond jetzt?« fragte Richter Ballinger.

»Sie starb vor ungefähr zwei Jahren. Schon damals beschlossen meine Frau und ich, die Lage zu überprüfen, denn wir hatten den Eindruck, daß Horace ausgenutzt wurde.«

»Sie kamen also mit diesem Vorsatz her?« fragte Richter Ballinger.

»Ja. Horace ist ein alter Mann. Wir wollten nicht, daß er übervorteilt wurde.«

»Und Sie wollten Ihre Interessen schützen, nicht wahr?« fragte Mason.

Bevor Finchley antworten konnte, sprang Darwin Melrose auf.

»Wenn das Gericht erlaubt«, sagte er. »Wir haben bisher geschwiegen, da wir es nach Möglichkeit vermeiden wollten, die Illegitimität dieses jungen Mädchens zur Sprache zu bringen; aber in Anbetracht der Umstände, die sich jetzt ergeben haben, möchten wir dartun, daß dem Gericht gar nichts Entsprechendes vorliegt; daß Daphne Raymond oder Daphne Shelby in dieser Sache völlig unbekannt ist und daß Perry Mason als ihr Anwalt keine Legitimation vor diesem Gericht besitzt und daher nicht berechtigt ist, die Entscheidung des Gerichts anzuzweifeln oder den Zeugen Fragen zu stellen.«

»Nun, wir wollen sehen«, erwiderte Richter Ballinger. »Wir sind hier zweifellos in einer eigenartigen Lage. Ich will im Moment noch nicht über den Einspruch entscheiden, sondern den Zeugen selbst einiges fragen. Ungeachtet der Frage, ob irgend jemand, ausgenommen ein naher Verwandter, die Entscheidung des Gerichts in einer solchen Sache anzweifeln kann, hat das Gericht gewiß das Recht, sich voll zu informieren.«

»Wir erheben durchaus keine Einwände gegen eine sorgfältigste Untersuchung durch das Gericht«, sagte Melrose. »Wir versuchen lediglich, eine lange Verhandlung zu vermeiden, bei der eine völlig fremde Person sich in einen Rechtsstreit einmischt, der sie nichts angeht.«

Richter Ballinger nickte und wandte sich Borden Finchley zu. »Sie hatten also erkannt, daß Ihr Bruder von diesem jungen Mädchen geprellt oder ausgebeutet wurde, wie Sie es nennen?«

»Wir hielten das für durchaus möglich und beschlossen nachzuforschen.«

»Mit ›wir‹ meinen Sie sich, Ralph Exeter und Ihre Frau?«

»Meine Frau und mich. Ralph Exeter wußte vor unserer Ankunft nichts von der Sache.«

»Und Sie glaubten auch, daß dieses junge Mädchen sich so in die Gunst Ihres Bruders eingeschlichen hatte, daß er sie möglicherweise in einem Testament zur Alleinerbin vorgesehen hätte?«

Finchley zögerte und sah weg. »Diesen Punkt hatten wir eigentlich nicht in Betracht gezogen«, antwortete er.

»Der Gedanke ist Ihnen niemals gekommen?«

»Nein.«

»Es war Ihnen jedoch bewußt, daß Sie ein gültiges Testament verhindern konnten, wenn es Ihnen gelang, den Erblasser als geschäftsunfähig hinzustellen und glaubhaft zu machen, er sei in Gefahr, von skrupellosen und berechnenden Personen beeinflußt zu werden?«

»Aber nein. Dieser Gedanke ist uns niemals gekommen.«

Perry Mason sagte zu Daphne: »Geben Sie mir den Brief.«

Sie reichte ihm den von Horace Shelby geschriebenen Brief.

»Ich bin mir über meine Befugnis in diesem Fall nicht völlig klar, Euer Gnaden«, warf Mason ein, »und ich will das Verhör des Gerichts nicht unterbrechen. Aber angesichts der Aussage des Zeugen, er habe diesen Brief gesehen, den Daphne Shelby in Honolulu erhielt, scheint es mir ratsam, daß auch das Gericht ihn liest.«

Mason übergab Richter Ballinger das Schreiben.

Ballinger las es sorgfältig und wandte sich dann wieder Borden Finchley zu.

»Sie sagen, es sei Ihnen nicht der Gedanke gekommen, Ihr Halbbruder konnte ein Testament machen, in dem Sie enterbt werden?«

Wieder zögerte Finchley. »Äh . . . nein.«

»Sie beantworteten diese Frage vorhin ohne Zögern mit einem glatten Nein«, fuhr Richter Ballinger fort. »Jetzt zögern Sie, aber Ihre Antwort lautet noch immer ›nein‹?«

»So ist es.«

»Sie bleiben dabei?«

»Ja.«

»Aber in diesem Brief hier, der offenbar an Daphne gesandt wurde und den Sie nach eigener Aussage gelesen haben, sagt der Schreiber ausdrücklich, Perry Mason solle ein Testament aufsetzen, laut welchem er, der Schreiber, sein gesamtes Vermögen Daphne hinterläßt. Nun denn, Herr Zeuge, bestehen Sie in Anbetracht der Tatsache, daß Sie laut Ihrer Aussage diesen Brief gelesen haben, noch immer darauf, der Gedanke einer Enterbung sei Ihnen nie gekommen?«

»Also, natürlich, nachdem ich den Brief gesehen hatte, ging mir diese Möglichkeit auf«, gab Finchley zu.

»Und daraufhin ergriffen Sie Maßnahmen, sich zum Vormund bestellen zu lassen?«

»Nun, ich hatte mich schon seit langer Zeit damit beschäftigt und –«

»Beantworten Sie die Frage nur mit Ja oder Nein«, befahl Richter

Ballinger. »Nach dem Lesen dieses Briefes beschlossen Sie, sich zum Vormund von Horace Shelby bestellen zu lassen, und unternahmen entsprechende Schritte bei Gericht?«

»Ja.«

Richter Ballinger runzelte die Stirn. »Wo befindet sich Horace Shelby zur Zeit?«

»In einem Privatsanatorium«, erwiderte Finchley. »Es erwies sich als notwendig, ihn dort unterzubringen. Er ist völlig verwirrt. Zeitweise wurde er gewalttätig, und wir waren einfach nicht mehr in der Lage, ihn zu Hause richtig zu versorgen. Wir hatten den Eindruck, er brauche fachmännische Pflege.« Finchley wies auf seine Frau. »Meine Frau ist ausgebildete Krankenschwester. Sie hat viele solcher Fälle gesehen und ist fest überzeugt, daß Horace Shelby an Altersschwachsinn leidet.«

»Das stimmt«, dröhnte eine tiefe Frauenstimme, und Elinor Finchley erhob sich. »Ich kann alle Aussagen meines Mannes bestätigen.«

»Sie sind noch nicht Zeugin, Mrs. Finchley«, sagte Richter Ballinger. »Sie sind noch nicht vereidigt. Ich möchte Sie jedoch fragen, ob Sie diesen Brief gesehen haben, den Horace Shelby an Daphne schrieb?«

»Ja.«

»Wer zeigte Ihnen den Brief?«

»Mein Mann.«

»Bevor er in den Umschlag gesteckt wurde?«

»Ich habe nicht gesehen, wie er in den Umschlag gesteckt wurde.«

»War er unterschrieben?«

»Ja.«

»Gefaltet?«

»Ich kann mich nicht entsinnen.«

»Prüfen Sie Ihr Gedächtnis.«

»Ich kann mich nicht erinnern.«

»Was taten Sie mit dem Brief, nachdem Sie ihn gelesen hatten?«

»Borden steckte ihn wieder in den Um...« Sie verschluckte das Wort.

»In den Umschlag?« fragte Richter Ballinger.

»Ja.«

»Sie hatten den Umschlag durch Dämpfen geöffnet?«

»Ja.«

»Sie steckten den Brief also wieder in den Umschlag. Haben Sie ihn abgesandt?«

»Nein. Wir legten den Umschlag auf Horaces Schreibtisch zurück, als er danach fragte. Er schickte ihn selbst ab.«

»Ich habe nicht die Zeit, zum jetzigen Zeitpunkt näher auf diese Sache einzugehen«, erklärte Richter Ballinger. »Aber ich werde sie mit großer Sorgfalt prüfen. Die Verhandlung ist vertagt auf —« Er wandte sich an den Protokollführer. »Welches ist der nächste Tag, an dem wir ... warten Sie, ich sehe, die Sache Johnson gegen Peabody ist abgesetzt. Dann hätten wir morgen einen halben Tag frei?«

Der Protokollführer nickte.

»Ich setze die Verhandlung bis morgen 14 Uhr aus«, verkündete Richter Ballinger. »Zu diesem Zeitpunkt wünsche ich Horace Shelby vor Gericht zu sehen. Und in der Zwischenzeit werde ich ihn durch einen von mir bestellten Arzt untersuchen lassen. In welchem Privatsanatorium ist er untergebracht?«

Finchley zögerte.

»Im *Goodwill Sanatorium* in El Mirar«, sagte Darwin Melrose.

»Sehr gut. Ich ordne hiermit an, Mr. Shelby durch einen vom Gericht bestellten Arzt in diesem Sanatorium untersuchen zu lassen. Ich will Mr. Shelby hier vor Gericht sehen. Ferner wünsche ich Klarheit darüber, daß ich über den Einspruch gegen Perry Masons Auftreten als Anwalt von Daphne Shelby als interessierter Partei — oder Daphne Raymond, wie sie auch heißen mag — erst nach reiflicher Überlegung entscheiden werde. Ich möchte bemerken, daß ich wahrscheinlich zum Abschluß der morgigen Verhandlung über den Einspruch befinden werde und daß ich die Zeugenvernehmung durch Perry Mason bis dahin gestatte. Nach dem Eindruck des Gerichts ist die Allgemeinheit weitgehend an den Ermittlungen dieser Art beteiligt. Das Gericht kann sich daher der Hilfe jeder interessierten Partei oder jedes interessierten Anwalts bedienen. Und falls das Gericht entscheidet, daß Mr. Mason nicht zum Auftreten und zur Befragung von Zeugen im Interesse seiner Mandantin berechtigt ist, so wird es wahrscheinlich Mr. Perry Masons Dienste als Amicus curiae begrüßen. Die Sitzung wird bis morgen 14 Uhr vertagt.«

5

Daphne hing an Masons Arm wie eine Ertrinkende, die ein Stück Treibholz umklammert.

Borden Finchley bedachte sie mit einem vagen Lächeln und stelzte aus dem Gerichtssaal.

Darwin Melrose ging zu Mason hinüber. »Es war mir sehr unangenehm, Ihnen den Teppich unter den Füßen wegzuziehen, Mason, aber es blieb mir nichts anderes übrig.«

»Aber Sie haben mir doch gar keinen Teppich weggezogen«, erwiderte Mason freundlich lächelnd.

Er legte den Arm um Daphnes Schulter. »Kommen Sie, Daphne«, sagte er und führte sie in das benachbarte Zeugenzimmer.

»Hier bleiben Sie sitzen, bis die Leute den Gerichtssaal verlassen haben. Dann werden Reporter Jagd auf Sie machen, wahrscheinlich der Tränendrüsentyp, der über die ›armen kleinen reichen Mädchen‹ zu schreiben pflegt.«

»Mr. Mason, es ist einfach unvorstellbar«, klagte sie. »Meine ganze Welt ist zusammengebrochen. Du lieber Himmel, ist Ihnen klar, was ich durchgemacht habe, seit –«

»Ich weiß«, erwiderte er, »ich verstehe; aber Sie sind ja ein großes Mädchen. Sie stehen mit beiden Füßen im Leben. Sie müssen lernen, Schläge einzustecken und sich zu wehren. Wir werden alles genau prüfen und sehen, wo wir den Hebel ansetzen können.«

»Was können wir denn tun?«

»Nun, einiges konnten wir ja schon feststellen. Ich bin allerdings ziemlich überzeugt, daß diese Leute sich ihrer Sache sicher sind. Sonst wären sie nicht so aufgetreten; es wäre selbstmörderisch gewesen.«

»Ich verstehe noch immer nicht«, sagte sie.

»Die Verwandten fürchteten, enterbt zu werden, meinten aber, wenn kein Testament bestünde, könnten sie über das Vermögen verfügen. So arrangierten sie einen Besuch, fanden Mittel und Wege, mit dem betagten Erblasser allein gelassen zu werden, und erklärten – nach vorbereitenden Manipulationen –, seine geistigen Kräfte verfielen, er brauche Schutz vor skrupellosen und berechnenden Personen ... Und als solche Person bezeichnen sie natürlich immer diejenige, von der sie glauben, sie werde die Begünstigte im Testament sein. Wenn sie das Gericht veranlassen können, einen Vormund zu bestellen, haben sie einen ziemlichen Vorsprung; wenn nicht, dann besteht zumindest schon eine Akte, und sie können unzulässige Beeinflussung und Mangel an Testierfähigkeit geltend machen, wenn das Testament schließlich eröffnet wird.«

»Ich kann mir gar nicht vorstellen, daß Menschen zu so etwas fähig sind«, sagte Daphne.

Mason sah sie scharf an. »Wollen Sie behaupten, Sie seien dermaßen naiv?«

»Nein«, erwiderte sie, »aber es will mir nicht in den Kopf, wie man so gemein sein kann – besonders zu Onkel Horace. Er ist der beste, der großmütigste Mann von der Welt.«

»Was hielt er denn von Borden Finchley?«

»Ich weiß es nicht, Mr. Mason. Ich weiß nur, daß er fand, sie seien alle schon viel zu lange im Hause. Als aber dann Onkel Borden vorschlug, ich sollte zur Erholung eine Seereise auf einem Ozeandampfer machen, stimmte Onkel Horace sofort zu. Er ahnte, mit welchen Unbequemlichkeiten er sich würde abfinden müssen. Aber er gönnte mir die Ruhe und das Vergnügen. Ich sagte Ihnen ja, Tante Elinor war Krankenschwester. Sie überzeugte Onkel Horace, ich würde mich einfach zu Tode schuften. Ich müßte verreisen und mich amüsieren.«

»Schön«, sagte Mason. »Ich werde jetzt auskundschaften, ob die Luft von Reportern rein ist, und Sie dann hier herausholen. Erzählen Sie keinem, wo Sie wohnen, und versuchen Sie, Reportern aus dem Weg zu gehen. Wenn Sie doch reden müssen, sagen Sie, Sie wollten keinen Kommentar geben, es sei denn, ich wäre zur Zeit des Interviews anwesend. Sagen Sie, laut Anweisung Ihres Anwalts wollten Sie keine Erklärung abgeben. Können Sie das tun?«

»Natürlich kann ich es«, erwiderte sie. »Aber ... es will mir überhaupt nicht in den Sinn, wie so was vorkommen kann.«

»Unser System der Rechtsprechung ist nicht völlig perfekt«, erklärte Mason. »Aber der Fall ist ja noch nicht abgeschlossen. Die beiden mögen vielleicht Briefe von Ihrem Onkel über Ihre Abstammung besitzen, doch wird deren Erwähnung als Zeugnis durch Hörensagen gewertet, es sei denn, sie werden zum Zwecke der Anfechtung herangezogen. Warten Sie nur ab, und nehmen Sie Ihren Mut zusammen.«

Sie schüttelte den Kopf. »Ich bin am Ende«, sagte sie müde und ließ die Mundwinkel hängen. »Ich bin unehelich. Ein Niemand bin ich. Ich werde in die Welt hinausgehen und versuchen müssen, irgendwie meinen Lebensunterhalt zu verdienen, und dabei habe ich nichts zu bieten. Immer war ich zu sehr mit Onkel Horace beschäftigt, um etwas Richtiges zu lernen.«

»Sie tippen doch, nicht wahr?« fragte Mason.

»Ich tippe zwar«, sagte sie bitter, »aber ich kann nicht stenografieren und bin nicht geübt im Aufnehmen von Diktaten. Die Briefe für Onkel Horace setze ich immer selbst auf und lasse sie von ihm unterschreiben. Das heißt, ich tat es. Damit ist es jetzt wohl endgültig vorbei.«

»Sie schreiben Zehn-Finger-System?«

»Ja. Gott sei Dank habe ich mir das beigebracht.«

»Sehr richtig von Ihnen«, lobte Mason. »Und damit können Sie auch eine Stelle finden, wenn es zum Schlimmsten kommt.«

»Aber ich will nicht zur Bettlerin werden.«

»Sie haben den Scheck über die 125 000 Dollar unterschrieben, als Sie ihn einlösen wollten, nicht wahr?«

Sie nickte.

»Dann laufen Sie jetzt mit einem unterzeichneten Scheck über diese hohe Summe herum. Das dürfte kaum das Richtige sein. Und dieser Brief von Ihrem Onkel ist ein Beweis für –«

»Mr. Mason«, unterbrach sie ihn, »ich kann einfach nicht glauben, daß er nicht mein Onkel ist. Oh, es ist so furchtbar, es ist wie ein Alptraum, aus dem ich erwachen muß.«

»Sie werden schon aufwachen«, sagte Mason und lächelte beruhigend. »Nach meiner Erfahrung sehen die Dinge meist viel schlimmer aus, als sie wirklich sind. Ich sage meinen Mandanten immer, in neun von zehn Fällen liegt die Sache nicht so hoffnungslos, wie es scheint.«

»Ich danke Ihnen. Aber ich weiß einfach nicht, was ich als nächstes tun soll. Wovon lebe ich, bis ich eine Stellung gefunden habe? Wie soll ich mir ein Zimmer suchen, wenn ... nein, nein!« Sie unterbrach hastig, als Mason sprechen wollte. »Sagen Sie mir nicht, Sie wollen das finanzieren. Ich kann nicht von Ihrer Mildtätigkeit leben.«

»Es ist keine Mildtätigkeit«, erwiderte Mason. »Es handelt sich um eine geschäftliche Investition. Geben Sie mir den Scheck und den Brief. Ich werde beides in meinem Bürosafe aufbewahren.«

»Der Brief zeigt, fürchte ich, daß Onkel Horace – oder muß ich sagen, Mr. Shelby – niemals ein Testament zu meinen Gunsten gemacht hat und sich dessen plötzlich bewußt wurde.«

»Nicht unbedingt«, entgegnete Mason. »Oftmals setzen Leute ihr Testament handschriftlich auf – womit es durchaus gültig ist –, wollen es dann aber durch ein weiteres Testament in Gegenwart von Zeugen ergänzen.«

»Ein handschriftliches Testament ohne Zeugen ist gültig?« fragte sie.

»In diesem Staat, ja«, erklärte Mason. »Das eigenhändig geschriebene, datierte und vom Erblasser unterzeichnete Testament ist rechtsgültig. Allerdings gibt es da ein paar Kniffe und juristische Fallen. Es darf nichts anderes als die Handschrift des Testators auf dem Papier sein. Mit anderen Worten, wenn zum Beispiel ein Teil des Datums gedruckt ist und der Testator nur Tag und Monat auszufüllen brauchte, dann ist das Testament nicht völlig eigenhändig geschrieben. Der Erblasser sollte also einen Blankobogen verwenden. Ich habe ja das Gefühl, Ihr Onkel Horace als kluger Geschäftsmann hat ein solches Testament gemacht.«

»Aber wenn doch diese Leute im Besitz seiner Papiere sind, können sie es vernichten«, wandte Daphne ein. »Wahrscheinlich haben sie das schon getan.«

Mason zuckte die Schultern. »Das ist natürlich möglich. Bedenken Sie aber, daß wir Borden Finchley mit diesem Brief schwer angegriffen haben. Er schwor, er habe niemals an die Möglichkeit gedacht, sein Halbbruder könne ihn enterben. Und da er zugab, den Brief gelesen zu haben, brachte er sich in eine sehr zweifelhafte Lage. Sie bemerkten doch, wie Richter Ballinger sich im gleichen Augenblick gegen ihn wandte, als er diese Aussage machte. Nun, Daphne, ich gebe zu, es sieht nicht allzu rosig aus. Aber wir werden weiterkämpfen; lassen Sie sich nicht entmutigen ... Haben Sie genug Geld für Ihre momentanen Bedürfnisse?«

Sie nickte. »Ich danke Ihnen für Ihre Großzügigkeit.«

»Keine Ursache«, sagte Mason. »Ich muß wiederholen, es ist nur eine Investition. Wenn ich später Geld für Sie gerettet habe, können Sie mir alles zurückgeben und mir auch ein Honorar zahlen.«

Ihr Lächeln war matt. »Ich fürchte, Ihre Aussichten auf ein gutes Honorar sind genauso gering wie die Chance, Ihr Geld jemals zurückzubekommen. Aber wenn ich einen Job gefunden habe, werde ich Ihnen monatlich wenigstens zehn oder fünfzehn Dollar abzahlen können.«

Mason klopfte ihr auf die Schulter. »Ich gebe Ihnen einen guten Rat, Daphne: Machen Sie sich nicht so viele Sorgen um die Zukunft.«

Er ging zurück in sein Büro und sagte kopfschüttelnd zu Della Street: »Armes Geschöpf, sie tut mir so leid. Die ganze Welt ist ihr eingestürzt.«

»Welche Chancen hat sie?« fragte Della.

»Ich weiß nicht. Wenn wir die Aufhebung des Gerichtsbeschlusses durchsetzen können und wenn Horace Shelby der Typ eines Mannes ist, für den ich ihn halte, dann dürfte noch etwas zu machen sein. Aber bedenken Sie, Horace Shelby hat eine ganze Reihe von vernichtenden Erlebnissen hinter sich, die wahrscheinlich durch gewisse für seinen Zustand schädliche Medikamente noch verstärkt wurden. Hier liegt möglicherweise eine permanente Gefahr. Ich durchschaue die

Strategie dieser Leute. Sie wollten Daphne so lange wie möglich loswerden. Während ihrer Abwesenheit taten sie alles, um Horace Shelbys geistige Kräfte zu unterminieren. Dann gingen sie vor Gericht. Die Tatsache, daß Shelby versucht hatte, seiner Nichte, die offenbar wirklich nicht blutsverwandt mit ihm ist, einen Scheck über 125 000 Dollar zu schenken, der sein Konto buchstäblich gelöscht hätte, war natürlich ein bedeutsamer Faktor. Versetzen Sie sich in die Lage eines Richters, der eine Reihe solcher Umstände vorfindet. Da hätten auch Sie wohl das Gefühl, daß der alte Mann Schutz braucht.«

Della Street nickte. »Inzwischen wartet Mr. Stanley Paxton im Vorzimmer auf Sie.«

»Holen Sie ihn herein«, bat Mason. »Und denken Sie daran, Della, daß ich den für Daphne ausgestellten und von ihr unterschriebenen Scheck über 125 000 Dollar hier habe, ebenso den Brief an sie von Horace Shelby. Legen Sie beides in unseren Safe. Ich möchte auch Fotokopien davon.«

Della streckte die Hand aus, um die Papiere an sich zu nehmen.

»Nein, ich möchte sie im Augenblick doch noch bei mir behalten«, sagte Mason. »Und jetzt wollen wir Mr. Paxton nicht länger warten lassen. Seine Zeit ist kostbar.«

Della ging ins Vorzimmer und kehrte mit Stanley Paxton zurück.

»Mr. Mason«, begann der Bankier, »ich bin in einer eigenartigen Lage.«

Mason hob fragend die Augenbrauen und wies auf einen Stuhl.

Paxton setzte sich, fuhr sich mit der Hand über die hohe Stirn und sah Mason offen in die Augen. »Wir erleben solche Dinge von Zeit zu Zeit, und wir können Charaktere einschätzen. Unser Anliegen als Bankinstitut ist der Schutz unserer Kunden.«

Mason nickte.

»Horace Shelby ist unser Kunde«, fuhr Paxton fort. »Für uns ist der Vormund ein Fremder – ein Störenfried und Eindringling.«

»Aber auf Grund eines Gerichtsbeschlusses«, gab Mason zu bedenken.

»In der Tat, und darüber möchte ich mit Ihnen sprechen.«

Mason nickte zustimmend. »Bitte.«

»Natürlich ist es etwas ungewöhnlich, denn Sie sind nicht Horace Shelbys Anwalt, sondern der seiner Nichte.«

Mason schwieg.

Paxton hielt die Fingerspitzen gegeneinander und starrte auf einen Fleck vor ihm am Fußboden. Er sprach in der Art eines Mannes, der gewöhnt war, akkurate Berechnungen anzustellen und sich präzise auszudrücken.

»In Vormundschaftssachen ist es bei uns üblich, daß der Vormund uns eine beglaubigte Kopie des Gerichtsbeschlusses einreicht und uns beauftragt, das Konto des Mündels auf ihn zu übertragen.«

»Dieses Verfahren wurde im vorliegenden Fall nicht eingehalten?« fragte Mason.

»Im vorliegenden Fall erinnere ich mich an den Wortlaut des Gerichtsbeschlusses sehr genau, denn ich hatte Gelegenheit, ihn durchzusehen. Er besagte, daß Borden Finchley im Namen von Horace Shelby über dessen gesamtes Kapital bei der *Investors National Bank* verfügen und es verwalten sollte. Die Bank erhielt Auftrag, das gesamte Guthaben, das sich zur Zeit des Beschlusses auf Shelbys Konto befand, dem Vormund zu überstellen. Borden Finchley, der uns offenbar nicht traute, stellte einen Scheck über genau diesen Betrag auf Horace Shelbys Konto aus.«

»Und eröffnete ein neues Konto als Vormund?« fragte Mason.

»Vorübergehend. Er richtete ein neues Konto ein, aber innerhalb der nächsten zwei Stunden ging er zu einer anderen Bank, eröffnete dort ein Konto unter seinem Namen als Vormund von Horace Shelby und zog den Betrag von uns ab.«

Mason grinste. »Offensichtlich wollte er es nicht mit Ihnen verderben, bevor Sie das Geld auf sein Konto überwiesen hatten, und dann versetzte er Ihnen ganz bewußt einen Schlag ins Gesicht.«

»Wahrscheinlich«, meinte Paxton, »störte ihn unsere reservierte Haltung. Wir sahen in Shelby einen älteren, doch sehr gescheiten Mann. Manche Leute sind mit 75 alt, andere mit 90 noch jung.«

»Und Horace Shelby war geistig wach?«

»Er war ein sehr liebenswerter alter Herr. Um offen zu sein, Mr. Mason, gelegentlich war er ein bißchen konfus. Das wußte er und verließ sich deshalb bedingungslos auf Daphne.«

»Was halten Sie von Daphne?«

»Sie ist ein Juwel. Ein reizendes Mädchen, ihrem Onkel treu ergeben; ihr ganzes Privatleben gab sie für ihn auf, und zwar aus Zuneigung, keineswegs aus Berechnung.

Mason nickte und sagte nach einer Pause: »Das Geld wurde also auf Grund dieses Gerichtsbeschlusses abgehoben und befindet sich jetzt nicht mehr bei Ihrer Bank.«

»Ja. Es wäre vielleicht besser gewesen, wenn Finchley die Sache in der üblichen Weise gehandhabt hätte, indem er einfach Shelbys Guthaben übernommen und uns Anweisung gegeben hätte, künftig nur noch seine Unterschrift als Vormund anzuerkennen.«

»Was wollen Sie damit sagen?« fragte Mason.

»Nur folgendes«, erwiderte Paxton, »gestern nachmittag gingen fünfzigtausend Dollar für Horace Shelby ein.«

»Was?« rief Mason.

Paxton nickte. »Es war eine fällige Zahlung auf Grund eines Kaufvertrages, laut dem die Summe auf Shelbys Konto bei uns eingezahlt werden konnte. Shelby hatte schon eine Übereignungserklärung ausgefertigt und bei einer Treuhandgesellschaft hinterlegt. Wenn der Käufer den Einzahlungsbeleg über die letzten fünfzigtausend Dollar präsentierte, sollte ihm die Urkunde ausgehändigt werden. Der Käufer wußte nichts von der Ernennung eines Vormunds und bestand darauf, die Summe auf Horace Shelbys Konto einzuzahlen. Er bekam einen Einzahlungsbeleg in doppelter Ausfertigung, den er der Treuhandgesellschaft übergab.«

Mason schürzte die Lippen.

»Wir sind also«, fuhr Paxton fort, »in einer ungewöhnlichen Lage. Wenn wir Borden Finchley von dem Eingang dieser weiteren fünfzigtausend Dollar unterrichten, wird er einfach eine neue Anweisung ausstellen und auch diesen Betrag auf sein Konto überweisen lassen. Aber müssen wir ihn denn benachrichtigen?«

»Gewiß«, erwiderte Mason. »Ich glaube, es ist Ihre Pflicht.«

Enttäuschung spiegelte sich auf Paxtons Gesicht.

»Sie sollten ihm sofort schreiben«, fuhr Mason fort, »und ihm die Umstände erklären.«

Paxton stand auf. »Nun gut«, sagte er, deutlich unzufrieden. »Ich hatte allerdings gehofft, Sie würden vielleicht eine andere Lösung vorschlagen.«

Mason schüttelte den Kopf. »Es gibt nur diesen korrekten Weg. Gehen Sie zur Bank, und lassen Sie einen Brief schreiben. Und zwar werde ich gleich mitkommen. Ich habe unterwegs etwas zu erledigen.«

»Wenn Horace Shelby von diesem Geld wüßte«, sagte Paxton, »würde er sicher irgendeinen Kniff zu Daphnes Gunsten erfinden.«

»Er kann absolut nichts tun«, erklärte Mason. »Auch Ihr Anwalt würde Ihnen raten, kein Risiko einzugehen.«

»Ja, das ist anzunehmen«, seufzte Paxton. »Aber Sie stehen doch in dem Ruf, besonders einfallsreich zu sein, Mr. Mason, und deshalb dachte ich, ich sollte Sie benachrichtigen.«

»Ich freue mich, daß Sie es taten«, entgegnete Mason. »Die Bank ist ja nur ein paar Schritte entfernt, ich gehe mit Ihnen hinunter.«

»Und Sie meinen, ich soll Borden Finchley einen Brief schreiben?«

»Sofort«, riet Mason.

Sie schlenderten gemeinsam die Straße hinunter. Paxton schien immer langsamer zu werden.

»Natürlich ist ganz klar«, betonte er noch einmal, »was Shelby versuchte. Er wollte Daphne unbedingt finanziell versorgen. Wäre er darum nicht gar so ängstlich bemüht gewesen, hätte das Gericht vielleicht länger gezögert, ehe es einen Vormund bestimmte.«

»Das nehme ich an«, sagte Mason. »Wie hoch ist übrigens mein Guthaben bei Ihrer Bank?«

»Ihr Guthaben?« rief Paxton erstaunt. »Nun, absolut gleich Null.«

»Ich möchte mir gern fünfundsiebzigtausend Dollar von Ihnen borgen.«

»Das wird sich machen lassen, denke ich. Haben Sie irgendwelche Sicherheiten?«

»Nicht gegen Sicherheiten; ich würde Ihnen einen Schuldschein geben«, erwiderte Mason.

Paxton schüttelte den Kopf und fragte stirnrunzelnd: »Wie lange brauchen Sie das Geld, Mr. Mason?«

»Etwa zehn Minuten.«

Paxton sah ihn ungläubig an. »Fünfundsiebzigtausend Dollar für zehn Minuten?«

»Ja.«

»Du lieber Himmel, was wollen Sie denn damit?«

Mason feixte. »Ich gedachte sie auf Horace Shelbys Konto einzuzahlen.«

»Sind Sie wahnsinnig? Sind Sie...« Plötzlich blieb Paxton stehen, sah Mason verblüfft an und brach dann in Gelächter aus.

»Kommen Sie«, drängte er, »gehen wir auf dem schnellsten Wege zur Bank.«

Er lief so rasch, daß Mason längere Schritte machen mußte, um neben ihm zu bleiben.

Als sie die Bank betraten, rief Paxton sofort eine Sekretärin. »Wenn es Ihnen recht ist, Mr. Mason«, sagte er, »diktiere ich jetzt einen Brief an Borden Finchley und teile ihm mit –«

»Ich hielte es für richtiger«, unterbrach Mason, »wenn Sie das

Schreiben an Horace Shelby richteten, zu Händen des Vormunds Borden Finchley.«

Paxton lächelte. »Ich verstehe. Es ist ein juristischer Unterschied und wichtig.«

Er wandte sich an die Sekretärin. »Nehmen Sie bitte einen Brief auf an Mr. Horace Shelby, zu Händen des Vormunds Borden Finchley: Sehr geehrter Mr. Shelby, die Restzahlung von fünfzigtausend Dollar für den Verkauf des Broadway-Grundstücks ist auf Ihrem Konto eingegangen. Der Käufer erhielt zur Vorlage bei der Treuhandgesellschaft einen Einzahlungsbeleg in doppelter Ausfertigung. Absatz. Diese Summe haben wir Ihrem Konto gutgeschrieben. Hochachtungsvoll.«

Mason nickte. »Können wir jetzt die Darlehensabteilung aufsuchen?«

»Sofort. Ich glaube, Mr. Mason, in diesem Fall werde ich das Darlehen persönlich gewähren. Sie wünschen fünfundsiebzigtausend Dollar?«

»Ja.«

»Ich setze die Laufzeit auf dreißig Tage fest«, erklärte Paxton.

»Wie Sie wollen. Ich werde das Geld nicht so lange brauchen. Aber wenn Sie für Ihre Unterlagen dreißig Tage wünschen, soll es mir recht sein.«

Paxton schrieb den Schuldschein aus, Mason unterzeichnete.

»Wie möchten Sie die Summe haben?« fragte Paxton.

»Ich glaube, den Umständen entsprechend wäre Bargeld am besten. 75 Tausender bitte.«

Paxton ging zum Schalter und kehrte mit dem Bündel Scheine zurück.

»Ich denke, von jetzt an lassen Sie die Sache auf dem regulären Weg weiterlaufen.«

»Genau«, stimmte Mason zu und schüttelte Paxton die Hand.

Er steckte das Geld in die Tasche, ging zu einem Schalter, schrieb ein doppeltes Einzahlungsformular aus und stellte sich in der Kundenschlange an.

Als er an der Reihe war, zog er die 75 Tausenddollarscheine und den Beleg aus der Tasche.

»Schreiben Sie diese Summe bitte dem Konto von Mr. Horace Shelby gut«, bat er.

Der Kassierer schaute erstaunt auf das Geldbündel nieder. »Eine Bareinzahlung über fünfundsiebzigtausend Dollar?« fragte er.

»Allerdings«, bestätigte Mason.

»Ich glaube, dieses Konto ist umgeschrieben«, sagte der Kassierer. »Es tut mir leid, aber –«

»Kann die Bank nicht die Einzahlung entgegennehmen?«

»Ja, doch, das können wir.«

»Dann schreiben Sie diese Summe bitte dem Konto von Horace Shelby gut.«

»Einen Moment«, erwiderte der Kassierer, »ich muß noch eine Auskunft einholen.«

Nach ein paar Minuten war er zurück. »Wenn Sie auf dieser Einzahlung bestehen, Mr. Mason, dann bleibt uns nichts anderes übrig, als sie entgegenzunehmen.«

»Sehr gut. Ich bestehe also darauf.«

Der Kassierer stempelte das Duplikat der Einzahlungsquittung und zeichnete ab.

»Und jetzt«, fuhr Mason fort, während er Daphnes unterschriebenen Scheck aus der Tasche zog, »habe ich hier einen Scheck, den ich bar einlösen möchte. Einen Scheck über 125 000 Dollar.«

»Sie wollen einen Scheck über 125 000 Dollar in bar ausgezahlt haben?« Der Kassierer war perplex.

»So ist es«, bestätigte Mason und reichte den Scheck durchs Fenster.

Der Kassierer betrachtete ihn mit fassungslosem Erstaunen. Dann schien ihm plötzlich ein Licht aufzugehen.

»Warten Sie bitte einen Augenblick«, bat er, »ich muß auch das prüfen lassen.«

Er verließ den Schalter und kam kurz darauf zurück. »Es ist zufällig gerade so viel Geld auf dem Konto, um diesen Scheck zu dekken.«

»Die Höhe des Kontos interessiert mich nicht«, sagte Mason, »ich möchte nur den Scheck einlösen.«

»Das ist aber eine höchst ungewöhnliche Situation, Mr. Mason«, bemerkte der Kassierer.

»Für Sie vielleicht«, erwiderte Mason und sah geflissentlich auf seine Armbanduhr.

»Wie möchten Sie die Summe, Mr. Mason?«

»In Scheinen zu tausend Dollar.«

Der Kassierer öffnete sein Schubfach, zählte sorgfältig Masons eingezahlte fünfundsiebzigtausend Dollar ab und nahm weitere zwanzigtausend dazu. Dann rief er einen Boten, ließ den Rest in

Tausenddollarnoten aus dem Tresor holen und überreichte sie Mason wenige Minuten später.

»Vielen Dank«, sagte Mason.

Er steckte das Geld in die Tasche und ging zum Glaskasten hinüber, wo Stanley Paxton hinter seinem Schreibtisch saß. »Mr. Paxton, ich habe vor kurzem ein Darlehen über fünfundsiebzigtausend Dollar von Ihrer Bank erhalten.«

»Stimmt«, sagte Paxton. »Es war ein kurzfristiges Darlehen mit dreißig Tagen Laufzeit und gegen Ihre persönliche Bürgschaft, Mr. Mason.«

»Genau. Und ich sehe jetzt, daß ich das Geld nicht mehr brauche. Ich möchte es deshalb zurückzahlen.«

»Nanu! Das ist aber höchst ungewöhnlich«, sagte Paxton trocken.

»Ich weiß. Die Zinsen für einen Tag belaufen sich nach meiner Rechnung auf 12 Dollar 32 Cent.«

Tiefernst zählte Mason 75 Tausenddollarscheine, einen Zehndollarschein, zwei Eindollarscheine und 32 Cent auf den Schreibtisch des Bankiers.

»Ich muß schon sagen ...«, sagte Paxton. »Aber wenn Sie auf der Rückzahlung bestehen, müssen wir sie akzeptieren. Einen Moment bitte.«

Paxton legte das Geld in seine Schreibtischschublade, nahm den Hörer eines Haustelefons ab und rief: »Schicken Sie mir bitte den Schuldschein Perry Mason, fünfundsiebzigtausend Dollar herüber. Vermerken Sie ›bezahlt‹ darauf ... Stimmt, ich weiß, er ist gerade erst eingegangen ... Richtig. Vermerken Sie ›bezahlt!‹«

Drei Minuten später erschien ein junger Mann mit dem Schuldschein.

»Hier«, sagte Paxton. »Es tut mir leid, daß Sie keine Verwendung für die Summe haben. Wir leihen gern Geld gegen Zinsen aus, wenn gute Sicherheiten vorhanden sind.«

»Oh, ich verstehe«, sagte Mason. »Und nun habe ich noch eine Bitte. Hier sind fünfzigtausend Dollar in bar. Dafür hätte ich gern zehn Kassenschecks à fünftausend Dollar, zahlbar an Daphne Shelby. Ich glaube, Sie kennen Miss Shelby.«

»Aber gewiß, wir kennen sie recht gut. Sie führt die Geschäfte für ihren Onkel. Es wird nur ein paar Minuten dauern.«

Paxton nahm die fünfzigtausend Dollar, verließ seinen Schreibtisch und kehrte fünfzehn Minuten später mit den zehn Kassenschecks zurück.

»Ich danke Ihnen vielmals«, sagte Mason.

Der Bankier stand auf.

»Wir haben uns vorhin schon die Hände geschüttelt, Mr. Mason, aber ich möchte es noch einmal tun. Und bitte verzeihen Sie mir meinen kurzen Zweifel an Ihrem Einfallsreichtum. Als ich ein Geschäftsgeheimnis verletzte, indem ich Sie ins Vertrauen zog, da hoffte ich gegen alle Vernunft, Sie würden vielleicht einen Ausweg finden. Und dann glaubte ich mich enttäuscht. Ich sehe, ich hätte mehr Vertrauen haben sollen.«

Er drückte dem Anwalt fest die Hand. »Viel Glück, Mr. Mason.«

»Herzlichen Dank«, erwiderte Mason. »Und Dank auch der *Investors National Bank* für das Interesse, das sie ihren Kunden entgegenbringt. Diese Einstellung wird sich letzten Endes immer zu Ihrem Nutzen auswirken.«

Mit den zehn Kassenschecks in der Brusttasche verließ der Anwalt die Bank und ging zu Daphne Shelbys Hotel.

»Daphne«, rief er ihr entgegen, »Sie sind keine Bettlerin mehr.«

»Wieso?«

Er zog die zehn Schecks aus der Tasche.

Sie besah sich jeden einzelnen ungläubig. »Wie um alles in der Welt ...«

»Diesen einen unterschreiben Sie bitte mit dem Vermerk ›zahlbar an Perry Mason‹.«

»Ist das Ihr Honorar?« fragte sie.

»Über das Honorar reden wir im Moment noch nicht«, sagte Mason. »Ich lasse Sie diesen Scheck nur unterzeichnen, damit ich ihn einlösen und Ihnen das Geld geben kann. Mehr sollten Sie zur Zeit nicht bei sich haben. Am besten nehmen Sie 4500 Dollar in Reiseschecks. Und die restlichen sollten Sie sich als Notgroschen zurücklegen.«

6

Mason war seit einer knappen Stunde wieder in seinem Büro, als Paul Drakes Klopfzeichen an der Tür ertönte.

Della Street ließ den Detektiv eintreten.

»Also, ich habe Ralph Exeter unter die Lupe genommen«, verkündete er.

»Was ist los mit ihm?« fragte Mason.

»Exeter heißt mit richtigem Namen Cameron. Er hat einen komischen Vornamen – Bosley. Stammt aus Las Vegas. Er ist Spieler und besitzt Schuldscheine von Borden Finchley über mehr als einhundertundfünfzigtausend Dollar.«

»Das erklärt vieles«, bemerkte Mason.

»Es geht noch weiter«, fuhr Drake fort. »Cameron ist selber verschuldet, und wenn er das Geld von Finchley nicht kriegt, kann er sich bei seinen eigenen Leuten nicht mehr sehen lassen. Deshalb hält er sich hier versteckt und nennt sich jetzt Ralph Exeter aus Boston, Massachusetts.«

»Verdammt gute Arbeit hast du geleistet, Paul«, lobte Mason. »Wirklich großartig.«

Drake schüttelte den Kopf. »Ich habe kaum etwas dabei getan. Zufällig kreuzte ich die Spur von Leuten, die auf der Suche nach Cameron sind.«

»Und wie hast du das angestellt?«

»Nun, Finchleys ganzer Hintergrund, also woher er kam, womit er sich beschäftigte, war ziemlich undurchsichtig. Aber die Putzfrau im Hause hatte auf seinem Gepäck, als er ankam, Klebezettel aus Las Vegas entdeckt. Am zweiten Tag kratzte er sie mit viel Mühe herunter. Wie du dich erinnern wirst, sagte Finchley, sie seien in Exeters Wagen gekommen. Ich untersuchte die Zulassungsschilder an Exeters Wagen. Sie stammten zwar aus Massachusetts, aber ich hängte mich an die Strippe und konnte feststellen, wer als Eigentümer registriert war, als der Wagen Massachusetts verließ. Dieser Mann, der Eigentümer also, war in Las Vegas in ein Glücksspiel verwickelt worden. Cameron, dem er etwas über tausend Dollar schuldete, schlug vor, die Wagen zu tauschen und ihm, Cameron, die Differenz auszuzahlen. Der Knabe hatte keine Wahl, er mußte auf den Handel eingehen. So tauschten sie einfach ihre Autos, ohne jedoch die Formalitäten zu erledigen und die Registrierung ändern zu lassen. Das wollten sie später nachholen. Nachdem ich mal auf dieser Spur war, telefonierte ich ein bißchen in Las Vegas herum und stellte fest, daß Cameron zu dem Typ von Spielern gehört, die mal in den Wolken schweben und am nächsten Tag ganz unten sind. In einem Pokerspiel hatte er haushoch verloren und mit Schuldscheinen um sich geworfen. Freunden erzählte er, er habe einen Bekannten, der ihm einhundertundfünfzigtausend Dollar schulde. Dieser Mann habe sein Schäfchen auf dem trockenen, aber es werde noch eine Weile dauern, bis er Bargeld sähe. Er, Cameron, wollte ihn jetzt schwer unter Druck setzen. Dann verschwand Cameron. Zuerst waren seine Gläubiger bereit zu warten, aber jetzt werden sie unruhig und möchten sehr gern wissen, wo er sich aufhält.«

Mason lachte. »Na also, Paul, allmählich sehen wir Land. Diese Art Munition brauchen wir.«

»Zu schade, daß wir sie nicht schon bei der Verhandlung hatten.«

»Wir werden eben bei der nächsten Runde damit aufkreuzen«, beruhigte Mason ihn.

Das Telefon klingelte.

Della Street nahm ab und blickte Mason fragend an. »Wollen Sie mit Mr. Darwin Melrose sprechen?«

»Gewiß doch«, sagte Mason und nahm den Hörer. »Hallo, Melrose, was kann ich für Sie tun?«

Darwin Melrose ratterte los wie ein Maschinengewehr. »Was, zum Teufel, haben Sie da angestellt? Von der Treuhandgesellschaft erfahre ich, daß ein Dokument eingelöst worden ist. Jemand hat an Horace Shelby die Restzahlung für ein Grundstück geleistet, fünfzigtausend Dollar –«

»Ja und?« fragte Mason, als Melrose Luft holte.

»Ich fragte bei *Investors National* nach und hörte, daß kein Geld auf Shelbys Konto ist. Die Einzahlung von fünfzigtausend Dollar ist bereits abgehoben. Es seien zwei Einzahlungen geleistet worden, sagte man mir, eine über fünfzig- und eine über fünfundsiebzigtausend Dollar. Beide wurden mit einem von Daphne Shelby unterzeichneten Scheck abgehoben, womit das Konto leer ist.«

»Stimmt«, gab Mason zu. »Das ist auch kein Geheimnis. Über den Scheck sprachen wir ja im Gericht. Ihr Mandant wußte absolut Bescheid.«

»Von dem Scheck wissen und ihn ausgezahlt erhalten, sind zwei verschiedene Dinge.«

»Der Scheck befand sich im Besitz von Daphne Shelby«, erwiderte Mason. »Es war Geld zu seiner Deckung vorhanden. Die Bank hatte das Recht, ihn auszuzahlen, und Daphne war berechtigt, ihn vorzulegen.«

»Aber die Bank wußte doch, daß ein Vormund eingesetzt war.«

»Sie war verständigt worden, daß das Gericht einen Verwalter für Shelbys Konto bestellt hatte, und zwar zum damaligen Kontostand. Von irgendwelchen künftigen Eingängen war nichts erwähnt.«

»Das hatten wir nicht für notwendig erachtet, da wir das gesamte Konto auflösten.«

»Es tut mir leid, daß Sie die Situation mißverstanden haben«, sagte Mason. »Ihre Anweisung an die Bank war durchaus klar. Sie gaben Auftrag, den gesamten Betrag, der sich zur Zeit dieses Auftrags auf Horace Shelbys Konto befand, an den Vormund zu überweisen.«

»Mir gefällt das nicht«, ereiferte sich Melrose, »und ich glaube nicht, daß es dem Gericht gefallen wird. Das sind unsaubere Praktiken.«

»Wie bitte?« fragte Mason.

»Ich sagte, es sind unsaubere Praktiken.«

»Und ich glaube, Sie mißverstehen die Lage«, sagte Mason grinsend. »Es waren keine unsauberen Praktiken auf meiner Seite, sondern schwerfällige auf Ihrer. Gehen Sie zum Gericht, wenn Sie wollen, und stellen Sie fest, was der Richter dazu sagt.«

»Genau das habe ich vor«, antwortete Melrose. »Ich werde beantragen, Ihnen Mißachtung des Gerichts nachzuweisen und die Auflage zu machen, die gesamte auf diesen Scheck ausgezahlte Summe an den Vormund zu überweisen.«

»Das ist Ihr gutes Recht. Bringen Sie diese Anträge bei Gericht vor, und ich werde Stellung dazu nehmen ... Wünschen Sie sonst noch etwas?«

Darwin Melrose knallte den Hörer auf.

Mason sah Paul Drake grinsend an; der fragte: »Nach deiner Unterhaltung zu urteilen, bist du wieder über einen deiner Tricks gestolpert?«

»Ich weiß es noch nicht. Darwin Melrose ist an sich der Typ des pedantischen Rechtsanwalts. Natürlich kannte er den Saldo auf Shelbys Konto genau. So stellte er auch die Anweisung an die Bank präzise aus. Danach war Shelbys gesamter Kontobestand, also soundso viele tausend und hundert Dollar und soundso viele Cent – rund einhundertundsechsundfünfzigtausend Dollar –, an den Vormund zu überweisen. Es kam ihm nur nicht der Gedanke, daß noch Gelder für Shelby eingehen könnten.«

»Und es gingen noch welche ein?« fragte Drake.

»Genau das.«

»Hast du da nachgeholfen?«

»Oh, ein bißchen«, gab Mason feixend zu. »Wir haben Horace Shelbys Auftrag zum Teil ausgeführt, und dank deiner Information schaffen wir möglicherweise auch den Rest noch.«

»Und deine Mandantin? Ich nehme an, du hast für sie gesorgt?«

»Habe ich.«

»Findest du sie nicht eine Kleinigkeit zu naiv?«

»Inwiefern?«

»Für ein Mädchen, das seines Onkels gesamte Korrespondenz führt, ihm mehr oder weniger das Denken abnimmt, wenn es sich um Tausende von Dollar handelt, scheint mir ihre Naivität nicht ganz echt.«

Mason studierte den Detektiv nachdenklich. »Weißt du, Paul, mir ist dieser Gedanke auch schon gekommen. Ich habe mich gefragt, ob sich hinter ihrem schulmädchenhaften Gehabe nicht recht clevere Ideen verstecken. Bedenke aber, daß die Bank ja seit langem mit ihr in Verbindung steht. Die Leute kennen das Vertrauensverhältnis zwischen ihr und ihrem Onkel und sind völlig auf ihrer Seite.«

»Ja, man sollte wohl annehmen, sie ist okay«, gab Drake zu. »Und doch ... glaubst du nicht, daß sie ihre Verwandtschaft mit Shelby schon immer bezweifelt hat und ihn diesen Verdacht nur nicht merken ließ?«

Mason zuckte die Schultern. »Ich habe wirklich keinen blassen Dunst, Paul. Was meinen Sie dazu, Della?«

Della Street schüttelte den Kopf. »Meine Ansicht werden Sie nicht erfahren«, erwiderte sie.

»Sie haben eine?«

»Ja.«

»Und warum wollen Sie sie nicht verraten?«

»Weil ich mir über meine Motive nicht klar bin«, sagte sie nachdenklich.

»Auf jeden Fall werden wir unser möglichstes für sie tun. Sie hat eine Reihe von Schicksalsschlägen hinnehmen müssen, aber ich denke, letzten Endes werden wir Sieger bleiben. Wer ist der Arzt, den der Richter bestellen will, Paul?«

»Ich weiß es noch nicht, habe aber schon Fühler ausgestreckt ...« Das Telefon unterbrach ihn.

Della nahm ab. »Für Sie, Paul. Ihr Büro ruft auf der Geheimnummer an.«

Drake nahm das Gespräch an und sagte gleich darauf: »Geben Sie mir diesen Namen noch einmal ... Danke.« Er legte auf und wandte sich an Mason. »Deine Frage ist schon beantwortet, Perry. Der Richter hat Dr. Grantland Alma als Gerichtsarzt bestellt.«

Della Street blätterte sofort im Telefonbuch und ergänzte die Information. »Hier ist er. Seine Praxis ist Center Building 602, Telefon Lavine 2-3681.«

»Und jeder Versuch einer Beeinflussung wird ihn wild machen«, prophezeite Mason. »Aber warum sollte ich als Anwalt nicht versuchen, Horace Shelby zu besuchen, bevor der Arzt es tut?«

»Da hast du nicht die geringste Chance«, entgegnete Drake.

Mason lächelte. »Es wäre ganz zweckmäßig zu erfahren, ob sie ihn völlig von der Außenwelt abgeschnitten haben.« Er sah auf seine Uhr. »Der Doktor müßte jetzt in seiner Praxis sein. Vor morgen früh wird er kaum zu Shelby gehen. Rufen Sie seine Sprechstundenhilfe an, Della.«

»Die Sprechstundenhilfe?«

»Ja. Mit einem Arzt sollte man stets über seine Sprechstundenhilfe verhandeln.«

Della stellte die Verbindung her und nickte Mason zu, der den Hörer nahm.

»Hallo, hier spricht Perry Mason, Rechtsanwalt. Ich würde Dr. Alma sehr gern kurz am Telefon sprechen. Wenn das nicht möglich ist, möchte ich ihn etwas fragen lassen. Die Sache ist einigermaßen dringend.«

Die Frauenstimme am anderen Ende sagte: »Ich bin seine Sprechstundenhilfe. Vielleicht sagen Sie besser mir Ihr Anliegen. Der Doktor ist sehr beschäftigt, wir haben das Wartezimmer voller Patienten.«

»Dr. Alma ist von Richter Ballinger beauftragt worden, Mr. Horace Shelby vor einer Gerichtsverhandlung zu untersuchen, die am –«

»Oh, aber das würde Herr Doktor weder mit Ihnen noch mit irgend jemandem besprechen«, unterbrach die Arzthelferin.

»Das soll er auch nicht. Ich möchte lediglich feststellen, ob Dr. Alma etwas dagegen hätte, wenn ich Mr. Shelby im *Goodwill Sanatorium* besuchte.«

»Das ist kaum anzunehmen, falls Sie den Patienten nicht aufregen oder ängstigen. Sie sind einer der Anwälte in der Sache?«

»Ja.«

»Bitte beunruhigen Sie ihn aber nicht, falls er erregbar sein sollte.«

»Ich danke Ihnen. In welchem Zimmer liegt er übrigens?«

»Ich glaube, auf einer Isolierstation. Moment ... Haus 17.«

»Haben Sie besten Dank.«

»Oh, keine Ursache.«

»Sagen Sie bitte Dr. Alma, daß ich angerufen habe.«

»Ich werde es ausrichten.«

Mason legte lachend auf. »Solche Auskünfte holt man sich am besten in aller Offenheit.«

»Ein guter Privatdetektiv hätte zwei Tage à fünfzig Dollar berechnen können, um dir diese Information zu besorgen, Perry. Soll ich mitkommen?«

»Nein, Paul. Ich gehe lieber allein.«

»Es könnte eine wilde Party werden, da draußen«, warnte Drake.

»Ich stehe in dem Ruf, unter gewissen Umständen selbst ganz schön wild zu werden«, erwiderte Mason.

7

Das *Goodwill Sanatorium* in El Mirar war offenbar die Kombination eines umgebauten Motels mit einem großen altmodischen dreistöckigen Wohngebäude auf dem Nachbargelände.

Man hatte die Grundstücke zusammengelegt und einen Bretterzaun herumgebaut. Vor den Fenstern der Motelblocks und vor den Erdgeschoßfenstern des großen Gebäudes waren unauffällige Eisengitter angebracht – dekoratives Schmiedeeisen und rechtwinklige Stangen.

Perry Mason studierte den Komplex, machte aber keinen Versuch, sich hineinzuschleichen. Er ging durch das Tor, die breite Auffahrt hinauf und zum Haupteingang, an dem ein Schild verkündete: *Büro.*

Schon am Tor hatte Mason einen Aushang bemerkt: *Gesucht: junge, anpassungsfähige Frau mit freundlichem Wesen für allgemeine Arbeiten.* Ein ähnliches, gerahmtes Schild hing neben der Bürotür. Das Institut schien erheblichen Personalwechsel zu haben und schwer Ersatzkräfte zu finden.

Mason betrat das Büro.

Ein langer Tisch teilte den Raum in zwei Hälften. Dahinter stand ein Klappenschrank mit einem Stuhl, an einer Seite ein mit Papieren übersäter Schreibtisch, ein paar Drehstühle und ein Bord mit quadratischer Einteilung und einer Zimmernummer über jedem Fach.

Am Klappenschrank blinkte ein Licht auf. Der übliche laute Summton meldete einen Anruf.

Mason ging zum Tisch.

Eine Frau mittleren Alters kam eilig durch eine Tür im rückwärtigen Teil des Büros. Sie sah kaum zu Mason hinüber, ging zum Klappenschrank, nahm den Kopfhörer und sagte: »Hier *Goodwill Sanatorium.*«

Einen Moment hörte sie zu und antwortete dann: »Nein, er ist jetzt nicht hier. Ich habe seiner Sekretärin Bescheid gesagt. Er wird sofort anrufen, wenn er zurückkommt ... Nein, ich weiß nicht, wann er kommt ... Ja, ich hoffe es. Heute irgendwann ... Ja, er ruft Sie an, Herr Doktor, sobald er eintrifft ... Auf Wiedersehen.«

Sie riß den Stöpsel heraus und wandte sich müde und etwas widerwillig Mason zu.

»Und was kann ich für Sie tun?«

»Sie haben hier einen Mr. Horace Shelby.«

Augenblicklich erstarrte die Frau in Abwehr. Ihre grauen Augen wurden argwöhnisch.

»Und was wollen Sie?«

»Ich möchte ihn besuchen«, sagte Mason.

»Sind Sie ein Verwandter?«

»Ich bin Rechtsanwalt.«

»Vertreten Sie ihn?«

»Ich vertrete eine Verwandte von ihm.«

»Die Besuchszeit ist vorbei«, verkündete sie.

»Aber es ist sehr wichtig, daß ich ihn jetzt spreche.«

Sie schüttelte den Kopf. »Sie müssen in der Besuchszeit kommen.«

»Und wann ist die?«

»Nachmittags zwei bis drei.«

»Wollen Sie sagen, vor morgen nachmittag kann ich ihn nicht sprechen?«

»Ich bin nicht mal sicher, daß Sie ihn morgen sehen können. Sie müssen mit dem Arzt sprechen. Er hat aber gerade einigen Ärger gehabt. Das Schild ›keine Besucher‹ hing an seiner Tür, und ... Wie war Ihr Name?«

»Mason, Perry Mason.«

»Ich werde dem Doktor sagen, daß Sie hier waren.«

»Wie ist sein Name?« fragte Mason.

»Doktor Baxter. Tillman Baxter. Er ist der Direktor.«

»Ist er Psychologe?«

»Er hat eine Lizenz zur Führung des Betriebs hier, mehr weiß ich nicht. Und ich glaube nicht, daß es Zweck für Sie hat, wiederzukommen.«

Sie drehte Mason abrupt den Rücken und verließ das Büro.

Mason sah sich noch einmal prüfend um und ging zu seinem Wagen zurück.

Ein Mann stand dort. »Sind Sie der Gerichtsarzt?« fragte er Mason.

»Was für ein Gerichtsarzt?« entgegnete der Anwalt und betrachtete sich den Mann neugierig.

»Im Fall Shelby.«

»Wieso?«

»Ich möchte mit Ihnen sprechen«, erklärte der Mann.

»Darf ich fragen, warum?«

»Sie haben meine Frage noch nicht beantwortet. Sind Sie der vom Gericht bestellte Arzt?«

»Nein. Ich bin Perry Mason, Rechtsanwalt. Warum wollten Sie mit dem –«

Der Mann wartete das Ende des Satzes nicht ab, ging rasch zu seinem Wagen, der ein Stück vor Masons Auto parkte, sprang hinein und sagte etwas zum Fahrer.

Der Wagen preschte die Straße hinunter.

Mason versuchte, die Nummer festzustellen, aber der Wagen hatte zu weit vorn geparkt. Er erkannte nur noch, daß es ein Nummernschild aus Nevada war.

Er tat, als ginge er zum Sanatorium zurück, kehrte aber um, zog den Autoschlüssel aus der Tasche, lief rasch zu seinem Wagen zurück und sprang hinter das Lenkrad.

Er startete und brauste ab.

Der Wagen mit dem Nummernschild aus Nevada war verschwunden. Offenbar war er in eine Seitenstraße eingebogen.

Mason kreuzte durch mehrere Straßen. Er hoffte, ihn doch noch wiederzufinden und die Nummer festzustellen, jedoch vergeblich.

Dann fuhr er zurück in sein Büro.

»Dr. Alma hat angerufen«, teilte Della Street mit. »Sie könnten ihn jederzeit sprechen. Ich habe ihm gesagt, Sie kämen bald zurück.«

Mason nickte.

»Gertie ist nach Hause gegangen, ich verbinde Sie.«

Ihre Finger schwirrten über die Wählscheibe. »Bitte Dr. Alma für Mr. Mason«, sagte sie.

Mason nahm das Telefon und meldete sich. »Hallo, hier spricht Perry Mason.«

»Dr. Grantland Alma. Sie wollten mich sprechen, Mason?«

»Ja. Wie ich höre, hat Richter Ballinger Sie bestellt, Horace Shelby zu untersuchen und ein Gutachten über seinen körperlichen und geistigen Zustand abzugeben.«

»Ja, das stimmt.«

»Werden Sie Horace Shelby schon bald besuchen?«

»Ich kann nicht vor morgen früh«, sagte Dr. Alma. »Ich habe dem Sanatorium mitgeteilt, daß ich morgen um zehn Uhr dort sein werde.«

»Ist es denn richtig, den Leuten den genauen Termin Ihrer Ankunft bekanntzugeben?« fragte Mason.

»Ich meine, ja; denn ich habe ihnen gesagt, nach acht Uhr heute abend sollen Shelby keine Beruhigungsmittel mehr verabreicht werden; ich wünsche außerdem eine vollständige Liste über sämtliche verordneten Medikamente. Ferner soll niemand vom Sanatorium während meiner Untersuchung anwesend sein. Und ich werde meine eigene Krankenschwester mitbringen.«

Mason lächelte. »Vielen Dank, Doktor. Ich verstehe, warum das Gericht Sie für diesen Fall bestellt hat... Ich hatte nur fragen wollen, ob umfassende Vorsichtsmaßnahmen getroffen wurden, damit der Patient eine faire Chance hat.«

»Ich weiß, an was Sie denken, Mason. Sicher ist Ihnen auch bekannt, daß gewisse Sedativa, intravenös gegeben, einen Patienten in tiefen Schlaf versetzen können. In manchen Fällen aber verwirren sie den Kranken nur, und er kann für mehrere Tage unberechenbar werden. Andere Präparate können eine erhebliche geistige Störung hervorrufen, wenn sie zum Beispiel einem Menschen verabreicht werden, der an Arteriosklerose leidet.«

»Können Sie diese Art Medikamente beim Patienten nachweisen?«

»Ja und nein. Ich kann eine Blutprobe machen, die von einigem Nutzen ist. Aber ich kann an sich ziemlich genau sagen, ob ein Mensch sein normales Selbst ist oder ob er unter dem Einfluß von Drogen gestanden hat, deren Wirkung gerade im Abklingen ist. Sie und Ihr Ruf als Anwalt sind mir bekannt, Mr. Mason. Ich nehme an, Sie vertreten die Nichte oder die junge Frau, die sich für die Nichte hielt – auf jeden Fall das Mädchen, das den Patienten früher versorgt hat und ihm sehr ergeben war. Vertraulich kann ich Ihnen auch mitteilen, daß das Sanatorium Einwände gegen den Entzug von Medikamenten machte. Man sagte, der Patient sei unruhig, außerordentlich reizbar, leide an Schlaflosigkeit und brauche starke Beruhigungsmittel. Ich fragte, was man unter starken Beruhigungsmitteln verstehe, und nach einiger Diskussion hierüber gab ich die Höchstdosis eines Schlafmittels für heute abend an. Ich kann Ihnen versichern, Mr. Mason, daß ich diesen Fall sorgfältigst prüfen werde.«

»Haben Sie besten Dank«, sagte Mason. »Ich wollte mich nur gern über Ihre Absichten informieren.«

»Und ich bin über die Ihrigen informiert«, sagte Dr. Alma mit einem kleinen Lachen. »Keine Sorge, Mason, ich werde fair und dabei sehr, sehr gründlich vorgehen.«

»Ich danke Ihnen für Ihr Verständnis«, erwiderte Mason und legte auf.

»Della«, rief er, »wir könnten eigentlich Schluß machen und nach Hause gehen. Ich glaube, es ist alles geregelt. Dr. Alma weiß, was er tut. Offensichtlich ist er mit allen Methoden vertraut. Daphne sitzt brav in ihrem Hotel. Das Sanatorium ist in der Defensive, und es sollte mich nicht wundern, wenn dieses Institut morgen einen aufregenden Tag hätte.«

»Welchen Eindruck hat es auf Sie gemacht?« fragte sie.

Mason machte eine vage Handbewegung. »Soso. Ich glaube, der Leiter, den sie ›Doktor‹ nennen, ist kein approbierter Arzt, obwohl er wahrscheinlich die behördliche Genehmigung zur Leitung eines Pflegeheimes besitzt. Viele dieser Heime sind durchaus in Ordnung, andere wieder nicht. Es gibt tatsächlich welche ... sei der Himmel den armen Leuten gnädig, die da reingesteckt werden. Nur zu häufig wollen Verwandte sich nicht mit einem alten Mann abgeben, der ein bißchen vergeßlich und unappetitlich wird. Also schaffen sie ihn in ein Pflegeheim, waschen sich die Hände in Unschuld und vergessen ihn. Und dem Heim ist alles recht, solange der Monatsscheck regelmäßig eintrifft. Dann gibt es noch die ganz gerissenen unter den Sanatoriumsleitern. Sie wissen, wann man einen alten Menschen als unzurechnungsfähig hinstellen will. Wenn sie den Haß des Patienten spüren, der Vormund oder Pfleger jedoch jeden Monat brav zahlt, dann haben sie in kürzester Zeit heraus, wo ihr Vorteil liegt.«

»Meinen Sie, dies ist so ein Sanatorium?«

»Es würde mich nicht überraschen, Della. Aber ich glaube, im Augenblick läuft alles richtig. Machen wir Schluß.«

8

Perry Mason betrat sein Büro am nächsten Morgen um neun Uhr. Della öffnete die Post und sortierte sie in drei Stapeln: dringend, wichtig und unwichtig.

Mason sah flüchtig ein paar Briefe aus dem dringenden Stapel durch und meinte: »Wir könnten eigentlich ein bißchen was erledigen, Della ... Haben Sie schon von Daphne gehört?«

»Noch nicht.«

Mason sah auf seine Uhr. »In einer Stunde wird Dr. Alma draußen im Sanatorium sein und Horace Shelby untersuchen. Ich nehme an, da ist jetzt allerhand los.«

»Was zum Beispiel?« fragte Della.

»Verschiedenes. Entweder haben sie den alten Mann unter Drogen gesetzt und Dr. Almas Anweisung ignoriert, oder sie werden vielleicht Gründe erfinden, aus denen Alma ihn nicht begutachten kann.«

»Was könnte Dr. Alma dann tun?«

»Nach seiner Art am Telefon könnte ich mir vorstellen, daß er den Sanatoriumsleuten sagt, entweder ließen sie ihn Horace Shelby untersuchen, oder er werde sie wegen Mißachtung des Gerichts anzeigen.«

»Und wenn Shelby unter Einfluß von Drogen steht?« fragte Della.

»Das wird Dr. Alma feststellen und dem Gericht melden.«

»Wenn aber nicht?«

»Dann wette ich zehn zu eins, daß Horace Shelbys Verstand so hell wie ein neues Dollarstück ist. Wahrscheinlich wird er ziemlich mitgenommen sein, aber er wird doch logisch und zusammenhängend denken können. Und ich glaube, in diesem Fall können wir die Aufhebung des Gerichtsbeschlusses bewirken. Dann wird Shelby die Finchleys rauswerfen, ein Testament zu Daphnes Gunsten machen, und das Happy-End ist fertig.«

»Was ist aber mit diesem Scheck, den Sie eingelöst haben, Chef? Wird das nicht noch Ärger geben?«

»Sie werden natürlich versuchen, uns Ärger zu machen«, gab Mason zu. »Aber ich schätze, sie haben alle Hände voll mit sich selbst zu tun. In so einer Sache ist ein Gegenangriff immer die beste Verteidigung ... So, und jetzt lassen Sie uns noch ein paar Briefe erledigen.«

Mason diktierte bis zehn Uhr. Dann reckte er sich und gähnte.

»Das reicht vorläufig, Della. Ich muß fortwährend an das *Goodwill Sanatorium* denken und was da jetzt wahrscheinlich passiert ... Rufen Sie Daphne an, sie soll herkommen. Möglicherweise bricht bald die ganze Opposition zusammen.«

»Sie sind ziemlich optimistisch heute morgen«, stellte Della fest und griff zum Telefon.

»Ich habe wundervoll geschlafen«, erwiderte Mason lächelnd, »gefrühstückt, und ... Zum Teufel, Della, nach Dr. Almas Verhalten am Telefon hatte ich den Eindruck, daß er weiß, was er tut. Wenn das sogenannte Sanatorium und Pflegeheim sich in Gefahr sieht, die Lizenz zu verlieren, wird sein Leiter sich wahrscheinlich schleunigst auf die andere Seite schlagen.«

Della sagte ins Telefon: »Bitte Miss Daphne Shelby, Zimmer 718.«

Sie wartete eine Weile, zog die Stirn kraus und sah auf ihre Uhr. »Keine Antwort, Chef.«

»Gut. Hinterlassen Sie eine Nachricht. Daphne möchte mich anrufen, sowie sie zurückkommt.«

Della richtete es aus und legte auf.

»Vermutlich ist sie spät eingeschlafen und sitzt noch im Speiseraum beim Frühstück«, meinte Mason.

»Oder sie macht Einkäufe. Sie muß sich ja wie die Goldmarie vorkommen – dank Ihrem finanziellen Gaunerstück, Chef.«

»Nichts von Gaunerstück«, sagte Mason grinsend. »Darwin Melrose gehört eben zu der Sorte Anwälte, die vor lauter Bäumen den Wald nicht sehen.« Mason kicherte. »Wenn der Knabe mir mit verfahrenstechnischen Mätzchen kommt, werde ich genau so spitzfindig gegen ihn vorgehen.«

»Und was wird Richter Ballinger dazu sagen?«

»Das weiß ich nicht. Aber ich glaube, er ist recht tolerant. Und vor allem hegt er inzwischen den starken Verdacht, daß gewisse Dinge in diesem Fall einer kritischen Überprüfung nicht standhalten. Die Tatsache, daß zwischen Daphne und Horace Shelby keine Blutsverwandtschaft besteht, ist natürlich ein Handikap für uns. Wenn das nicht wäre, würde ich ins Gericht marschieren und Feuerwerk machen. Bei dem jetzigen Stand der Dinge habe ich jedoch keine formelle Handhabe, die das Gericht anerkennen kann.«

Das Telefon läutete. Della nahm ab. »Ja, Gertie?« Sie drehte sich rasch zu Mason um. »Das ist sicher Daphne, die zurückruft.«

Mason nickte, wollte den Hörer nehmen und zögerte, als er Dellas Miene sah.

»Es ist Dr. Alma«, sagte sie, »er muß Sie sofort sehr dringend sprechen.«

Mason meldete sich, und Dr. Almas tiefe Stimme sagte: »Mr. Mason, ich bin hier draußen beim *Goodwill Sanatorium*. Wie Sie wissen, kam ich auf gerichtliche Anweisung her, um Horace Shelby zu untersuchen.«

»Was ist mit ihm?« fragte Mason. »Es ist ihm doch nichts passiert?«

»Eine ganze Menge ist ihm passiert.«

»Du lieber Himmel, er ist doch nicht tot?«

»Wir wissen es nicht. Er ist nicht hier.«

»Nicht?«

»Nein.«

»Hat man Finchley erlaubt, ihn da herauszuholen?«

»Auch das weiß ich nicht«, sagte Alma, »aber ich möchte es sehr gern feststellen. Der Mann ist verschwunden. Man sagt mir, er sei ›geflohen‹. Bevor jemand noch mehr Unheil anrichten kann, will ich wissen ... Sie haben doch einen Privatdetektiv, der für Sie arbeitet und ein recht versierter Mann ist? ...

»Richtig.«

»Und Sie selbst sind ja schon eine legendäre Figur. Ob Sie mit Ihrem Detektiv herkommen könnten?«

»Wird man uns hereinlassen?« fragte Mason und gab Della Street einen Wink.

»Sie hereinlassen?« Dr. Alma explodierte fast. »Ich selbst werde Sie hereinlassen! Ich werde den ganzen Laden hier auf den Kopf stellen, wenn diese Leute ihre Karten nicht auf den Tisch legen.«

»Ich komme«, rief Mason.

Er knallte den Hörer auf, griff nach seinem Hut und rief Della zu: »Alarmieren Sie Paul Drake. Er soll seinen Wagen nehmen und mich beim *Goodwill Sanatorium* in El Mirar treffen. Und rufen Sie Daphne Shelby an. Sagen Sie ihr, was geschehen ist. Sie soll sich nicht rühren und ihr Hotelzimmer nicht verlassen, bis sie wieder von uns hört.«

»Und wenn sie sich nicht meldet?« fragte Della.

»Lassen Sie sie im Hotel ausrufen. Ich muß weg.«

Der Anwalt stürzte hinaus und lief zum Fahrstuhl.

Nach genau 34 Minuten halsbrecherischer Fahrt hatte er El Mirar erreicht.

Am Parkplatz beim Tor bremste er scharf und stieg aus. Er bemerkte flüchtig – ohne dieser Tatsache Bedeutung beizumessen –, daß die Aushängeschilder, durch die man Personal gesucht hatte, jetzt entfernt waren und die Bürotür weit offen stand. Die barsche Frau vom Nachmittag vorher begrüßte ihn übertrieben höflich.

»Der Doktor erwartet Sie, Mr. Mason. Die Herren sind in Haus 17. Hier gleich rechts.«

»Danke«, sagte Mason. »Mr. Paul Drake, ein Privatdetektiv, wird jeden Moment hier sein. Wenn er eintrifft, schicken Sie ihn nach Haus 17.«

»Sehr wohl«, erwiderte sie und verzog den Mund zu einem gequält freundlichen Lächeln, über dem ihre Augen kalt und feindselig blieben.

Mason eilte zu Nr. 17, einem kleinen Häuschen, das mit seinesgleichen in einer Reihe stand.

Von drinnen hörte er aufgeregte Stimmen. Er betrat die Veranda und stieß die Tür auf.

Der hochgewachsene Mann, der herumfuhr, als der Anwalt eintrat, war etwa in den Vierzigern, lebhaft, leicht gebeugt, fast so groß wie Mason und offensichtlich höchst entrüstet.

Der andere, um einen Kopf kleiner, machte einen völlig verschüchterten, kleinlauten Eindruck, als sei er absolut in der Defensive.

Mason übersah die Situation mit einem Blick.

»Dr. Alma?« fragte er den größeren der beiden Männer.

Dr. Almas zornige Augen konzentrierten sich auf Mason und wurden ein wenig sanfter. »Sie sind Perry Mason«, sagte er.

Sie schüttelten sich die Hand.

»Und dies ist ›Dr.‹ Tillman Baxter.«

Mason verzichtete auf einen Händedruck.

»›Dr.‹ Baxter besitzt eine Lizenz als Heilpraktiker in einem anderen Staat«, erklärte Dr. Alma. »Er hat gewisse Theorien über Diätkost.«

»Ich besitze die Konzession zur Führung dieses Pflegeheims«, ergänzte Baxter.

»Zweifellos«, schnauzte Dr. Alma. »Aber wie lange noch, ist höchst unbestimmt. Und jetzt wünsche ich erschöpfende Auskunft über Horace Shelby. Sie sagen, Sie führen keine Krankentabellen?«

»Wir sind kein reguläres Krankenhaus«, protestierte Baxter. »Sondern ein Pflegeheim.«

»Und Sie führen keine Unterlagen über die ärztliche Behandlung der Insassen?«

»Wir führen Buch über wichtige Dinge.«

»Was verstehen Sie unter wichtigen Dingen?«

»Alles, was auf eine Veränderung des körperlichen und geistigen Zustands des Patienten schließen läßt.«

»Sie sagten mir, Sie führen auch keine Listen über die verordneten Opiate?«

»Wir verabreichen keine Opiate – das heißt, im allgemeinen nicht.«

»Was tun Sie überhaupt?«

»Wir sorgen für ein ruhiges, ungestörtes Leben unserer Patienten und für ihre gesunde Ernährung. Wir –«

»Man hat mir gesagt, Horace Shelby habe unter dem Einfluß starker Beruhigungsmittel gestanden«, unterbrach Mason ihn. »Wer hat sie verordnet?«

»Starke Beruhigungsmittel?« wiederholte Baxter lahm.

»Das wurde mir mitgeteilt«, bestätigte Mason.

»Ein Privatarzt von außerhalb stellte die Rezepte für Mr. Shelby aus«, erklärte Baxter. »Wir halten uns natürlich an die Vorschriften des jeweiligen Hausarztes der Patienten.«

»Wer ist dieser Arzt?«

»An seinen Namen kann ich mich im Moment nicht erinnern.«

Mason sah sich im Zimmer um und machte im Geist Bestandsaufnahme: ein eisernes Krankenhausbett, Waschständer, Spiegelkommode, abgenutztes Linoleum, vergilbte Spitzengardinen.

»Wohin führt diese Tür hier?« fragte er.

»Ins Badezimmer«, antwortete Baxter.

Mason stieß die Tür auf und betrachtete die altmodische Badewanne, das Waschbecken, das zerschlissene Linoleum, die vollgestopfte Nische, den gewellten Spiegel über dem flachen Apothekenschrank.

»Und diese Tür?« fragte der Anwalt.

»Das ist der Einbauschrank. Dort bewahrt der Patient seine Sachen auf.«

»Ich habe hineingesehen«, sagte Dr. Alma, »die Kleider sind verschwunden.«

Mason sah im Schrank eine Reihe leerer Bügel.

»Er hat alles mitgenommen?«

»Alles, soweit wir das übersehen können«, sagte Baxter. »Der Mann besaß allerdings kaum persönliche Sachen. Rasiert wurde er von einem Wärter. Zahnbürste und Zahnpasta ließ er im Apothekenschrank im Badezimmer. Darüber hinaus hatte er buchstäblich nichts als seine Kleider, in denen er ankam.«

»Anders ausgedrückt«, sagte Mason, »der Mann hatte keine Ahnung, daß er in ein Sanatorium gebracht werden sollte, als man ihn hierher verfrachtete.«

»Das habe ich nicht gesagt«, entgegnete Baxter.

»Wer in ein Sanatorium geht, bringt zumindest einen Handkoffer voll Wäsche mit«, stellte Mason fest. »Schlafanzüge, Unterwäsche, Oberhemden, Socken, Taschentücher.«

»Ein normaler Mensch schon«, bemerkte Baxter.

»Und Horace Shelby war nicht normal?«

»Auf keinen Fall. Er war sehr reizbar, nervös, aufgeregt, aggressiv und wollte sich nicht einfügen.«

»Wer brachte ihn her?«

»Seine Verwandten.«

»Wie viele Personen?«

»Zwei.«

»Borden Finchley und Ralph Exeter?«

»Einer hieß Finchley; den Namen des anderen kenne ich nicht. Es war auch eine Krankenschwester dabei.«

»Mrs. Finchley?«

»Ich glaube, ja.«

»Und die drei schleppten ihn in dieses Zimmer?«

»Sie ließen ihn in das Register des Sanatoriums aufnehmen. Er war völlig verstört. Die Schwester gab ihm ein Beruhigungsmittel.«

»Wissen Sie, was es war?«

»Eine Spritze.«

»Nannte sie Ihnen das Präparat?«

»Sie sagte, es sei von seinem Hausarzt verschrieben worden.«

»Haben Sie eine Kopie des Rezeptes gesehen? Kannten Sie den Arzt?«

»Ich glaubte ihr. Sie war geprüfte Krankenschwester.«

»In diesem Staat?«

»Ich glaube, in Nevada; ich weiß es nicht genau.«

»Wie konnten Sie dann wissen, daß sie geprüfte Krankenschwester war?«

»Sie sagte es. Und aus der Art, wie sie mit der Situation fertig wurde, konnte ich natürlich schließen, daß sie ausgebildet war.«

Mason ging plötzlich in das Zimmer zurück, ergriff einen Stuhl, stellte ihn in den Einbauschrank, stieg hinauf und griff tief in das Innere des oberen Schrankfaches hinein.

»Was ist das?« fragte er und förderte ein paar Gurte zutage.

Dr. Baxter zögerte, hustete und sagte: »Gurte.«

»Natürlich sind es Gurte, gewebte Gurte. Was ist ihr Zweck?«

»Wir verwenden sie bei widerspenstigen Patienten. Sie werden in allen Nervenheilanstalten benutzt.«

»Mit anderen Worten, Sie schnallen einen Mann im Bett fest?«

»Wenn sein Zustand es erfordert.«

»Und Horace Shelby wurde im Bett angeschnallt?«

»Ich kann es nicht genau sagen. Vielleicht war es einmal der Fall.«

»Und wie lange blieb er so gefesselt?«

»Bestimmt nur sehr kurze Zeit. Wir benutzen die Gurte nur, wenn der Patient absolut nicht mehr zu handhaben ist, und gelegentlich auch, wenn wir knapp an Personal sind. Sie sehen ja selbst, Mr. Mason, daß die Gurte abgenommen wurden.«

»In der Tat wurden sie abgenommen«, erwiderte Mason und hielt zwei Teile eines Gurtes hoch. »Sie wurden mit einem scharfen Messer zerschnitten.«

»Du lieber Himmel, tatsächlich!« rief Dr. Baxter aus.

»Wenn Horace Shelby also entwichen ist, wie Sie behaupten, muß er Hilfe von außen gehabt haben. Jemand hat diese Gurte durchschnitten. Ein Mann, der im Bett festgeschnallt ist und kein Messer besitzt, kann die Gurte, die ihn fesseln, wohl kaum zerschneiden.«

Baxter schwieg.

Mason sah Dr. Alma an.

»Ich werde dieses Institut gründlich durchlüften«, sagte Alma, »und feststellen, was hier gespielt wird. Haben Sie das Heim gegründet, Baxter?«

»Doktor Baxter, bitte«, korrigierte dieser.

»Ob Sie es gegründet haben?« wiederholte Alma mit erhobener Stimme.

»Nein, ich habe es von dem Gründer gekauft.«

»War er ein approbierter Arzt?«

»Nach seiner Qualifikation habe ich mich nicht ausdrücklich erkundigt. Ich sah seine Lizenz zur Leitung des Instituts und ließ diese auf mich umschreiben.«

»Durch wen?«

»Durch den Verkäufer.«

»Am besten erscheinen Sie heute um 14 Uhr vor Gericht«, sagte Dr. Alma. »Ich nehme an, Richter Ballinger wird mit Ihnen reden wollen.«

»Ich kann nicht zum Gericht kommen. Ich habe zu viele Patienten und zu wenig Personal. Wir haben alles nur mögliche versucht, tüchtige Hilfskräfte zu bekommen, leider vergeblich.«

»Krankenschwestern?«

»Wir beschäftigen Hilfsschwestern und auch eine voll ausgebildete. Die Schwierigkeit besteht darin, geeignetes Wirtschaftspersonal zu finden. Zur Zeit tun wir alle doppelten Dienst.«

Auf der Veranda waren Schritte zu hören.

Paul Drake rief: »Hallo, Perry.«

»Komm herein«, sagte Mason.

Drake trat ins Zimmer. »Dr. Grantland Alma, Mr. Drake; und ›Dr.‹ Baxter«, stellte Mason vor.

»Sie sind der Detektiv?« fragte Alma.

»Jawohl.«

»Ich glaube, Mr. Mason hat den Hauptanhaltspunkt entdeckt«, teilte Dr. Alma ihm mit.

»Den Hauptanhaltspunkt?« fragte Drake.

»Für das Verschwinden von Horace Shelby.«

»Für die Flucht von Horace Shelby«, korrigierte Baxter.

»Auf jeden Fall ist der Mann verschwunden«, fuhr Dr. Alma fort, »und ich weiß weder wie, wohin noch mit wem.«

»Er war allein«, sagte Baxter.

»Das glauben Sie«, sagte Dr. Alma. »Ich werde Sie mit Ihren eigenen Angaben widerlegen.«

»Wieso?«

»Sie haben ihn hier wie einen unzurechnungsfähigen, verwirrten alten Mann behandelt«, schnauzte Dr. Alma. »Einen Mann, der sich nicht mehr orientieren und nicht mehr auf sich achtgeben konnte; der unfähig war, seine Geschäfte allein zu führen. Als er sich dieser Behandlung widersetzte, haben Sie ihn an sein Bett geschnallt. Besuchern verboten Sie den Zutritt zu ihm. Auch ein Anwalt durfte ihn nicht sehen. Jetzt aber stellen Sie sich auf den Standpunkt, dieser Mann sei so gewitzt gewesen, seine Gurte zu durchschneiden, aufzustehen, sich anzuziehen und durch das Tor auf die Straße zu gelangen – ein alter, schwacher Mann, der nicht einmal genügend Kleingeld für den Autobus besaß und trotzdem verschwand. Erzählen Sie diese Story vor Gericht, sagen Sie aus, Sie hätten den Mann für altersschwach und senil gehalten – wir wollen sehen, was der Richter dazu sagt.«

»Also jetzt mal einen Moment«, unterbrach Dr. Baxter hastig. »Natürlich kann er Beihilfe gehabt haben. Ich habe nur sagen wollen, daß ihm nicht von meinem Institut zur Flucht verholfen wurde. Mit anderen Worten, nicht wir haben versucht, ihn wegzuschaffen, um ihn dem Gerichtsprozeß zu entziehen.«

»Es handelt sich nicht darum, was Sie sagen wollten, sondern was Sie gesagt haben«, entgegnete Dr. Alma. »Was mich betrifft, so bin ich hier fertig und werde jetzt dem Gericht Bericht erstatten ... Wie ist es mit Ihnen, Mason?«

»Auch ich sehe keinen Nutzen darin, noch länger hierzubleiben«, erwiderte Mason und sah den unglücklichen Dr. Baxter an, »zumal wir heute nachmittag alle vor Gericht erscheinen müssen ... Ich nehme an, Dr. Baxter hat eine Ladung erhalten?«

»Wenn nicht, wird er sie noch bekommen«, donnerte Dr. Alma, »dafür werde ich sorgen.«

»Aber so hören Sie doch«, protestierte Baxter, »ich kann einfach nicht zu Gerichtsterminen spazierenfahren. Ich habe kein Personal, und ...«

»Ich weiß«, schnitt Dr. Alma ihm das Wort ab, »die gleichen Schwierigkeiten habe ich selbst von Zeit zu Zeit. Ich werde vor Gericht geladen und verliere einen Tag in meiner Praxis. Das gehört nun mal zu den Freuden und Leiden ›unseres‹ Berufs, was, ›Doktor‹?«

Mason wandte sich zur Tür und gab Drake einen Wink. »Hast du den Wagen mit Telefon?«

Drake nickte.

»Gut. Wir müssen Leute ansetzen. Laß jeden 24 Stunden am Tag überwachen.«

»Wen meinst du mit ›jeden‹?«

»Exeter, Finchley und Frau, Baxter hier ... Und sieh zu, daß du irgendeinen Anhaltspunkt entdeckst, auf welche Art Shelby verschwunden ist.«

Drake nickte.

»Ich habe so eine Ahnung, daß da jemand ein Ding gedreht hat. Gestern fielen mir hier zwei Schilder auf, wonach Hauspersonal gesucht wurde. Jetzt sind sie nicht mehr da. Das heißt, gestern abend muß sich jemand gemeldet und den Job bekommen haben – wahrscheinlich einen Nachtdienst. Sieh zu, ob du über diese Person etwas ausfindig machen kannst. Das könnte eine Schiebung gewesen sein – mit einer von Borden Finchley eingeschmuggelten Person, die Horace Shelby rausholen sollte, um ihn Dr. Almas Untersuchung zu entziehen. Wenn du über diese Person etwas erfahren kannst, scheue keine Ausgaben.«

»Mach' ich. Es wird Geld kosten.«

»Laß es kosten. Wir sind mitten in der Schlacht, und jetzt geht's den Leuten an die Gurgel.«

9

Punkt 14 Uhr nahm Richter Ballinger seinen Platz ein.

»Wir setzen die Verhandlung in der Vormundschaftssache Horace Shelby fort. Ich sehe, daß Dr. Grantland Alma, der zur Untersuchung des Horace Shelby bestellte Gerichtsarzt, anwesend ist. Dr. Alma ist Zeuge des Gerichts. Ich bitte Sie, zur Vereidigung vorzutreten, Doktor.«

Darwin Melrose sprang auf.

»Wenn das Gericht erlaubt«, sagte er, »möchte ich eine Erklärung abgeben, bevor Dr. Alma aussagt.«

»Wie lautet sie?« fragte Richter Ballinger.

»Mr. Perry Mason, Daphne Shelbys Anwalt, hat durch einen Kunstkniff den Gerichtsbeschluß umgangen, laut dem ein Vormund bestellt wurde, um Shelbys Ausbeutung durch skrupellose und berechnende Personen zu verhindern. Durch seine Manipulationen wurden fünfzigtausend Dollar aus Shelbys Vermögen an Daphne ausgezahlt. Sie ist mit Shelby nicht verwandt, und sie ist dieselbe Person, vor der Shelby durch Gerichtsbeschluß geschützt werden sollte.«

»Wie hat Mr. Mason das erreicht?« fragte Richter Ballinger. »Haben Sie der Bank keine Kopie des Gerichtsbeschlusses zugeleitet?«

»Ich darf das Gericht daran erinnern«, sagte Melrose, »daß ich der Bank spezielle Anweisungen zugehen ließ – Anweisungen, laut denen jeder Cent von Shelbys Konto an den Vormund Finchley zu überweisen war.«

»Und hat die Bank dem nicht entsprochen?«

»Die Bank hat dem entsprochen.«

»Wie konnte dann Mason über fünfzigtausend Dollar von diesem Geld verfügen?«

»Nicht von diesem Geld. Über andere Gelder verfügte er.«

»Die unter Ihre Anweisung fielen?« fragte Richter Ballinger.

»Nun . . .« Melrose zögerte.

»Weiter bitte«, drängte Ballinger ungeduldig.

»Jene Gelder waren in der speziellen Anweisung nicht erfaßt –

zumindest nicht in dem entsprechenden Schreiben. Sie waren aber durch den Sinn der Anweisung gedeckt.«

»Bevor wir uns damit weiter befassen, wollen wir feststellen, inwieweit Horace Shelby geschäftsunfähig ist«, entschied Richter Ballinger. »Ich weiß, daß Dr. Alma sehr beschäftigt ist und daß zu dieser Nachmittagsstunde viele Patienten auf ihn warten. Deshalb möchte ich ihn jetzt zu Wort kommen lassen, damit er dann in seine Praxis zurückgehen kann.«

Richter Ballinger wandte sich an Dr. Alma, und Darwin Melrose wurde sich unangenehm bewußt, daß ihm die Initiative entzogen war.

»Haben Sie Horace Shelby untersucht, Doktor?«

»Nein.«

»Warum nicht?«

»Er befand sich nicht mehr in dem sogenannten Sanatorium und Pflegeheim.«

»Wo ist er?«

»Ich weiß es nicht.«

»Wie konnte das geschehen?«

»Auch das kann ich nicht beantworten. Aus gewissen Spuren, die ich entdeckte, habe ich aber meine Schlüsse gezogen.«

»Was entdeckten Sie?«

»Dieses sogenannte Sanatorium ist nichts weiter als ein Pflegeheim. Es steht unter der Leitung eines Mannes, der den Doktortitel führt, meines Erachtens jedoch völlig unerfahren in psychiatrischer Medizin ist. Wir fanden Beweise dafür, daß man Horace Shelby an sein Bett geschnallt hatte, vielleicht sogar während der ganzen Zeit seines Aufenthalts. Wir stellten fest, daß keine Krankenlisten und keine klinischen Unterlagen geführt werden. Meiner Ansicht nach ist das Haus ein durchaus ungeeigneter Aufenthalt, noch dazu für einen Menschen, der ganz offensichtlich gegen seinen Willen dort behalten wurde. Ich versuchte herauszufinden, ob Mr. Shelby seine Flucht irgendwie selbst bewerkstelligt hatte oder ob er von Leuten des Instituts fortgeschafft worden war, die eine Untersuchung durch mich verhindern wollten. Auf meine Fragen erhielt ich eine höchst bemerkenswerte Erklärung des Leiters der Anstalt. Seiner Meinung nach hatte Mr. Shelby es fertiggebracht, ohne fremde Hilfe zu entweichen. Ich fragte ihn, ob er behaupten wolle, daß dieser Mann, der angeblich nicht in der Lage war, seine Geschäfte zu führen und selbst für sich zu sorgen, den man an sein Bett geschnallt hatte, um ihn zu bändigen – daß ein solcher Mann plötzlich so intelligent und findig gewesen sei, irgendwie an ein Messer heranzukommen, um seine Gurte zu durchschneiden, sich anzuziehen und ungesehen aus dem Heim zu flüchten. Im übrigen besaß er kein Geld für ein Taxi oder auch nur für eine Busfahrt.«

»Wenn das Gericht erlaubt«, schaltete Darwin Melrose sich ein, krebsrot vor Aufregung, »möchte ich höflich betonen, daß dies keine ordnungsgemäße Aussage eines Psychiaters ist, selbst wenn er vom Gericht bestellt wurde. Er zieht seine Schlüsse nicht aus dem Ergebnis der Untersuchung des Patienten, sondern aus Mutmaßungen über die Bedeutung von Dr. Baxters Behauptung, der Patient sei geflohen.«

Richter Ballinger zog die Stirn in Falten. »Sicherlich eine höchst logische Schlußfolgerung«, stellte er fest. »Weiß irgend jemand, wo Horace Shelby sich zur Zeit aufhält? Ich stelle diese Frage im besonderen den Herren Anwälten.«

»Ich versichere dem Gericht«, sagte Melrose, »daß ich keine Ahnung habe, wo Horace Shelby sich befindet. Und mein Mandant Borden Finchley wie auch seine Ehefrau, Elinor Finchley, haben mir ihrerseits erklärt, sie hätten keinerlei Nachricht von ihm. Dasselbe bestätigt auch Ralph Exeter, der sich besuchsweise in Shelbys Haus aufhält. Wie ich jedoch höre, ist Daphne Shelby, die junge Frau, die eine Verwandtschaft vorzutäuschen versuchte, nicht in ihrem Hotel; für sie hinterlassene Nachrichten hat sie nicht abgeholt; und obwohl sie wußte, daß diese Verhandlung zum jetzigen Zeitpunkt fortgesetzt wird, ist sie nicht anwesend. Ferner habe ich den Eindruck, daß auch ihr Anwalt nicht weiß, wo sie ist.«

Richter Ballinger sah drohend drein. »Mr. Mason?« fragte er.

Mason stand langsam auf und drehte sich um, als er die Tür gehen hörte. Ohne auch nur mit der Wimper zu zucken, antwortete er: »Da Miss Shelby soeben den Gerichtssaal betreten hat, schlage ich vor, sie selbst für sich sprechen zu lassen.«

Daphne stürzte nach vorn. »Oh, Mr. Mason, es tut mir so leid. Ich geriet in eine Verkehrsstockung und ...«

»Schon gut«, sagte Mason. »Setzen Sie sich hin.«

Er wandte sich dem Richter zu. »Für mich war Horace Shelbys Verschwinden eine absolute Überraschung. Ich wurde von Dr. Alma zum Sanatorium gerufen und erhielt erst dort Kenntnis davon, daß Shelby nicht mehr anwesend war.«

Richter Ballinger erklärte: »Das Gericht wird nicht über einen so unklaren Fall verhandeln. Wenn es zur Zeit unmöglich ist, Horace Shelby zu untersuchen, wird die Verhandlung so lange ausgesetzt, bis die Untersuchung geschehen ist. Wie verhält es sich nun aber mit jener Vermögensmanipulation, mit der fünfzigtausend Dollar aus dem Besitz des Mündels durch Mr. Mason der Kontrolle des Gerichts entzogen wurden?«

Richter Ballinger sah Mason an, dann Melrose. Die Spur eines Lächelns erschien auf seinem Gesicht. »Hat Mr. Mason definitiv einem Beschluß dieses Gerichts zuwidergehandelt?«

»Keinem Beschluß, der ihm zugestellt wurde, nein, Euer Gnaden«, sagte Melrose.

»Hat die Bank einen Beschluß dieses Gerichts mißachtet?«

»Nun ... ich glaube, der Bank war die Bestellung eines Vormunds bekannt.«

»Und die Bank zahlte Gelder aus, die der Vormund übernommen hatte?«

»Nein, Euer Gnaden. Die Bank zahlte sie aus, bevor der Vormund Gelegenheit hatte, sie zu übernehmen.«

»Waren in Ihrer Anweisung an die Bank nicht ausdrücklich sämtliche Konten, Kredite und Depositen erfaßt? Und hat der Vormund nicht die Übertragung von Horace Shelbys Konto auf sein eigenes Konto veranlaßt?«

»Nicht in dieser Weise«, gab Darwin Melrose zu. »Die Bank wurde beauftragt, die gesamte auf Shelbys Konto befindliche Summe an den Vormund zu überweisen.«

»Und woher stammte jene andere Summe?«

»Es war ein später eingezahlter Betrag, der dem Konto eiligst entnommen wurde, bevor der Vormund irgend etwas von dem Eingang erfahren hatte.«

»Der Betrag war jedoch in Ihrer Anweisung an die Bank nicht ausdrücklich enthalten?«

»Nicht ausdrücklich, nein.«

Richter Ballinger schüttelte den Kopf. »Es wäre zweckmäßiger gewesen, eine solche Möglichkeit vorher in Betracht zu ziehen«, tadelte er. »Wir werden das später mit der Bank noch klären. Was aber Mr. Mason betrifft, so hat ihm kein Gerichtsbeschluß vorgelegen. Mr. Mason vertritt den Standpunkt, daß Horace Shelby durchaus in der Lage war, seine Geschäfte weiterzuführen. Und wenn dieser Mann so viel Geschicklichkeit besaß, ohne fremde Hilfe aus dem Pflegeheim zu entweichen, wo er an ein Bett geschnallt war, dann scheint er mir kaum verwirrt, konfus, senil und geschäftsunfähig zu sein.«

»Wir wissen nicht, ob er ohne fremde Hilfe floh«, wandte Darwin Melrose ein.

»Allerdings wissen wir das nicht«, sagte Richter Ballinger, »und mit diesem Punkt hat das Gericht sich zu befassen. Er eröffnet ziemlich finstere Möglichkeiten. Wenn sich herausstellen sollte, daß Shelby aus dem Sanatorium entführt wurde, um ihn der Untersuchung durch Dr. Alma zu entziehen, dann wird das Gericht drastische Maßnahmen ergreifen. Die Verhandlung ist bis nächsten Mittwoch, nachmittags vier Uhr, vertagt. Die Sitzung ist geschlossen.«

Mason winkte Daphne, ihm zu folgen, und führte sie wieder ins Zeugenzimmer.

»Sie haben mit mir in Verbindung zu bleiben, Daphne«, sagte er streng. »Ich bin Ihretwegen alle möglichen Risiken eingegangen. Ich habe mehrfach versucht, Sie zu erreichen. Mein Büro hat wiederholt angerufen, Nachrichten in Ihrem Hotel hinterlassen, und . . .«

»Oh, es tut mir so leid«, unterbrach sie. »Mr. Mason, Sie müssen mir diesmal verzeihen. Ich wurde da in etwas verwickelt und . . . ich kann es einfach jetzt nicht erklären. Ich wäre pünktlich hiergewesen, aber dann kam diese schreckliche Stauung. Der Verkehr wird immer unmöglicher.«

»Das kenne ich alles«, erwiderte Mason. »Aber ich erwarte, daß Sie mit meinem Büro Verbindung halten. Sie haben meine Telefonnummer, Sie können mich von Zeit zu Zeit anrufen.«

Sie wich seinen Augen aus. »Ja, ich weiß.«

»Nun hören Sie mal zu, Daphne, was haben Sie eigentlich vor?«

Sie blickte mit großen unschuldigen Kinderaugen zu ihm auf.

»Wie meinen Sie? Was soll ich vorhaben?«

»Ihr Gewissen schien mir nicht ganz rein zu sein«, stellte Mason fest.

»Weswegen denn?«

»Ich weiß es nicht. War Ihnen bekannt, daß Ihr Onkel aus dem Sanatorium verschwunden war?«

»Das überrascht mich durchaus nicht«, sagte sie bitter. »Die haben nicht riskiert, daß ihn ein Gerichtsmediziner zu sehen bekam.«

»So sieht es zwar aus; aber nicht immer ist die naheliegende Schlußfolgerung die einzig richtige. Also, ich wünsche, daß Sie mit meinem Büro und mit Ihrem Hotel in Verbindung bleiben. Ist das klar?«

»Ja. Es tut mir sehr leid, Mr. Mason.«

»Sie sagten, Sie blieben im Verkehr stecken?« fragte Mason. »Hat Sie denn jemand im Wagen mitgenommen?«

»Nein, oh nein. Ich – äh, sozusagen doch ... ich benutzte das Auto eines Freundes.«

»Wer ist dieser Freund?«

»Onkel Horace.«

»Mit seinem Wagen fuhren Sie?« fragte Mason. »Aber Finchley übernahm doch den Wagen mit dem Bankkonto und allem anderen.«

Sie schlug die Augen nieder. »Von diesem Wagen wußte Mr. Finchley nichts.«

»Ich will Ihnen etwas sagen, junge Dame. Ich muß jetzt in mein Büro zurück, denn ich warte auf ein paar Informationen. Am besten kommen Sie in einer Stunde zu mir herauf, damit ich mal Näheres über diese Sache höre.«

»Aber was wollen Sie denn hören?«

»Wie kamen Sie beispielsweise zu einem zweiten Auto aus Horace Shelbys Besitz?«

»Es war ein Wagen, der ihm gehörte.«

»Und von dem die anderen nichts wußten?«

»Ja.«

»Ein guter Wagen? Noch zu gebrauchen?«

»Er ist praktisch neu«, sagte sie.

Mason fixierte sie stirnrunzelnd.

Es wurde an die Tür geklopft.

Mason öffnete.

Ein Justizbeamter meldete: »Ein Anruf für Sie, Mr. Mason. Angeblich sehr dringend, und Sie möchten sofort an den Apparat kommen.«

»Gut, ich komme«, erwiderte Mason. »Entschuldigen Sie mich einen Moment, Daphne.«

Er folgte dem Beamten in den Gerichtssaal.

»Nehmen Sie bitte den Apparat dort am Tisch«. Mason nickte, ergriff den Hörer, meldete sich und vernahm Paul Drakes aufgeregte Stimme.

»Ist Daphne aufgetaucht, Perry?«

»Ja.«

»Hat sie dir erzählt, wo sie war?«

»Nein.«

»Befragst du sie im einzelnen darüber?«

»Ich habe gerade angefangen.«

»Laß es jetzt«, riet Drake ihm. »Laß sie gehen. Sag ihr, sie soll sich morgen früh bei dir melden. Laß sie jetzt gehen.«

»Sie benimmt sich einigermaßen seltsam, Paul; sie sagt, es gäbe noch ein anderes Auto, von dem Finchley nichts weiß...«

»Allerdings gibt es noch eins«, unterbrach Drake, »es gibt überhaupt vieles, wovon kein Mensch bisher wußte. Also, ich kann jetzt nichts erklären, aber laß sie um Himmels willen gehen. Schick sie weg. Ich muß sie unterwegs wissen. Sowie du zurück bist, komme ich zu dir ins Büro und erkläre alles.«

»Warte mal«, bat Mason, »mir dämmert da was. Hast du meinen Tip untersucht, daß sich eventuell eine Frau beim Sanatorium beworben hat und den Job gestern abend antrat?«

»Habe ich.«

»Besteht die Möglichkeit«, fragte Mason, wobei er die Stimme dämpfte und über die Schulter zurücksah, »daß...«

»Nicht am Telefon«, warnte Drake. »Es ist sogar wahrscheinlich. Ich komme zu dir ins Büro. Und laß Daphne deinen Verdacht nicht merken.«

»Okay. Ich bin in zwanzig Minuten dort.«

Er legte auf und kehrte zum Zeugenzimmer zurück.

Daphne war verschwunden.

Mason ging zu Richter Ballingers Vorzimmer und bat die Sekretärin: »Würden Sie den Richter fragen, ob ich ihn einen Moment in einer wichtigen Sache sprechen kann?«

Die Sekretärin telefonierte und berichtete gleich darauf: »Richter Ballinger läßt bitten.«

Mason ging um den Schreibtisch herum ins Richterzimmer.

»Herr Rat«, begann er, »ich habe während der Verhandlung eine Erklärung abgegeben, die zu dem Zeitpunkt völlig der Wahrheit entsprach. Aber die Lage hat sich inzwischen geändert.«

Richter Ballingers Augen waren nicht unfreundlich. »Sie wissen natürlich, Mr. Mason, daß es sich um eine hochstreitige Sache handelt und ich keinerlei Mitteilungen von Ihnen wünsche, die Sie in Schwierigkeiten bringen und mich für diese Verhandlung disqualifizieren könnten.«

»Ich verstehe«, erwiderte Mason. »Aber es geht hier um meine Behauptung im Gerichtssaal, ich hätte keine Ahnung, wo Horace Shelby sich befindet.«

Richter Ballingers Augen wurden hart. »Diese Behauptung war nicht korrekt?« fragte er.

»Sie war vollkommen korrekt«, erklärte Mason.

»Aber nachdem Sie diese Angabe gemacht hatten, erfuhren Sie, wo Horace Shelby ist?«

»Nein, nicht mit Sicherheit. Ich halte es jedoch für meine Pflicht, Ihnen mitzuteilen, daß ich eine Spur entdeckt habe, die zu Horace Shelby führen könnte.«

Richter Ballinger überlegte. »Es war richtig, daß Sie mich informiert haben, denn das Gericht legt größten Wert darauf, Shelby so schnell wie möglich von Dr. Alma untersuchen zu lassen.«

»Ich verstehe. Wenn Sie es wünschen, kann ich Ihnen also mitteilen, was ich erfahren habe.«

»Ich denke, das kann ich vertreten«, stimmte Ballinger zu.

»Es besteht die Möglichkeit, daß Daphne Shelby weiß, wo sich ihr Onkel befindet.«

Richter Ballinger hob die Augenbrauen. Seine menschliche Neugierde stritt mit der richterlichen Vorsicht, und die Natur siegte.

»Woraus schließen Sie das?« fragte er.

»Es gibt Anzeichen dafür, daß Daphne Shelby einen Wagen kaufte. Möglicherweise ist sie zum *Goodwill Sanatorium* nach El Mirar gefahren, wo man sie nicht kannte, und hat einen Posten als Nachtschwester angenommen.«

»Gestern abend?« fragte Ballinger.

»Ja.«

»Haben Sie Daphne Shelby hierüber befragt?«

»Ich hatte noch keine Gelegenheit dazu. Diese Nachricht erhielt ich selbst erst vor zwei Minuten.«

Richter Ballinger warf plötzlich den Kopf zurück und lachte.

Mason wartete schweigend.

»Mason«, sagte Ballinger, nachdem er sich gefaßt hatte, »ich kann dazu nichts sagen, ohne mich zu präjudizieren. Jedoch, wenn Ihnen damit gedient ist: dieses Gericht ist nicht von gestern. Ich freue mich über Ihre Mitteilung, denn sie erleichtert mein Herz hinsichtlich einer Sache, die mir erheblich zu schaffen machte. Ich denke aber, diese Unterhaltung hat jetzt weit genug geführt, und sie muß natürlich absolut unter uns bleiben. Ich glaube, es war Ihre Pflicht, mir dies zu berichten. Sollten Sie persönlichen Kontakt zu Horace Shelby aufnehmen können, so wünsche ich, daß Dr. Alma ihn umgehend untersucht. Aus Gründen, die ich nicht erwähnen will und Ihnen jetzt auch kaum zu erläutern brauche, halte ich eine sofortige Untersuchung für außerordentlich wichtig.«

Mason nickte. »Ich glaube Sie zu verstehen.«

»Da bin ich völlig sicher«, erwiderte Richter Ballinger und fügte hinzu: »Auch Sie sind ja nicht von gestern.«

10

Paul Drake wartete schon in Masons Büro.

Der Anwalt sah Della Street fragend an. »War etwas, Della?«

Sie schüttelte den Kopf.

Er wandte sich Drake zu. »Was ist also passiert, Paul?«

»Ich kann es dir nicht bombensicher sagen, denn ich wollte mir nicht die Finger verbrennen und zu viele direkte Fragen stellen. Also, in aller Kürze: Gestern abend parkte ein Mädchen, auf das die Beschreibung von Daphne Shelby paßt, einen nagelneu aussehenden Wagen vor dem Sanatorium. Sie gab an, das Schild gelesen zu haben, wonach man eine Hausangestellte suche. Das Sanatorium scheint ziemlich voll zu sein, und sie brauchten dringend Hilfe. Besonders zum Bettenmachen, Fegen und Putzen. Das Mädchen für die Schicht von zehn Uhr abends bis sieben Uhr morgens hatte gekündigt, und unser Freund Baxter war verzweifelt. Dieses neue Mädchen also – ich werde sie Daphne nennen, denn ich bin überzeugt, sie war es – wollte um zehn Uhr abends wiederkommen und ihre Arbeit aufnehmen. Niemand notierte ihre Wagennummer. Sie nannte sich Eva Jones und behauptete, sie hätte einige Erfahrung in der Pflege älterer Leute. Dr. Baxter verschwendete keine Zeit damit, ihre Papiere zu prüfen. Er brauchte dringend eine Hilfskraft und engagierte sie. Sie arbeitete die ganze Nacht, war munter, intelligent und auf Draht. Dr. Baxter stand auf und überprüfte sie ein paarmal, und alles schien prächtig zu laufen. Sie haben eine Köchin und noch zwei sogenannte Schwestern, die um sechs Uhr morgens den Dienst mit der Vorbereitung des Frühstücks beginnen; anschließend müssen sie die Betten machen. Es sind erfahrene Frauen, die schon eine Zeitlang in dem Institut arbeiten und sich auskennen. Die große Schwierigkeit war, jemanden für den Nachtdienst zu bekommen – die sogenannte Friedhofsschicht. Das neue Mädchen wurde zuletzt um 5.45 Uhr morgens gesehen. Sie war da, als die Köchin ihren Dienst antrat. Bis sieben Uhr mußte sie bleiben und beim Frühstück helfen. Aber niemand hat sie mehr gesehen, nachdem die Köchin sie begrüßt hatte. Eine Zeitlang waren alle mit dem Frühstück und den üblichen Morgenvorbereitungen beschäftigt. Dann gingen sie zum Haus 17, um das Bett zu machen und sich um den Bewohner zu kümmern, der ihnen viel Ärger bereitete. Man hatte ihn anschnallen müssen. Sie fanden das Bett leer. Horace Shelby war verschwunden, das neue Mädchen ebenfalls. Sie dachten sich nicht viel dabei, daß die neue Kraft nicht mehr da war. Man glaubte, sie habe wohl ihre Dienststunden falsch verstanden und werde heute abend um zehn Uhr zurückkehren. Nach deinem Tip stellte ich also fest, daß eine Eva Jones engagiert worden war. Ich gab mich als Vertrauensmann einer Firma aus, der etwas über Eva Jones' Kreditwürdigkeit erfahren wolle; fragte nach ihren Verhältnissen, erhielt ihre Adresse und – das Wichtigste – eine Personalbeschreibung. Dann ging ich zu der angegebenen Adresse, und die war schon verdächtig – ein Logierhaus. Dort hatte man nie von Eva Jones gehört. Außerdem paßte auf keine Frau dort ihre Beschreibung. Also, Perry, jetzt kannst du zwei und zwei zusammenzählen. Sie kaufte einen Wagen, fuhr raus und parkte beim Sanatorium. Sie riß nicht in der Nacht mit ihm aus, denn da wäre sie zu sehr von Zufällen abhängig gewesen. Sie wartete, bis die Köchin morgens zum Dienst erschien, schlich sich ins Zimmer und zerschnitt die Gurte, mit denen Horace Shelby an sein Bett geschnallt war. Dazu benutzte sie ein scharfes Schlachtermesser aus der Küche. Sie zog Shelby an, führte ihn über den Hof durchs Tor und setzte ihn ins Auto.«

Mason nickte gedankenvoll. »Und was ist mit dem Wagen?«

»Ich prüfte die Unterlagen der Bank und der Kraftfahrzeuginnung. Daphne Shelby kaufte gestern einen Ford bei einem Autohändler in der Innenstadt, mit sofortiger Lieferung. Sie bezahlte mit einem Kassenscheck auf die *Investors National Bank*, der vom Kassierer gegengezeichnet war. Weil sie es so eilig hatte, waren die Leute bei der Autofirma etwas mißtrauisch, nahmen jedoch den Scheck an, lösten ihn ein, erledigten die Zulassung in aller Eile und lieferten den Wagen aus. Die Nummer ist LJL 851, aber wie gesagt, kein Mensch hat die Nummer des Wagens notiert, mit dem die sogenannte Eva Jones beim Sanatorium vorfuhr. Offenbar war es aber ein neuer Ford.«

Mason saß halb auf der Schreibtischecke, baumelte mit einem Bein und zog die Stirn in Falten.

»Unser kleines naives, unkompliziertes Mädchen scheint einen hellen Kopf auf den Schultern und eine Menge Initiative zu besitzen.«

»Was wird denn das Gericht zu all dem sagen?«

»Das kommt drauf an«, meinte Mason nachdenklich.

»Worauf?« fragte Della Street.

»Auf die Tatsachen. Wenn Horace Shelby bis zur Geschäftsunfähigkeit ›bearbeitet‹ wird, so ist das eine Sache für sich. Falls aber Borden Finchley in gutem Glauben handelte und dachte, Daphne habe Horace beschwatzt und sich in seine Gunst eingeschlichen, um mit einem großen Haufen Geld über den Deich zu gehen, dann wäre das eine ganz andere Seite. Sobald Shelby durch Dr. Alma untersucht und befragt werden kann, wird er die ganze Geschichte seiner Behandlung im Sanatorium berichten, wie er ans Bett gefesselt wurde und so weiter. Das aber können sich die Verschwörer nicht leisten – sofern er wirklich das Opfer einer Verschwörung ist. Und sie werden es um jeden Preis zu verhindern suchen.«

»Was heißt ›um jeden Preis‹?« fragte Della.

»Mord.«

»Mord?« rief Della entsetzt.

Mason nickte.

»Was soll ein Mord ihnen denn nutzen?«

»Mord bringt nie Nutzen«, erklärte Mason. »Sie werden aber einen Mord begehen, um ihn Daphne in die Schuhe schieben zu können. Ihre Story wird sehr einfach klingen: Daphne habe Horace aus dem Sanatorium geholt und so weit gebracht, ein Testament zu ihren Gunsten zu machen. In der Nacht sei er gestorben. Sein Tod wird scheinbar natürliche Ursachen haben, die aber auf Daphne zurückgeführt werden. Also, wir müssen Daphne finden, um sie vor sich selbst und vor den anderen zu schützen.«

»Ein paar meiner Leute beschatten sie, seit sie das Gerichtsgebäude verließ«, sagte Drake. »Wir kennen die Nummer des Wagens, den sie fährt, und innerhalb der nächsten Minuten müßten wir wissen, wo sie sich versteckt hält.«

Mason sah auf seine Uhr. »Möglicherweise fährt sie nicht direkt zu ihrem Schlupfwinkel.«

»Was tun wir, wenn wir sie entdeckt haben?« fragte Drake.

»Wir benachrichtigen Dr. Alma und fahren ihn zu Horace Shelby zur Untersuchung.«

»Und wenn Shelby konfus und desorientiert ist?«

»Dann bringen wir ihn in ein gutes Sanatorium unter Dr. Almas Obhut und versuchen, durch das Gericht einen anderen Vormund bestellen zu lassen.«

»Falls er aber in Ordnung ist?«

Mason grinste. »Dann beschuldigen wir die Finchleys der Verabredung zur Verübung einer Straftat, sorgen gründlich für ihre Unglaubwürdigkeit und lassen Horace Shelby für geschäftsfähig erklären. Darauf soll er – falls es sein Wille ist, und das scheint offensichtlich – ein Testament machen und Daphne sein gesamtes Vermögen hinterlassen. Und damit wäre die Schau vorbei.«

»Die Finchleys setzen allerhand aufs Spiel«, sagte Drake.

Mason nickte.

Das private Telefon läutete.

Della Street nahm ab und sagte gleich darauf: »Für Sie, Paul.«

Drake meldete sich: »Ja, hallo Jud – was? ... Wie konnte das passieren?«

Er hörte eine volle Minute zu und fragte dann: »Wo bist du jetzt? ... Okay, warte da auf meine Instruktionen.«

Er legte auf. »Tut mir leid, Perry, aber sie haben Daphne verloren.«

»Verloren?« rief Mason entsetzt.

»Daphne hat sie abgehängt.«

»Wie kam das?«

»Ich mußte fix sein«, erklärte Drake. »Ich ließ einen Mann am Gerichtsgebäude warten, um ihr zu folgen, sobald sie herauskam. Irgendwas ging auf dem Parkplatz schief, und sie gewann einen Vorsprung. Ich glaube aber nicht, daß das der Grund war. Die wahre Ursache ihres Entkommens sehe ich darin, daß sie von ihrem Schatten wußte und so schlau war, ihn abzuhängen.«

»Woraus schließt du das?«

»Aus ihren ausgeklügelten Vorsichtsmaßnahmen.«

»Was machte sie?«

»Sie fuhr zunächst einfach mit dem Verkehr, offenbar ohne festes Ziel. Dann bog sie in eine Nebenstraße ein und machte plötzlich eine verbotene Wendung, genau in der Mitte eines stark befahrenen Boulevards. Nicht etwa auf einer Landstraße, sondern auf einer recht verkehrsreichen Innenstadtstraße. Bei einem geplanten Manöver kann man sich natürlich Zeit und Platz für ein schnelles Wenden aussuchen. Wenn ein Polizist dich zufällig schnappt, bist du dran. Aber wenn du Glück hast, ist dein Vorsprung ziemlich sicher; denn das Manöver kommt für den Verfolger völlig überraschend. Bei dichtem Verkehr kann er erst wenden, wenn es schon zu spät ist. Und das ist in unserem Fall passiert. Daphne wendete unmittelbar vor einer langen Wagenschlange, die sich vor einem Stoppzeichen weiter unten an der Straße gebildet hatte. Bis mein Detektiv wenden konnte, waren schon fünfzehn bis zwanzig Wagen zwischen ihm und Daphne. Sie bog in eine Seitenstraße ein, fuhr um den Block und kam an eine Kreuzung, wo sie geradeaus, rechts oder links fahren konnte. Mein Mann nahm an, sie war nicht geradeaus gefahren, da er sie nicht entdecken konnte. Er mußte sich also für rechts oder links entscheiden. Er wählte rechts, denn wer auf der Flucht ist, biegt rechts ein, wenn die Sicht frei ist. Immer die gleiche Geschichte. Wenn du die Person einmal verloren hast, ist es reine Glückssache, sie wiederzufinden. Mein Mann kam an eine andere Kreuzung, sah sich vor dieselbe Wahl gestellt und schlug die falsche Richtung ein.«

»Nun«, erwiderte Mason, »Daphne hat sich damit endgültig in die Nesseln gesetzt. Wenn sie nicht die Wahrheit sagt, wird das Gericht den Eindruck gewinnen, sie wolle den Prozeß bewußt stören. Falls sie jedoch in gutem Glauben handelt und Borden Finchley sie findet, bevor uns das gelingt, ist sie in Lebensgefahr – und ebenso Horace Shelby.«

»Glauben Sie wirklich, sie lassen es auf einen Mord ankommen?« fragte Della Street.

»Ich weiß es nicht«, erwiderte Mason. »Ich kann nur sagen, es besteht durchaus die Möglichkeit, und ein Anwalt muß alle Möglichkeiten einkalkulieren. Paul, ruf deine entbehrlichen Leute so schnell wie möglich zusammen. Sie sollen die Straße nach El Mirar überwachen und nach Daphne Shelbys Wagen Ausschau halten.«

»Sie wird nicht rausfahren«, entgegnete Drake. »Das würde sie nicht riskieren.«

»Und ich glaube, das ist der einzige Ort, an dem sie sich aufzuhalten wagt«, widersprach Mason. »Versetz dich in ihre Lage, Paul. Sie ging zum Sanatorium in El Mirar und versuchte, eine Stellung zu erhalten. Falls das klappte, wollte sie mit Horace Shelby flüchten. Sie war raffiniert genug, diese Flucht so zu arrangieren, daß möglichst wenig Aufsehen dabei entstand. Andererseits konnte sie nicht sicher sein, daß niemand sie herauskommen sah oder daß sie durch unvorhergesehene Umstände nicht nach kurzer Zeit entdeckt würden. Sie war deshalb so schlau, schon nachmittags nach El Mirar hinauszufahren, ein Doppelzimmer zu bestellen und der Wirtin anzugeben, ihr Onkel käme später nach. Und nachdem sie das alles inszeniert hatte, kreuzte sie einfach mit ihrem Onkel auf. Ihre Erklärung für ihr verspätetes Erscheinen zum Gerichtstermin kam mir merkwürdig vor. Sie erzählte mir, der Verkehr auf der Landstraße sei so turbulent gewesen und habe sie aufgehalten. Zu der Zeit wußte ich noch nicht, daß sie einen Wagen fuhr und wunderte mich natürlich, was sie meinte. Ich glaube, sie war mit der Wahrheit rausgeplatzt, bevor sie sich klarmachte, was diese Bemerkung bedeutete.«

Drake nickte. »Okay, Perry. Ich muß jetzt in mein Büro. Von da kann ich meine Leute besser dirigieren.«

»Laß die Motels in El Mirar beschatten, Paul. Sieh zu, ob du nicht Daphnes neuen Wagen vor einem geparkt findest.«

11

Genau in dem Moment, als Perry Mason und Della Street das Büro schließen wollten, hörten sie Paul Drakes Klopfzeichen an der Tür.

»Hallo, Paul«, rief Mason, »wir haben auf dich gewartet, aber jetzt beschlossen, uns irgendwo einen Cocktail und ein kleines Abendessen zu genehmigen. Wir wollten bei dir vorbeikommen und dich einladen.«

Drake grinste. »Du machst mir wahrhaftig den Mund wässerig, Perry, aber ich werde mir wohl Frikadellen holen lassen und Kaffee aus dem Papierbecher.«

»Was gibt's denn? Bist du auf etwas gestoßen?«

»Genau«, erwiderte Drake. »Wir haben Daphne Shelby gefunden.«

»Teufel!« rief Mason. »Wo?«

»Dein Tip war richtig. Ich setzte Leute auf die Motels von El Mirar an. Wir fanden das gesuchte Auto schließlich vor dem *Serene Slumber Motel.* Daphne wohnt in Nr. 12 und ist allein.«

»Allein?« fragte Mason.

Drake nickte.

Mason ging zum Schreibtisch zurück, setzte sich in den großen Drehstuhl und begann, mit den Fingerspitzen sanft auf den Schreibtisch zu trommeln.

»Und wo ist Horace Shelby?« fragte Della.

»Vielleicht hat sie ihn woanders versteckt. Wahrscheinlich ist er in einem anderen Bungalow und ...«

»Nicht im *Serene Slumber Motel*«, unterbrach Drake. »Dafür sind meine Leute zu gründlich. Sie haben jeden Bungalow überprüft und die Manager ausgequetscht. Es gibt dort keinen alleinstehenden älteren Mann.«

»Unter welchem Namen hat sich Daphne eingetragen?« fragte Mason.

Drake feixte. »Unter ihrem richtigen.«

»Gott sei Dank«, sagte Mason, »das ist ein Plus für uns, falls man sie findet.«

»Man wird sie finden?« fragte Drake.

»Wahrscheinlich. Im Moment interessiert uns aber Horace Shelby. Sie werden auf jeden Fall versuchen, ihn zu schnappen. Und wenn Finchley das gelingt, bevor Dr. Alma ihn untersuchen kann, dann läßt sich nicht ausdenken, was passiert. Paul, laß Daphne beschatten, um festzustellen, ob sie ihn in einem anderen Motel versteckt hält.«

»Warum sollte sie das?« fragte Drake.

»Ich weiß es nicht, vermute aber, sie will ganz sichergehen. Falls jemand sie findet, wäre damit nicht gleichzeitig auch Horace Shelby preisgegeben. Komm, Paul, setz deine Leute an und gib ihnen Bescheid, wo du zu erreichen bist. Trink einen Cocktail mit uns, iß ein hübsches Steak, gebackene Kartoffeln mit Butter, ein paar geröstete Zwiebelringe und ...«

»Hör auf, Perry, du machst mich schwach.«

»Ihre Frikadellenbrötchen sind durchgeweicht, bis sie im Büro ankommen«, sagte Della, »der Kaffee schmeckt nach Papier und ...«

»Schluß«!« rief Drake.

»Nun komm schon, Paul«, bat Mason. »Wir gehen bei deinem Büro vorbei und hinterlassen, wo du zu erreichen bist.«

Drake zögerte. »Ich habe so einen Riecher, daß die Sache plötzlich heiß wird. Und dann muß ich die Möglichkeit haben, telefonisch Leute zu beordern.«

»Wir essen ganz in der Nähe«, versprach Mason.

»Na ja, ich bin der Versuchung sowieso schon erlegen«, gab Drake zu. »Du kannst dir weitere Überredungskünste sparen. Gehen wir.«

Auf dem Weg zum Lift hinterließ Drake in seinem Büro präzise Anweisungen. Dann drängte er Mason: »Beeilen wir uns. Ich wette, mein Appetit ist kaum durch einen Cocktail angeregt, wir haben unsere Steaks bestellt, sie stehen gerade auf dem Tisch – und dann kommt ein dringender Anruf. Ich zische ab und ende wieder bei ...«

»Einem Steak-Sandwich diesmal«, unterbrach Della Street. »Wir werden den Ober bitten, Ihnen für den Notfall eine Lunchtüte mit Weißbrot und Butter zu bringen.«

Sie gingen in das Restaurant *Purple Lion*, das zu Masons bevorzugten Speiselokalen gehörte. Von dort war das Büro per Taxi schnell zu erreichen.

Cocktail und Essen bestellten sie gleichzeitig.

»Und nun bringen Sie uns bitte eine Lunchtüte«, sagte Mason zur Kellnerin, »mit dem frischesten Weißbrot, das Sie auftreiben können, und mit Riesenmengen Butter für die gebackenen Kartoffeln und das Steak-Sandwich.«

»Steak-Sandwich?« Wiederholte die Kellnerin. »Ich habe doch drei extra dicke Steaks bestellt, und ...«

»Dieser Herr hier muß das seine eventuell in ein Sandwich verwandeln und Hals über Kopf verschwinden«, klärte Mason sie auf.

Sie lächelte. »Oh, ich verstehe. Der Cocktail kommt sofort. Ich werde die Steaks schon in den Grill legen lassen, und die Tüte kommt, während Sie die Cocktails trinken.«

»Gar nicht schlecht«, grinste Drake. »Zur Not kann ich unterwegs im Taxi das Steak-Sandwich essen ... Teufel noch mal, was meinst du, Perry, warum sie da draußen so ganz allein sitzt?«

»Sie wartet irgendeine Entwicklung ab«, erwiderte Mason. »Aber auf eins kannst du wetten – sie wird Horace Shelby nicht ohne Begleitung herumwandern lassen, selbst wenn er dazu in der Lage sein sollte.«

»Also?« fragte Drake.

»Also wird sie ihm irgendwie sein Dinner besorgen. Schließlich muß der Knabe ja was essen.«

»Hoffentlich kein Frikadellen-Sandwich«, meinte Drake.

Die Kellnerin brachte Cocktails, Weißbrot mit Butter und die Tüte für Drake.

Er bestrich voller Andacht zwei dicke Scheiben Weißbrot mit Butter.

Sie tranken ihre Cocktails, und ein paar Minuten später erschien die Kellnerin mit den Steaks.

Della Street verzichtete auf ihr Vorrecht. Sie deutete auf Drake und bat: »Bedienen Sie ihn zuerst. Er wird wahrscheinlich abgerufen.«

Der Oberkellner näherte sich dem Tisch. »Ist einer der Herren Mr. Paul Drake?« fragte er. »Ein Anruf für Sie. Soll ich das Telefon bringen?«

Paul Drake stöhnte.

»Bringen Sie es«, bat Mason.

Drake piekte das Steak mit der Gabel vom Teller und legte es zwischen die beiden Brotscheiben.

Als der Kellner mit dem Telefon erschien, schnitt er ein Stück vom Steak ab, begann zu kauen und nahm den Hörer. »Ja, hier Drake.«

Er hörte eine Weile zu, während der Hörer gurgelnde Geräusche machte, sagte dann: »Moment mal«, und berichtete Mason: »Mein Mann erzählt, Daphne ist in ein chinesisches Restaurant gegangen und hat ein Essen zum Mitnehmen bestellt – Chow Mein, gebackenen Reis, Schweinebraten und Huhn mit Ananas. Ich fahre zurück ins Büro und ...«

»Bleib hier«, unterbrach Mason ihn. »du hast keine Zeit mehr, ins Büro zu fahren. Was tut sie jetzt?«

»Sie wartet auf das Essen. Mein Mann hat schnell telefoniert.«

»Sie weiß nicht, daß sie beschattet wird?«

»Offenbar nicht. Sie sah sich um, als sie wegging, scheint sich aber ziemlich sicher zu fühlen.«

»Sag deinem Detektiv, er soll ihr auf den Fersen bleiben. Er darf nichts riskieren. Wir müssen wissen, wohin sie geht. Sie bringt das Essen jetzt Horace Shelby.«

»Du meinst, ich soll weiteressen?« fragte Drake ungläubig.

»Du ißt«, befahl Mason, »und dein Mann soll sie unter keinen Umständen verlieren.«

Drake gab die Instruktionen weiter. Dann zog er das dicke Steak zwischen den Brotscheiben wieder heraus und betrachtete interessiert die gefleckte Oberfläche des Brotes, wo der Steaksaft eingedrungen war und sich mit der geschmolzenen Butter vermischt hatte.

Er stieß einen verzückten Seufzer aus. »Manchmal bist du ein richtiger Sklavenantreiber, Perry, aber heute handelst du wahrhaftig großzügig an mir. Ich war überzeugt, du würdest jetzt von mir verlangen, ich sollte Horace Shelby persönlich suchen.«

Mason schüttelte den Kopf. »Ich will erst herausfinden, was Daphne vorhat, Paul. Da schmort etwas, und ich weiß nicht, was.«

»Hältst du es für ausgeschlossen, daß der Bursche doch einen Dachschaden hat?«

»Ich bezweifle es«, entgegnete Mason. »Wenn er tatsächlich konfus wäre, würde sie ihn nicht allein lassen. Schließlich ist er doch erst fünfundsiebzig, Paul. Wie die Menschheit heute lebt, vitaminbewußt, diätfreudig und in der Furcht des Cholesterin – da kommt einer mit fünfundsiebzig doch gerade erst in die Blüte seiner Jahre.«

»Manche haben aber in dem Alter schon ein bißchen Mattscheibe«, beharrte Drake. »Du weißt doch, da ist die Aussage dieses Arztes, der ihn desorientiert und konfus fand.«

»Andererseits wissen wir nicht«, wandte Mason ein, »welcher medikamentösen Behandlung er ausgesetzt war, bevor der Arzt ihn untersuchte.«

Der Oberkellner holte das Telefon ab. Drake nahm sein Steak in Angriff und schlang es hinunter.

Mason und Della Street aßen gemächlicher, ohne jedoch Zeit zu verschwenden.

Die Kellnerin spürte den Zeitdruck ihrer Gäste und hielt sich in der Nähe des Tisches auf.

Paul Drake grub den Rest seiner gebackenen, reichlich mit goldbrauner Butter und Paprika garnierten Kartoffel aus.

»Zum erstenmal habe ich ein Abendessen so richtig in Muße genossen. Du glaubst nicht, wie anspruchsvoll mein Beruf ist, Perry. Besonders, wenn ich für dich arbeite.«

»Zugegeben, ich verlange eine Menge«, erwiderte Mason, »denn irgendwie scheinen sich meine Fälle stets mit Höchstgeschwindigkeit zu entwickeln.«

»Du selbst bist der Geschwindigkeitsfaktor. Wenn du eine Sache startest, peitschst du sie durch bis zur Entscheidung. Die anderen Anwälte, für die ich arbeite, halten ihre Bürostunden ein, gehen um 16.30 Uhr nach Hause und denken bis zum nächsten Morgen nicht mehr ans Geschäft.«

»Sie haben auch nicht meine Art Fälle.«

»Nein, keiner von ihnen«, gab Drake grinsend zu.

Der Oberkellner näherte sich schüchtern zum zweitenmal mit dem Telefon.

»Für Sie, Mr. Drake.«

Paul Drake lächelte leutselig. »Jetzt macht es nichts mehr. Ich habe gegessen. Heute abend gibt's keine Frikadellen mehr.«

Er nahm den Hörer. »Hier Drake ... Fang an, Jim, was gibt's?«

Er schwieg einen Moment, legte die Hand über die Sprechmuschel und sagte zu Mason: »Sie brachte das Essen zum *Northern Lights Motel,* parkte direkt vor Bungalow 21, klopfte flüchtig an, öffnete die unverschlossene Tür und ging mit den beiden großen Essenkartons rein.«

»Und dann?«

»Dann hat sie die Tür hinter sich geschlossen. Jetzt sitzt sie noch drin. Mein Mann ist in der Telefonzelle an der Ecke.«

»Sag ihm, er soll sie weiter im Auge behalten und besonders die Uhrzeiten notieren«, bestimmte Mason. »Ich muß wissen, wann sie hineinging, wann sie herauskommt und wohin sie dann geht ... Wie wär's mit Kaffee, Paul?«

»Machst du Spaß?«

»Nein, es ist mein Ernst.«

Drake gab Masons Anweisungen per Telefon weiter, lehnte sich bequem in seinem Stuhl zurück und feixte. »Paul Drake speist heute abend üppig«, verkündete er. »Ich denke, ich werde auch noch ein Fruchtdessert zu mir nehmen.«

»Bestell dir, was du magst, Paul. Mir scheint, Daphne wird sich dort noch eine Zeitlang aufhalten, und wir müssen hier warten.«

Sie aßen in aller Ruhe ein Dessert.

»Und jetzt?« fragte Drake dann.

»Warten wir weiter.«

»Wir können in mein Büro gehen«, schlug Drake vor. »Meine Leute rufen alle im Büro an. Von dort wird weiterverbunden zu meinem jeweiligen Standort.«

Mason nickte zustimmend. »Ruf dein Büro an, wir seien auf dem Weg nach dort.«

»Hoffentlich ist dir klar, was hier überhaupt gespielt wird«, sagte Drake.

»Nicht ganz«, gab Mason zu. »Aber ich will ein paar Trümpfe in der Hand haben, bevor ich Daphne zwinge, die Karten auf den Tisch zu legen.«

»Du willst sie zwingen?«

»Ich muß.«

»Wann – heute abend?«

Mason nickte. Er rief nach der Rechnung, zeichnete sie ab und gab der Kellnerin mit ein paar freundlichen Worten zehn Dollar extra für die prompte Bedienung.

Sie setzten Drake bei seinem Büro ab. Mason und Della gingen weiter zum Anwaltsbüro.

»Ob sie wohl noch mit Horace Shelby beim Essen ist?« fragte Della.

Mason nickte nur.

»Der Fall regt Sie ziemlich auf, nicht?«

Wieder nickte er.

»Warum?«

»Zunächst mal«, erklärte Mason, »hat meine Mandantin angefangen, radikal vorzugehen. Das gefällt mir nicht. Zweitens vertraut sie mir nicht, was ich ebensowenig schätze. Drittens bedeuten ihre ausgeklügelten Vorsichtsmaßnahmen entweder, daß Shelbys Zustand recht fragwürdig ist oder daß beide befürchten, die Finchleys könnten ihn ins Sanatorium zurückbringen und ihn dort gewaltsam festhalten.«

»Nun«, erwiderte Della, »nachdem der Mann an sein Bett geschnallt wurde, nachdem man ihn gegen seinen Willen buchstäblich in eine Art Nervenheilanstalt schleppte, hat er natürlich Angst vor einer Rückkehr.«

»Wahrscheinlich wird das der Grund sein«, gab Mason zu. »Aber die Lage könnte sich als weitaus problematischer erweisen, als es scheint ... Was, glauben Sie, werden Borden Finchley und seine Frau tun? Und was Ralph Exeter?«

»Läßt Drake sie nicht beschatten?«

Mason schüttelte den Kopf. »Seit seine Leute Daphne verfolgen, habe ich mich auf sie konzentriert. Die anderen Personen sind zur Zeit relativ unwichtig. Ich möchte auch nicht, daß Finchley vor Gericht aussagt, ich hätte ihn beschatten lassen.«

»Glauben Sie, er würde es entdecken?«

»Das ist ziemlich wahrscheinlich. Ein geschickter Detektiv kann eine Person eine Zeitlang verfolgen, aber wenn drei beschattet werden, merkt einer davon doch bald, was gespielt wird. Und wenn der seinen Verdacht den beiden anderen gegenüber äußert, ist es nicht allzu schwierig, einen Schatten festzustellen. Natürlich läßt es sich machen, wenn man soviel Geld anlegen will. Man kann die Leute auswechseln, man kann mehrere auf eine Person ansetzen – vorn, hinten und so weiter – und dabei gute Erfolge erzielen. Aber ich wollte in diesem Fall kein Risiko eingehen. Horace Shelby ist es, den wir suchen. Wenn wir ihn haben, ist der Zweck erreicht.«

»Und was wollen Sie dann tun?«

»Das hängt von seinem Zustand ab«, erwiderte Mason. »Ich werde fair vorgehen. Sobald wir völlig sicher sind, daß wir ihn haben, setze ich mich mit Dr. Alma in Verbindung, um die Untersuchung zu arrangieren. Wenn Shelby gesund ist, werde ich sehen, was ich für Daphne tun kann. Wenn nicht – falls er also wirklich Pflege braucht –, dann liegt die Situation völlig anders. Ich werde jedoch auch dann versuchen, den Gerichtsbeschluß bezüglich Borden Finchley ändern zu lassen. Es ist anzunehmen, daß wir dann einen anderen Vormund bekommen.«

Mason wanderte ziellos im Büro umher, um seine Unruhe abzureagieren.

Della kannte diese Gewohnheit Masons. Sie machte es sich in dem großen Ledersessel bequem und saß mäuschenstill, um ihn nicht zu stören. Abendliche Ruhe war in dem großen Bürogebäude eingekehrt.

Da unterbrach das schrille Läuten des Geheimtelefons das Schweigen.

Nur zwei Personen außer Mason kannten die Nummer dieses Anschlusses: Della Street und Paul Drake. Mason riß den Hörer hoch und sagte scharf: »Ja, Paul?«

»Mein Mann rief eben durch«, berichtete Drake. »Sie ist wieder im *Serene Slumber Motel.* Er hatte keine Zeit zum Telefonieren, als sie das *Northern Lights* verließ. Sie sprang in ihren Wagen, brauste ab, und er mußte ihr folgen. Jetzt ist er in einer Telefonzelle und wartet auf Instruktionen.«

»Er soll warten, bis wir dort eintreffen«, entschied Mason, »falls sie nicht wieder weggeht. Dann muß er ihr natürlich folgen und uns bei erster Gelegenheit berichten. Sie darf jetzt nicht entwischen.«

»Nehmen wir deinen Wagen oder meinen?« fragte Drake.

»Beide. Wir müssen uns später möglicherweise trennen. Du fährst mit deinem Wagen voran, Della kommt in meinem mit. Wir holen dich im Büro ab und starten sofort.«

Mason legte auf und nickte Della Street zu, die schon die Hand am Lichtschalter hatte.

Sie eilten über den Flur zu Paul Drakes erleuchteter Tür. Mason griff gerade nach dem Drücker, als sich die Tür bereits von innen öffnete und Paul Drake heraustrat.

»Alles klar?« fragte Drake.

»Alles klar. Auf geht's.«

Sie fuhren im Fahrstuhl abwärts, liefen zum Parkplatz und stiegen in ihre Wagen. Drake fuhr voran, zunächst zur Ausfallstraße, dann weiter zur Abzweigung nach El Mirar.

Der Anwalt sah Paul Drake gelegentlich das Autotelefon benutzen. Offenbar erhielt er Instruktionen über den kürzesten Weg zum *Serene Slumber Motel.*

Er fuhr glatt durch und gewann kostbare Zeit. Dann ließ er ein paarmal seine Bremslichter aufblinken, um Masons Aufmerksamkeit auf ein beleuchtetes Schild zu lenken: *Serene Slumber Motel*; dicht an der Straße stand ein weiterer Hinweis: *Leider besetzt.*

Drake quetschte sich unerlaubterweise in eine zu enge Parklücke. Mason brauchte ein paar Sekunden, um seinen Wagen abzustellen. Da alle markierten Plätze besetzt waren, mußte er am anderen Ende des Platzes am Kantstein parken.

Er ging mit Della zu Paul Drake hinüber, der jetzt bei der schattenhaften Gestalt eines hochgewachsenen jungen Mannes stand.

»Ich glaube, du kennst Jim Inskip«, sagte Drake. »Und dies ist Della Street, Mr. Masons Sekretärin.«

Inskip verbeugte sich. »Wir haben uns schon gesehen, Mr. Mason. Ich freue mich sehr, Sie kennenzulernen, Miss Street. Die gesuchte Person wohnt in Nr. 12.«

»Irgendwelche Anzeichen, daß sie noch ausgehen will?«

»Nein. Ihr Wagen steht dort. Und Sie können Licht in Ihrem Bungalow sehen, es ist der erleuchtete direkt hier drüben.«

Der Detektiv zeigte es ihnen.

»Was tun wir, Perry?« fragte Drake.

»Inskip bleibt hier und bewacht das Motel«, ordnete Mason an. »Er soll Daphne Shelby weiterhin beschatten, was auch geschieht. Wenn wir herauskommen und abfahren, soll er sich uns nicht anschließen, sondern in seinem Wagen warten; denn Daphne ist vielleicht so schlau, das Licht auszuschalten und aus dem Fenster zu sehen. Wir werden unsere Verbindung mit Inskip später telefonisch wieder herstellen.«

»Soll ich mitkommen?« fragte Drake.

»Ich glaube, ja. Möglicherweise muß ich dich aber bitten, das Zimmer zu verlassen. Jede Mitteilung eines Mandanten an seinen Anwalt ist vertraulich und fällt unter die Schweigepflicht. Ebenso verhält es sich umgekehrt. Natürlich gilt das auch für die Sekretärin eines Anwalts. Bringt er sie jedoch als Zuhörerin mit, so kann sie unter Umständen im Zeugenstand jedes Gespräch wiederholen. Gewisse Dinge werde ich vielleicht vertraulich besprechen müssen. Es wird sehr darauf ankommen, was Daphne vorhat und erhofft.«

Sie trennten sich von Inskip und gingen den Weg um die Bungalows herum. Mason klopfte leicht an die Tür von Nr. 12.

Es kam keine Antwort, obwohl schwaches Licht durch die Vorhänge fiel.

Er klopfte noch einmal.

Wiederum Schweigen.

Beim drittenmal klang sein Klopfen sehr laut und energisch.

Kurz darauf drehte sich der Türknopf. Daphne Shelby fragte durch den Spalt: »Wer ... wer ist da? Was wollen Sie?«

»Guten Abend, Daphne«, grüßte Mason.

Leicht geblendet und unfähig, Mason im Halbdunkel zu erkennen, warf sie sich gegen die Tür und versuchte, sie zu schließen. Doch

Drake und Mason stemmten ihr Gewicht dagegen, und Daphne landete auf dem Teppich.

Mason hielt die Tür auf, während Della ins Zimmer trat.

Jetzt erst erkannte Daphne den Anwalt. Ihre Augen wurden kugelrund vor Überraschung.

»Sie!« rief sie aus. »Wie in aller Welt haben Sie mich gefunden?«

»Daphne«, begann Mason, »ich möchte Ihnen ein paar Fragen stellen. Seien Sie äußerst vorsichtig bei der Beantwortung. Alles, was Sie mir sagen, ist eine vertrauliche Mitteilung, solange nur Sie, Della und ich im Zimmer sind. In Anwesenheit Paul Drakes, meines Detektivs, sind Ihre Angaben jedoch nicht mehr vertraulich. Drake kann als Zeuge geladen werden. Wenn ich Ihnen nun irgendwelche Fragen stelle, die Sie in Verlegenheit bringen, oder wenn Sie mir etwas mitteilen wollen, das nicht bekannt werden soll, so sprechen Sie sich ruhig aus. Paul Drake wird dann entweder draußen oder im Badezimmer warten. Ist das klar?«

Sie nickte wortlos.

»Also gut. Was haben Sie eigentlich vor?«

»Ich versuche, Onkel Horaces geistige Gesundheit zu retten«, erklärte sie. »Er wäre vollkommen verrückt und dazu tobsüchtig geworden, wenn ich ihn da nicht herausgeholt hätte. Wußten Sie, daß ich ihn mitgenommen hatte?«

»Ich wußte es«, sagte Mason. »Aber warum erzählten Sie mir nichts von Ihren Absichten?«

»Ich habe es nicht gewagt. Ich glaubte, Sie würden mich daran hindern.«

»Weshalb?«

»Wegen Ihrer Ansichten über Berufsethos und so weiter.«

Mason fixierte sie nachdenklich.

»Ich nehme an, Sie sind über alle meine Schritte im Bilde«, sagte sie nach einer Pause.

»Sie fuhren zum Sanatorium hinaus. Durch den Aushang wußten Sie, daß man dringend eine Hilfskraft suchte. Sie bewarben sich um die Stellung.«

Daphne nickte.

»Sie kauften einen neuen Wagen.«

Wieder nickte sie.

»Also gut. Sie nahmen Ihre Arbeit auf. Was geschah dann?«

»Ich werde niemals vergessen, was ich dort sah. Ich fing mit meiner Arbeit an. Erst nach ein paar Stunden riskierte ich, mich in

Haus 17 einzuschleichen, wo man Onkel Horace hingesteckt hatte. Da lag der arme Mann im Bett, angeschnallt, und die Gurte waren so straff gezogen, daß er sich nicht rühren konnte.

»Wie war sein geistiger Zustand?«

»Was wäre Ihr geistiger Zustand in dieser Lage? Der arme Mann war aus seinem Haus geholt worden, sein Eigentum hatte man ihm weggenommen. Und sie hatten die Absicht, ihn dort bis an sein Lebensende festzuhalten und seinen Tod nach Möglichkeit zu beschleunigen. Onkel Horace hat immer an Klaustrophobie gelitten; er fürchtete sich davor, hilflos zu werden und bewegungsunfähig in geschlossenen Räumen liegen zu müssen. Und nun war er hier angebunden. Er verrenkte sich den Kopf und versuchte, an die Gurte heranzukommen und sie zu zerbeißen. Wirr und ungepflegt sah er aus und –«

»Erkannte er Sie?« unterbrach Mason.

Sie zögerte einen Moment. »Ich glaube, darüber spreche ich besser erst, wenn wir allein sind, Mr. Mason.«

»In Ordnung. Was können Sie mir noch berichten?«

»Nachdem ich meine Nachtarbeit getan hatte, ging ich am Morgen zu ihm zurück, gleich nachdem die Köchin gekommen war. Ich hatte ein sehr scharfes Schlachtermesser aus der Küche geholt und schnitt damit die Gurte durch. Im Schrank fand ich Onkel Horaces Sachen, konnte ihm einiges anziehen, bekam ihn in den Wagen und fuhr weg.«

»Glaubten Sie, man würde Ihnen folgen?«

»Ja.«

»Warum behielten Sie Ihren Onkel nicht hier?«

»Ich fand es sicherer, ihn woanders und allein unterzubringen.«

»Erkannte er Sie an dem Morgen, als Sie ihn befreiten?«

»Oh, ganz bestimmt«, erwiderte sie.

»Wie ist sein geistiger Zustand jetzt?«

»So gut wie normal. Aber wenn man das Sanatorium erwähnt, dreht er völlig durch. Infolge der Behandlung, die er über sich hat ergehen lassen müssen, ist er einem Nervenzusammenbruch nahe.«

»Sie wußten doch, daß man Ihnen auf die Spur kommen mußte?« fragte Mason.

»Das hielt ich für wahrscheinlich, ja. Eben darum habe ich Onkel Horace so untergebracht, daß ihn niemand finden wird.«

Mason hob fragend die Augenbrauen.

»Kein Mensch wird ihn finden«, fuhr sie heftig fort. »Und er wird dort bleiben, bis seine Nerven völlig wieder in Ordnung sind und bis wir beweisen können, was für ein Mensch Finchley ist. Onkel Horace hat mir erzählt, ich sei kaum aus dem Hause gewesen, als sie mit allen möglichen Schikanen angefangen hätten. Sie behandelten ihn wie ein Kind. Er durfte nicht mehr tun, was er wollte. Sie machten ihn nervös. Er glaubt, Tante Elinor habe ihm Medikamente gegeben, die ihn überreizten. Er konnte nicht mehr schlafen, und als er ihr das sagte, gab sie ihm Schlaftabletten. Innerhalb einer Woche sei er von diesen Tabletten restlos abhängig gewesen. Er brauchte sie, um überhaupt noch eine Nacht durchschlafen zu können. Andernfalls wälzte er sich nervös im Bett herum.«

»War es ihm nicht aufgefallen, daß Mrs. Finchley ihn bewußt unter Drogen setzte?«

»Noch nicht. Sie erzählte ihm lange Geschichten, wie durcheinander er sei, weil er gewohnt gewesen war, mich immer um sich zu haben. Die Reise sei aber das beste für mich, denn ich wäre zusammengebrochen ohne eine Erholung. Und sie redete ihm ein, er sei ein ziemlicher Quälgeist und brauche weit mehr Pflege und Bedienung, als eine Person allein ihm verschaffen könne. Allmählich gab sie ihm immer mehr Medikamente. Schließlich erkannte er, was sie vorhatten, und schrieb mir den Brief.«

»Was bezweckte er damit?«

»Ich sollte so viel Geld von der Bank abheben, daß er nicht völlig mittellos war, falls sie bei Gericht einen Vormund beantragten.«

»Es war ihm also klar, was sie tun wollten?«

»Inzwischen hatte er es erkannt; es war ja ganz offensichtlich ... Fürchterlich, Mr. Mason. Sie schleppen plötzlich einen Mann vor Gericht, behaupten, er sei unfähig, seine Geschäfte zu führen, und nehmen ihm jeden Pfennig ab, den er besitzt. Wie würden Sie sich vorkommen, wenn Sie genug Geld gespart hätten, um unabhängig leben zu können, und dann tauchten plötzlich Verwandte auf, nehmen Ihnen alles weg und stecken Sie in eine Anstalt, wo –«

»Ich würde mir ziemlich komisch vorkommen«, gab Mason zu. »Aber darum handelt es sich nicht. Welche Pläne haben Sie jetzt?«

»Ich wollte mit Ihnen Verbindung aufnehmen.«

»Das haben Sie sich allerdings recht lange überlegt.«

»Aber ich mußte doch erst für Onkel Horace sorgen.«

»Wo ist er?« fragte Mason.

Sie preßte die Lippen aufeinander und schüttelte den Kopf.

Mason lächelte. »Sie wollen es mir nicht erzählen?«

»Nein. Keinem Menschen werde ich es sagen. Ich habe ihn so untergebracht, daß ihn niemand findet, bis er in der Lage ist, vor Gericht zu erscheinen und den Kampf aufzunehmen. Und diesmal wird ihn niemand unter Drogen setzen.«

»Er stand unter Drogeneinfluß, als er damals bei Gericht erschien?« fragte Mason.

»Natürlich«, erwiderte sie verächtlich. »Sie glauben doch nicht etwa, man hätte ihn derartig reinlegen können, wenn man ihm nicht Drogen in einem Umfang verabreicht hätte, daß er sein normales Reaktionsvermögen verlor?«

»Weder der Richter noch der untersuchende Arzt haben aber seinerzeit festgestellt, daß er unter dem Einfluß von Drogen stand.«

»Man hat es ziemlich clever angefangen und ihm länger als drei Monate eine Gehirnwäsche verpaßt, vergessen Sie das nicht. Und bei einem Menschen seines Alters kann eine geschickte Person in drei Monaten viel Unheil anrichten.«

»Wie geht es ihm jetzt in dieser Hinsicht?« fragte Mason.

Sie zögerte einen Augenblick und sagte: »Besser.«

»Und Sie gaben ihm Geld?«

»Ich gab ihm vierzigtausend Dollar von seinem Geld.«

»Vierzigtausend Dollar?«

Sie nickte. »Ich habe den Wagen gekauft und behielt genug Geld für das Notwendigste. Den Rest gab ich ihm.«

»Sprachen Sie mit ihm über die Zeugenaussage vor Gericht, wonach Sie nicht mit ihm verwandt sind?«

»Darüber möchte ich vorläufig noch nicht mit ihm reden. Aber ich kann Ihnen mitteilen, daß er sein Testament jetzt gemacht hat.«

Masons Augen wurden schmal. »Das habe ich befürchtet«, sagte er. »Ich wollte, Sie hätten mich vorher gefragt. Gerade das hätte er jetzt niemals tun dürfen.«

»Warum nicht?«

»Verstehen Sie denn nicht«, erklärte Mason, »daß Sie den Leuten damit genau in die Hände spielen? Die haben doch behauptet, wenn Sie Horace Shelby jemals wieder unter Ihre Kontrolle bekämen, würden Sie ihn veranlassen, ein Testament zu machen und Ihnen sein Vermögen zu vererben. Jener Brief mit dem Scheck über 125 000 Dollar war genau das, was sie brauchten; und wenn sie beweisen können, daß Sie ihn ein Testament zu Ihren Gunsten machen ließen, sobald Sie ihn aus dem Sanatorium geholt hatten, dann können sie auch diesen Umstand gegen Sie auswerten.«

»Aber es war seine eigene Idee«, protestierte Daphne. »Er wollte es so. Er bestand darauf. Und er hatte ja bereits versucht, ein Testament zu machen, daran war gar nicht zu zweifeln.«

»Dann hätte er es jetzt auf dem üblichen Weg formell beglaubigen lassen sollen ... In welcher Form hat er es nun gemacht?«

»Er sagte, in diesem Staat ist ein Testament schon gültig, wenn es ganz und gar in der Handschrift des Erblassers geschrieben, datiert und unterzeichnet ist. Und Sie, Mr. Mason, haben mir das gleiche erzählt. Ein solches Testament hat er also gemacht.«

»Wer hat es?« fragte Mason.

»Ich.«

»Geben Sie es mir.«

Sie zögerte kurz, öffnete dann ihre Handtasche, nahm ein gefaltetes Schreiben heraus und gab es Mason.

Er sah es durch und prüfte die einzelnen Punkte: datiert ... unterschrieben ... bezeichnet als Letzter Wille und Testament ... »Am besten lassen Sie mich dies aufbewahren, Daphne.«

»Das möchte ich auch.«

»Und sprechen Sie nicht darüber, wenn Sie nicht danach gefragt werden. Ich will mit Horace Shelby in Verbindung treten. Falls er zurechnungsfähig ist, soll er ein Testament mit allen Einzelheiten aufsetzen; ich möchte vollkommen sichergehen, daß es gültig ist. Also, lassen Sie uns jetzt zu Horace Shelby fahren.«

Sie schüttelte den Kopf. »Ich habe nicht die Absicht, Ihnen seinen Aufenthalt zu verraten.«

»Oh, machen wir doch einfach eine kleine Spazierfahrt und besuchen wir ihn.«

Sie lächelte. »Sie können mich nicht bluffen, Mr. Mason, Ich weiß, Sie halten mich für recht kindlich, aber ich bin nicht ganz so naiv, wie manche Leute glauben.«

»Das kann man wohl sagen«, bestätigte Mason. Er nickte Della Street bedeutungsvoll zu und zeigte zum Telefonbuch.

Della verzog sich damit stillschweigend hinter Daphnes Rücken, notierte heimlich die gewünschte Adresse und nickte zurück.

Daphne Shelby funkelte Mason trotzig an.

»Nichts werde ich Ihnen sagen«, wiederholte sie. »Und Sie werden mich nicht reinlegen, indem Sie so tun, als wüßten Sie Bescheid, damit ich dann etwas verrate. Ich kenne diese Technik, Informationen zu bekommen.«

Mason lächelte. »Davon bin ich überzeugt. Also, nehmen Sie bitte Hut und Mantel, wir machen eine kleine Fahrt.«

»Ich fahre mit, aber Sie werden nicht aus mir herausbekommen, wo Onkel Horace steckt. Er braucht Ruhe. Sie können sich wohl vorstellen, wie verheerend sich diese Erlebnisse auf ihn ausgewirkt haben.«

»Sie gaben ihm vierzigtausend Dollar?« fragte Mason.

»Ja.«

»In welcher Form?«

»Ich übertrug sieben Kassenschecks zu je fünftausend Dollar auf seinen Namen und gab ihm fünftausend Dollar in bar.«

»Ein Mann in seinem Zustand sollte nicht soviel Geld bei sich tragen«, sagte Mason. »An sich sollte überhaupt niemand soviel bei sich haben, aber Ihr Onkel Horace schon gar nicht.«

»Aber es ist doch sein Geld!« fuhr sie auf. »Und die einzige Möglichkeit, wieder richtig zu sich zu kommen, ist für ihn das Gefühl, sein eigener Herr zu sein.«

»Na gut«, sagte Mason. »Steigen wir ein. Paul, du folgst uns am besten in deinem Wagen.«

»Mache ich.«

»Vielleicht erzählen Sie mir liebenswürdigerweise, wohin Sie mich fahren?« fragte Daphne.

Mason lächelte. »Nur ein Stückchen ins Blaue. Wir bringen Sie zur Zeit nach Hause. Aber vorher muß ich noch einen gewissen Mann sprechen.«

Erhobenen Hauptes schritt sie hinaus zu Masons Wagen.

Mason, Della Street und Daphne stiegen vorn ein. Mit Paul Drake im Gefolge fuhren sie auf der Hauptstraße geradeaus, bogen rechts ein und passierten das *Northern Lights Motel.* Mason warf häufig einen Blick auf Daphnes Gesicht.

Sie sah stur nach vorn und blickte nicht einmal zur Seite, als sie langsam am Motel vorbeifuhren.

Im hinteren Wagen blinkte Paul Drake jetzt und hupte zweimal kurz.

Mason fuhr an den Randstein, rollte an seiner Seite das Fenster herunter und wartete, bis Drake neben ihm hielt.

»Was ist los, Paul?«

»Polizei«, sagte Drake kurz.

»Wo?«

»Auf der anderen Seite des Motels. Zwei Wagen.«

»Verdammt!« rief Mason.

»Was tun wir, Perry?«

»Wir fahren um die Ecke und warten. Du gehst hin und stellst Fragen. Keine gezielten, sondern geschickt getarnte.«

»Verstehe«, erwiderte Drake.

Als der Detektiv anfuhr, wandte Mason sich Daphne zu. »Das kommt davon, wenn man seinen eigenen Anwalt hintergeht und selbst die Initiative ergreift. Jetzt sehen sie, was passiert ist. Finchley hat rausgefunden, wo Ihr Onkel Horace sich aufhält. Er hat ihn der Flucht aus dem Sanatorium beschuldigt, in das er auf Grund eines Gerichtsbeschlusses eingeliefert worden war. Wahrscheinlich hat er die Polizei gerufen, um ihn zurückzubringen.«

Daphne, die tapfer geschwiegen hatte, begann plötzlich zu weinen.

»Wenn sie ihn in dieses Sanatorium zurückbringen und ihn wieder an sein Bett schnallen, ist das sein Tod«, schluchzte sie.

»Wir wollen versuchen, das zu verhindern«, beruhigte Mason sie. »Hier müssen wir jetzt weg und irgendwo parken. Dann werden wir sehen, was sich tun läßt.«

Der Anwalt fuhr langsam an, kam bis zur Straßenkreuzung und wollte wenden. Ein Polizeiwagen bog um die Ecke und forderte mit schwachem Sirenenton die Vorfahrt. Mason hielt am Straßenrand.

Der Streifenwagen kam langsam heran, rollte an Mason vorbei und bremste plötzlich. Der Strahl eines Suchscheinwerfers leuchtete ins Innere von Masons Wagen.

»Nein, so was!« ertönte Leutnant Traggs Stimme. »Sieh mal an, wer das ist!«

»Nanu, Leutnant«, rief Mason, »was machen Sie denn hier?«

»Ich glaube, das frage ich Sie zuerst, und zwar dienstlich«, entgegnete Tragg. »Was tun Sie hier?«

»Ich bin unterwegs, um einen Mandanten in einer Testamentssache zu sprechen«, erklärte Mason. »Und –«

»Wohnt Ihr Mandant vielleicht im *Northern Lights Motel*?« unterbrach Tragg ihn.

Mason lächelte und schüttelte den Kopf. »Wieso?«

»Wir sind dabei, einen Mordfall zu untersuchen.«

»Einen was?«

»Irgendein Bursche hier in Nr. 21. Offenbar hat man ihm ein chinesisches Essen verabreicht, das ein Schlafmittel enthielt, und als der Mann einschlief, den Gasofen aufgedreht. Die Nachbarn rochen das Gas und riefen den Besitzer. Der kam, öffnete die Fenster und stellte das Gas ab. Aber es war zu spät.«

»Tot?« fragte Mason.

»Mausetot«, bestätigte Leutnant Tragg. »Sie wissen nichts über den Fall, oder?«

»Über den Tod des Mannes?« rief Mason. »Du lieber Himmel, nein. Ich hatte nicht die geringste Ahnung von einem Todesfall, bis Sie ihn mir jetzt eben mitteilten.«

»Nun, es war nur eine Anfrage, nichts weiter«, erwiderte Tragg. »Eine Art Zufall also, Sie hier zu finden.«

Er nickte dem Fahrer zu. »Weiter.«

Als der Streifenwagen vorbei war, drehte Mason sich um und sah Daphne an.

Sie saß da mit kreideweißem, erstarrtem Gesicht, die Augen schreckhaft aufgerissen.

»Na?« fragte Mason.

Daphne starrte ihn an, versuchte etwas zu sagen und sank auf den Boden des Wagens.

»Inskip wird uns folgen«, sagte Mason, »weil wir Daphne im Wagen haben. Wir wollen versuchen, ihn zu finden.«

Er wendete, fuhr zurück um die Ecke, sah Inskip am Straßenrand parken und bremste, wobei er ihm ein Zeichen gab.

Der Detektiv startete und hielt neben Mason.

»Sagen Sie Paul, wir fahren zum *Serene Slumber Motel* zurück«, wies Mason ihn an. »Er soll hinkommen, sowie er festgestellt hat, was hier schmort.«

Mason fuhr zu dem Motel zurück, in dem Daphne ihr Zimmer hatte. Er half ihr mit Della Street aus dem Wagen.

Mit kalten, steifen Fingern gab sie ihm den Schlüssel.

Der Anwalt öffnete die Tür und führte Daphne ins Zimmer.

»Also, Daphne«, begann er, »jetzt reißen Sie sich zusammen. Sagen Sie mir die Wahrheit: Hatten Sie irgend etwas mit dem Tod Ihres Onkels zu tun?«

Sie schüttelte den Kopf. Ihre Lippen zitterten. »Ich liebte ihn«, sagte sie. »Er war wie ein Vater zu mir. Ich habe mein Bestes getan, um ihm das Leben zu verschönern.«

»Das stimmt«, erwiderte Mason, »aber die Tatsachen sehen anders aus.«

»Welche Tatsachen?«

»Betrachten wir sie einzeln: Sie sind nicht blutsverwandt mit Horace Shelby. Sie können ihn nicht beerben ohne ein Testament. Shelbys Halbbruder hat unter Eid ausgesagt, Sie seien eine skrupellose und berechnende Person, sie hätten sich in Shelbys Gunst einschleichen wollen, damit er Ihnen sein Vermögen hinterließ. Aus dem Protokoll geht hervor, daß Shelby Ihnen einen Scheck über 125 000 Dollar ausschrieb. Das Gericht setzte einen Vormund für Shelby ein. Sie schmuggelten Shelby aus dem Sanatorium, in das er auf Grund eines ärztlichen Gutachtens eingewiesen worden war, und brachten ihn ins *Northern Lights Motel.* Sie veranlaßten ihn, ein Testament zu machen, in dem er Ihnen alles hinterließ. Und kurz danach ist der Mann tot.«

»Ich vermute«, erwiderte Daphne, »er war plötzlich so verzagt, daß er Selbstmord begangen hat, obwohl mir der Gedanke niemals gekommen wäre.«

»Warten wir ab, bis Paul Drake erscheint. Offensichtlich hat die Polizei Grund zu der Annahme, daß ein Schlafmittel eine Rolle spielte. Sie haben Horace Shelby heute abend ein chinesisches Essen geholt?«

»Ja.«

»Sie brachten es ihm in Pappkartons?«

»Ja.«

»Aß er es mit einem Löffel aus den Behältern?«

»Er benutzte gern Eßstäbchen, und ich kaufte zwei Paar. Damit aßen wir.«

»Und was taten Sie mit den leeren Behältern?«

»Sie waren noch nicht ganz leer«, sagte sie. »Ich mußte fort, und Onkel Horace versprach, die Speisereste in die Toilette zu spülen, die Behälter auszuwaschen, damit sie nicht rochen und sie dann in den Papierkorb zu werfen. Es ist ja kein Bungalow mit Küche, sondern nur ein Schlaftrakt, und ich dachte, es könnte Ärger geben, wenn er den Papierkorb als Abfalleimer benutzte.«

»Es war noch ein Rest Essen übrig, und er versprach, ihn in die Toilette zu spülen?«

»Ja.«

»Die Polizei wird den Standpunkt vertreten, Sie, Daphne, hätten den Rest weggespült. Das wird als Versuch gedeutet werden, Beweise zu vernichten. Es war Ihnen noch nicht sicher genug, wird man sagen, und deshalb hätten Sie die Behälter mit heißem Wasser ausgewaschen. Sagten Sie Ihrem Onkel, er sollte das tun?«

»Ja.«

»Diese Tatsache und das Testament, das Sie ihn zu Ihren Gunsten schreiben ließen, können lebenslängliches Zuchthaus für Sie bedeuten«, sagte Mason.

Drakes Klopfen ertönte an der Tür.

Della Street ließ ihn ein.

Paul Drake machte ein ernstes Gesicht.

»Wie schlimm steht es, Paul?« fragte Mason.

»Schlimm«, erwiderte Drake.

»Erzähle.«

»Jemand aus Nr. 22«, begann Drake, »war zum Essen weggegangen, kam zurück und roch das Gas aus Nr. 21. Man rief den Manager des Motels. Er schloß die Tür mit einem Nachschlüssel auf. Das Gas warf ihn fast um. Er ließ die Tür weit offen, lief zu den Fenstern, öffnete sie und zog den Körper des Mannes ins Freie. Dann benachrichtigte er die Polizei. Sie erschien und machte Wiederbelebungsversuche. Aber es war nichts mehr zu retten.«

»Warum vermutete man Mord und nicht Selbstmord?« fragte Mason.

»Die Gasheizung hat ein Sicherheitsventil«, erklärte Drake. »Jemand hatte das Zuleitungsrohr losgeschraubt, so daß das Gas direkt ins Zimmer strömen konnte. Der Mann hatte chinesisch gespeist. Nach Ansicht des Arztes, der zusammen mit dem Leichenbeschauer kam, besteht Verdacht auf Barbiturate. Er führte rasch einen Versuch durch, und offenbar war das Essen vergiftet. Ich glaube, sie fanden auch Spuren von Drogen im Badezimmer.«

Mason sah Daphne an.

Sie wich seinem Blick aus.

»Sie aßen gemeinsam mit Ihrem Onkel das chinesische Gericht?«

»Ich ging, bevor er fertig war.«

»Gaben Sie ihm ein Schlafmittel?«

»Ich – ich weiß es nicht.«

»Wieso wissen Sie das nicht?«

»Ich sagte Ihnen doch, er konnte ohne diese Tabletten nicht schlafen. Er war so süchtig danach, daß er sie einfach brauchte. Ich wußte das und gab ihm, ehe ich ging, die Schlaftabletten, die ich bei mir hatte.«

»Woher hatten Sie die Tabletten?«

»Ein Arzt gab sie mir – derselbe Arzt, der Onkel Horace behandelte. Sie werden sich erinnern, als ich auf die Reise ging, war ich abgearbeitet und nervös. Der Arzt gab mir damals ein Schlafmittel.

Ich nahm es niemals. Sowie ich erst auf dem Schiff war, schlief ich wie ein Murmeltier. Ich dachte, Onkel Horace könnte diese Pillen nötig haben, und gab sie ihm für den Bedarfsfall.«

»Damit haben Sie sich wahrscheinlich eine wunderschöne Anklage wegen Mordes eingehandelt«, stellte Mason fest.

»Die Inhaberin des Motels«, fuhr Drake fort, »war sofort mißtrauisch. Das Mädchen hatte Nr. 21 gemietet und angegeben, es sei für ihren Onkel, und sie brächte ihn später mit. Die Inhaberin notierte die Wagennummer – es war ein neuer Ford.«

»Da haben wir's, Daphne«, rief Mason.

Paul Drake fing Masons Blick auf und ruckte kurz mit dem Kopf, um anzuzeigen, daß er allein mit ihm sprechen wolle.

»Entschuldigen Sie uns einen Moment«, sagte Mason und verzog sich mit Drake in eine Ecke.

Drake dämpfte seine Stimme bis zum Flüstern. »Mensch, Perry, du sitzt in der Tinte. Deine Mandantin genauso. Wenn sie mit diesem Testament rauskommt, hat sie sich im gleichen Augenblick selbst des Mordes überführt. Dieses Mädchen ist keine süße, unschuldige Rosenknospe. Sie ist skrupellos, berechnend und clever. Sie stellte den Aufenthalt ihres Onkels fest und schaffte ihn aus der Anstalt weg. Sie war zu schlau, ihn in dem Motel unterzubringen, wo sie sich einmietete, sondern fuhr ihn in ein anderes. Ihre sämtlichen Reaktionen lassen auf schnelles Schalten und Scharfsinn schließen. Sie fand raus, daß sie gar nicht mit Horace Shelby verwandt ist. Also konnte sie nur an sein Geld heran, wenn sie ein Testament hatte. So entzieht sie ihn der Obhut des Gerichts und dem vom Gericht eingesetzten Vormund, läßt ihn ein Testament machen, und prompt stirbt der Alte. Also, Perry, wenn du dieses Testament unter den Tisch fallen läßt, dann tue ich es auch.«

»Was willst du damit sagen?« fragte Mason.

»Es ist der überzeugendste Beweis gegen sie. Nimm dieses Testament und verbrenne es. Laß sie darauf verzichten, es irgend jemandem gegenüber zu erwähnen, dann können wir auch davon absehen. Damit hätten wir das stärkste Beweismittel gegen sie unschädlich gemacht.«

Mason schüttelte den Kopf.

»Warum denn nicht?« fragte Drake. »Ich halte meinen Kopf hin; ich setze meine Lizenz aufs Spiel, um deiner Mandantin eine Chance zu geben.«

»Darum geht es nicht«, erklärte Mason. »Erstens kann ich als Amtsperson keine Beweismittel unterdrücken und du als zugelassener

Detektiv genausowenig. Zweitens habe ich stets festgestellt, daß die Wahrheit die stärkste Waffe eines Anwalts ist. Das Dumme ist nur, Anwälte wissen die Wahrheit sehr häufig nicht. Sie bekommen Halbwahrheiten von ihren Mandanten zu hören und versuchen, damit der Sache auf den Grund zu gehen. Was mich betrifft, so bin ich –«

Mason brach ab, als schwere Schritte auf der Holzterrasse des Motels zu hören waren und gleich darauf gegen die Tür gepocht wurde.

»Sie erlauben, Daphne«, sagte er, durchquerte das Zimmer und öffnete.

Leutnant Tragg, begleitet von einem Polizeibeamten in Uniform, stand auf der Schwelle und konnte sich bei Masons Anblick vor Überraschung offenbar kaum fassen.

»Was, zum Teufel, machen Sie hier?« rief er.

»Ich spreche mit meiner Mandantin«, teilte Mason ihm mit.

»Nun, wenn Ihre Mandantin die Eigentümerin des neuen Fords da draußen ist, braucht sie allerdings verdammt schnell einen Anwalt«, erwiderte Tragg.

»Treten Sie näher«, lud Mason ihn ein. »Daphne, dies ist Leutnant Tragg von der Mordkommission. Leutnant Tragg – Daphne Shelby.«

»Aha«, rief Tragg, »jetzt geht mir ein Licht auf. Wie ich im Polizeipräsidium hörte, sucht man nach Horace Shelby, der entgegen einem Gerichtsbeschluß aus dem *Goodwill Sanatorium* herausgeholt wurde.«

Tragg wandte sich an den Beamten in Uniform. »Holen Sie die Frau herein. Wir wollen sehen, ob wir eine Identifizierung zustande bringen.«

»Ich möchte darauf hinweisen, daß dies kaum die beste Methode für eine Identifizierung ist«, wandte Mason ein.

»In diesem Fall schon«, entgegnete Tragg. »Wir arbeiten unter Zeitdruck.«

Der Beamte verließ die Veranda. Eine Tür schlug zu. Wieder hörte man Schritte, und eine Frau wurde hereingeführt.

»Sehen Sie sich um«, forderte Tragg die Frau auf, »ob hier jemand ist, den Sie kennen.«

Sie zeigte prompt auf Daphne Shelby.

»Dieses Mädchen hat die Nr. 21 gemietet«, erklärte sie. »Sie sagte mir, es wäre für ihren Onkel.«

Tragg drehte sich grinsend zu Mason um. »Das war das Stichwort für Ihren Abgang, Herr Rechtsanwalt. Von jetzt an kommen wir ohne Ihre Mitwirkung aus.«

Mason lächelte. »Ich glaube, Sie vergessen die kürzliche Entscheidung des Obersten Gerichts, Leutnant. Miss Shelby ist berechtigt, sich in jedem Stadium der Untersuchung von einem Anwalt vertreten zu lassen.«

Er wandte sich Daphne zu. »Bevor Sie irgendeine Frage beantworten, Daphne, sehen Sie mich jedesmal an. Wenn ich den Kopf schüttle, antworten Sie nicht; nicke ich, antworten Sie. Aber sagen Sie die Wahrheit.«

»Das dürfte ein verdammt schwieriges Zeugenverhör werden«, stellte Leutnant Tragg fest.

»Es mag eine etwas schwierige Methode sein, eine *Zeugin* zu vernehmen«, gab Mason zu, »aber für das Verhör einer künftigen *Beschuldigten* ist es die einzig mögliche. Vielleicht kann ich gewisse Dinge stipulieren, um Ihnen die Sache zu erleichtern, Leutnant.«

»Zum Beispiel?« fragte Tragg.

»Bis vor kurzer Zeit hielt Daphne Shelby sich in gutem Glauben für Horace Shelbys Nichte. Ob nun Blutsverwandtschaft besteht oder nicht – Daphne ist dem Mann, den sie stets als ihren Onkel betrachtete, sehr zugetan. Sie lebte in seinem Haus, sie sorgte für seine strikte Diät. Durch den großen Kräfteaufwand für Pflege, Kochen und Saubermachen war sie einem Zusammenbruch nahe. Als Horace Shelby durch seinen Vormund und einen Arzt – den andere Verwandte hinzugezogen hatten – ins *Goodwill Sanatorium* eingeliefert wurde, nahm Daphne dort eine Stellung an. Sie fand Horace Shelby an sein Bett geschnallt. Sie zerschnitt mit einem Messer die Gurte, brachte ihn ins *Northern Lights Motel* und quartierte ihn in Nr. 21 ein. So, Leutnant, das ist alles, was ich zur Zeit sagen möchte.«

Tragg fuhr zu Daphne herum. »Brachten Sie ihm heute abend Essen?«

Mason schüttelte den Kopf.

Daphne schwieg.

»Ein chinesisches Essen nämlich«, ergänzte Leutnant Tragg. »Wir wissen, daß Sie es taten, Sie können sich die Sache wirklich erleichtern. Schließlich wollen wir ja nur die Wahrheit herausfinden, Miss Shelby, und wenn Sie nicht schuldig sind, haben Sie die Wahrheit nicht zu fürchten.«

Wieder schüttelte Mason den Kopf.

»Quatsch«, murmelte Tragg und wandte sich Mason zu. »Haben Sie vielleicht etwas dagegen, daß sie die Leiche identifiziert?«

»Keineswegs«, erwiderte Mason.

Tragg streckte die Hand aus. »Würden Sie mir Ihre Schlaftabletten geben, Miss Shelby?« fragte er. »Die restlichen, meine ich.«

Sie griff nach ihrer Handtasche, begegnete aber rechtzeitig Masons Blick.

»Keine Tricks, Leutnant«, fuhr Mason dazwischen. »Wir müssen sonst die Zusammenarbeit aufgeben.«

»Es ist eine üble Sache«, erwiderte Leutnant Tragg verbittert, »wenn das Gericht dem Beschuldigten die Fesseln abnimmt und sie ehrlichen Beamten anlegt, die sich bemühen, dem Recht Geltung zu verschaffen.«

»Ich kann keine Fesseln entdecken«, spottete Mason.

»Aber ich fühle sie«, schnauzte Tragg.

»Wir wollten eine Leiche identifizieren«, erinnerte Mason ihn.

»Also kommen Sie«, sagte Tragg und fügte hinzu: »Wir müssen Sie Ihres Wagens für eine Weile berauben, Miss Shelby. Er ist ein Beweisstück.«

»Aber gewiß doch«, stimmte Mason zu. »Wir wollen die Ermittlung auf jede mögliche Weise unterstützen.«

»Jawohl«, sagte Tragg und fuhr sich mit dem ausgestreckten Zeigefinger quer über die Kehle, »ich habe den fühlbaren Eindruck Ihrer aufrichtigen Unterstützung!«

Er wandte sich an seinen Begleiter. »Geben Sie eine Funkmeldung durch, und fordern Sie einen Sachverständigen für Fingerabdrücke an, er soll den Ford untersuchen.«

Daphne befahl er: »Sie kommen mit.«

»Ich werde in Ihrem Wagen fahren«, erklärte Mason.

Tragg schüttelte den Kopf.

»Dann fährt Daphne mit mir.«

Tragg überlegte und sagte: »Also gut, Daphne fährt mit Ihnen. Sie folgen mir.«

»Und ich werde die Prozession beschließen«, fügte Drake hinzu.

»Kommen Sie, Della. Sie und Daphne setzen sich hinten in meinen Wagen«, bestimmte Mason. »Daphne, Sie beantworten keinem Menschen irgendwelche Fragen, es sei denn, ich bin anwesend und gebe meine Zustimmung. Haben Sie verstanden?«

Sie nickte.

»Und jetzt steht Ihnen ein Schock bevor.« Mason dämpfte die

Stimme. »Sie sollen die Leiche Ihres Onkels identifizieren. Das können Sie tun, aber weiter nichts. Ich wünsche nicht, daß Sie freiwillig irgendwelche Auskünfte geben oder Fragen beantworten, verstehen Sie?«

Sie nickte wieder und schwieg mit aufeinandergepreßten Lippen.

»Es wird ein qualvolles Erlebnis für Sie sein, und Sie haben in den letzten 24 Stunden schon vieles hinter sich. Aber Sie müssen Ihre Kräfte zusammennehmen und es ertragen. Und jetzt los, Leutnant.«

Die Wagen fuhren hintereinander zum *Northern Lights Motel.*

Ein Krankenwagen hielt dort, um den Toten zur Obduktion ins Leichenschauhaus zu bringen.

Leutnant Tragg ergriff einen Zipfel der Decke und sagte: »Bitte, Miss Shelby.«

Daphne stellte sich neben den Offizier. Mason hielt ihren Arm.

Tragg zog die Decke zurück.

Da fühlte Mason, wie Daphne erstarrte. Sie klammerte sich an ihn und stieß einen Schrei aus.

Mason streichelte ihr beruhigend die Schulter.

»Aber das ist nicht Onkel Horace«, stotterte sie. »Das ist Ralph Exeter!«

Leutnant Tragg war verblüfft. »Wer ist Ralph Exeter?« fragte er.

Daphnes erstarrte Lippen machten zwei vergebliche Versuche, etwas zu sagen. »Ein Freund von Onkel Borden.«

»Ein Halbbruder von Horace Shelby.«

»Wie kam dann Exeter in diese Wohnkabine des Motels, und wo ist Horace Shelby jetzt?«

»Das sind zwei Fragen, Leutnant«, sagte Mason, »die Sie ganz allein beantworten müssen.«

Die Frau, die Daphne Shelby identifiziert hatte, kam zu den Beamten herüber.

»Wollen Sie auch die Leiche sehen?« fragte Tragg.

Sie nickte.

Tragg schlug die Decke zurück.

»Nein, das ist nicht der Mann aus Nr. 21«, rief sie. »Der sieht aus wie der Mann, der vor etwa drei Stunden Nr. 20 gemietet hat.«

»Wie kam er hierher?« fragte Tragg.

»Im Wagen. Er hat ein Nummernschild aus Massachusetts. Es könnte noch jemand bei ihm gewesen sein – eine Frau. Ich kann die Anmeldung holen.«

»Wir gehen zusammen«, bestimmte Tragg.

Er begleitete die Frau zum Büro und kehrte mit der Anmeldekarte zurück.

»Stimmt«, sagte er. »Der Mann trug sich unter seinem richtigen Namen ein und gab die Nummer seines Wagens an. Es ist eine Zulassung aus Massachusetts. Aber wo ist sein Wagen? Was ist damit passiert? Er ist verschwunden.«

Es entstand eine Pause, dann sagte Tragg: »Wir wollen uns mal in Nr. 20 umsehen, ob wir da was finden.«

Er wandte sich an Mason. »Da Sie uns in dieser Phase der Ermittlungen nicht helfen können, dürfen Sie und Ihre Mandantin jetzt gehen. Sie müssen jedoch beide jederzeit sofort für mich erreichbar sein.«

»Entschuldigen Sie mich eine Minute, Daphne; es dauert nur einen Moment«, bat Mason und drehte sich zu Paul Drake um. Leise sagte er: »Paul, Horace Shelby war in jenem Bungalow. Jetzt ist er nicht mehr da. Entweder verließ er das Zimmer auf eigene Faust, oder jemand hat ihn weggebracht. Wenn er abgeholt wurde, haben wir Ärger. Ging er allein, möchte ich feststellen, ob er jetzt auf eigenen Füßen steht und nach Möglichkeit dafür sorgen, daß er es weiterhin tut.«

Drake nickte.

»Setz deine Leute sofort auf die Taxiunternehmen an.«

Drake nickte wieder.

»Und es wäre ein Drama«, fuhr Mason fort, »wenn es der Polizei gelänge, bei der Motel-Besitzerin die Idee aufkommen zu lassen, Ralph Exeter sei der Mann gewesen, den Daphne ins Motel brachte. Sie hat Daphne gesehen, die Nummer ihres Wagens notiert und sie später identifiziert. Bearbeite die Frau, bevor die Polizei es tut. Sie muß behaupten, sie könne das Mädchen, das mit Exeter im Wagen kam, nicht wiedererkennen. Du mußt sie so bombensicher darauf festlegen, daß sie später nicht sagen kann, je mehr sie darüber nachdächte, desto mehr glaube sie, Daphne sei die Frau in Exeters Wagen gewesen. Wir wissen beide, daß die Identifizierung von Personen mit das unzuverlässigste Beweismittel ist. Nicht dann, wenn jemand eine Person identifizieren soll, die er wirklich kennt, nein; aber wenn er nichts weiter als einen flüchtigen Schimmer mitbekommen hat und später an Hand eines Fotos oder einer Gegenüberstellung die Person wiedererkennen soll.«

»Natürlich, das kennt man ja«, sagte Drake. »Ich werde tun, was ich kann. Sonst noch was?«

»Das wäre alles. Schick deine Leute los. Benutze das Telefon in deinem Wagen. Und sprich mit dieser Frau, während Leutnant Tragg Nr. 20 nach Spuren durchsucht.«

»Bin schon unterwegs. Was kommt zuerst?«

»Das Gespräch mit der Inhaberin. Wir wissen nicht, wie lange sich Tragg in Nr. 20 aufhalten wird. Die Taxiunternehmen kannst du danach anrufen.«

12

Mason legte einen Arm um Daphne Shelby und zog sie zu seinem Wagen. Er fühlte, daß sie unter ihrem Mantel zitterte.

»Beruhigen Sie sich, Daphne. Nur keine Aufregung. Es kommt etwas auf uns zu, das sich als ziemlich kompliziert herausstellen kann. Dieser Mann wurde in Nr. 21 gefunden. Die hatten Sie doch für Ihren Onkel gemietet?«

Sie nickte.

Mason führte sie zum Rücksitz seines Wagens, ließ Della Street auf der anderen Seite einsteigen und fragte weiter: »Sie gingen zum chinesischen Restaurant und bestellten ein Essen zum Mitnehmen?«

»Ja.«

»Wer bediente Sie?«

»Himmel, das weiß ich nicht. Irgendein Mädchen.«

»Keine Chinesin?«

»Nein. Nur der Koch ist Chinese.«

»Wie kamen Sie auf dieses Restaurant?«

Sie streckte den Arm aus. »Da, sehen Sie das Schild – genau gegenüber.«

Mason folgte der Richtung und sah die große Leuchtreklame in grünen Buchstaben: *Chinese Cooking*.

»Als Leutnant Tragg Sie nach den Schlaftabletten fragte«, fuhr Mason fort, »wollten Sie Ihre Handtasche öffnen.«

Sie nickte.

»Haben Sie welche darin?«

»Nein, ich tat es automatisch, weil er schon die Hand ausstreckte. Ich hatte vergessen, daß ich sie ja Onkel Horace gegeben hatte.«

»Vergessen Sie das vorläufig weiterhin«, empfahl Mason. »Beantworten Sie keine Fragen über Schlaftabletten. Exeter zog irgendwann heute nachmittag in dieses Motel ein. Das heißt, die Leute wußten, wohin Sie Horace Shelby gebracht hatten, und warteten nur die beste Gelegenheit ab.«

»Warum wandten sie sich dann nicht an die Behörde und ließen ihn ins Sanatorium zurückbringen?« fragte sie. »Das war es nämlich, wovor Onkel Horace und ich Angst hatten.«

»Wahrscheinlich taten sie es nicht, weil sie befürchten mußten, daß der Gerichtsarzt ihn dann untersucht. Und sie wollten ihn vielleicht noch etwas bearbeiten, bevor Dr. Alma ihn zu sehen bekam.«

»Dann glauben Sie also, die haben Onkel Horace jetzt?«

»Die Möglichkeit besteht durchaus.«

»Was wird geschehen?«

»Sie werden ihn mit Drogen völlig aufputschen und ihn terrorisieren. Und dann werden sie ihn ins Sanatorium zurückbringen und Dr. Alma benachrichtigen.«

»Gibt es nicht irgendeinen Weg, das zu verhindern? Können wir denn gar nichts tun? Könnten wir Onkel Horace nicht suchen?«

»Ich weiß es wirklich nicht«, erwiderte Mason. »Aber wir müssen zwei Alternativen in Betracht ziehen.«

»Welche?«

»Entweder hat Horace Shelby das Motel mit Borden Finchley verlassen; irgendwie leuchtet mir diese Theorie jedoch nicht ein.«

»Und die andere Möglichkeit?«

»Oder er verschwand aus eigenem Entschluß und aus eigener Kraft.«

»Aber warum hätte er denn weggehen sollen?«

Mason sah ihr gerade in die Augen. »Weil er Ralph Exeter umbrachte.«

»Also, Onkel Horace würde doch niemals...« Ihre Stimme verlor sich.

»Genau das«, sagte Mason. »Sie kennen nicht alle Einzelheiten der Behandlung, die Horace Shelby ertragen mußte. Sie kennen seine seelische Verfassung nicht. Sie gaben ihm also Schlaftabletten. Nehmen wir an, Exeter bewohnte tatsächlich das Nebenzimmer. Als Sie fort waren, ging Exeter in Horace Shelbys Zimmer und fing an, Shelby seine Forderungen zu stellen. Bedenken Sie, daß Exeter nicht wirklich Borden Finchleys Freund war. Er war nur daran interessiert, sein Geld zu erhalten, und das Geld mußte von Horace Shelby kommen. Angenommen, Exeter verlangte von Shelby 125 000 Dollar

Schweigegeld und erklärte sich dafür bereit, Shelbys Aufenthalt nicht zu verraten. Vielleicht sagte er auch, er habe noch nicht gegessen und bediente sich mit dem Rest aus den Pappkartons. Horace wollte den Mann loswerden. Irgendwie gelang es ihm, das Schlafmittel in das Essen zu mischen. Die Tabletten könnte er zerdrückt haben, während Exeter redete. Vielleicht war es ursprünglich nur Shelbys Absicht gewesen, Exeter zu betäuben und dann zu fliehen. Als er ihn aber hilflos daliegen sah, entschloß er sich möglicherweise, daraus einen Dauerzustand zu machen.«

Daphne schüttelte den Kopf. »Nicht Onkel Horace. So etwas würde er niemals tun. Er kann keine Fliege töten.«

»Dann ist«, sagte Mason, »sofern wir nicht Borden Finchley damit in Zusammenhang bringen können, nur noch eine einzige andere Person verdächtig.«

»Wer?«

»Sie.«

»Ich?«

Er nickte.

Sie schüttelte wieder den Kopf. »Onkel Borden könnte es getan haben, nicht aber ich und Onkel Horace.«

»Wir werden auch Ihren Onkel Borden überprüfen.«

»Wann?«

»Jetzt«, kündigte Mason an, legte den Gang ein und fuhr an.

»Und was soll ich tun?« fragte Daphne.

»Sie gehen jetzt in Ihr Hotel und bleiben dort. Und wenn Sie sich weitere Streiche leisten oder unerlaubt das Hotel verlassen, werden Sie sich unter Mordanklage vor Gericht wiederfinden.«

»Aber weshalb um alles in der Welt sollte ich Exeter umgebracht haben?«

»Dafür fallen mir mindestens ein halbes Dutzend Gründe ein«, erwiderte Mason. »Einer davon ist, daß er die treibende Kraft gegen Ihren Onkel Horace Shelby war. Er war es, der den Druck ausübte. Und wenn ich bereits einen annehmbares Motiv weiß, dann hat die Polizei mindestens zehn parat. Sie sind noch nicht über den Berg, junge Dame. Sie sind absolut verdächtig. Es gibt wirklich Leute, die glauben, daß Sie hinter Ihrer engelhaften Unschuld skrupellose Berechnungen verbergen und versuchen, ihre Zukunft um jeden Preis zu sichern.«

»Ich bin vollkommen offen zu Ihnen gewesen, Mr. Mason«, sagte sie.

»Ja, ich weiß; Sie haben mir alles erzählt, was ich wissen sollte. Sie haben alle Karten auf den Tisch gelegt, die ich sehen durfte. Aber mir wäre viel wohler, Daphne, wenn Sie sich nicht aus Ihrem Hotel geschlichen, nicht mit viel Raffinement im Sanatorium diesen Job ergattert und Ihren Onkel dort weggezaubert hätten. Ich weiß nicht, ob Sie das alles für sich selbst oder für Ihren Onkel taten. Auf jeden Fall war es keineswegs besonders rücksichtsvoll mir gegenüber. Ich habe einiges riskiert und Ihnen etwas Geld besorgt, und ich habe ein Recht auf Ihre Zusammenarbeit.«

»Das weiß ich«, erwiderte sie ruhig. »Glauben Sie bitte nicht, ich wüßte nicht alles zu schätzen, was Sie für mich taten.«

»Wenn Sie Ihrem Onkel das Geld zurückgaben«, fuhr Mason fort, »so ist das eine der guten Taten, die man auf die Habenseite Ihres Hauptbuches setzen kann. Aber machen Sie sich nichts vor – noch ehe die Nacht zu Ende ist, wird die Polizei Ihnen hart zusetzen. Wenn die Beamten zu Ihnen kommen, müssen Sie darauf bestehen, mich anzurufen. Ich gebe Ihnen eine Nachtnummer, über die Sie mich erreichen können. Beantworten Sie vor meinem Eintreffen unter keinen Umständen irgendwelche Fragen. Und in der Zwischenzeit kümmern Sie sich nicht um Dinge, die ich selbst untersuche.«

»Warum sollte ich das denn tun?« fragte sie.

»Ich werde«, erklärte Mason, »Ihren Onkel Horace für ein Ablenkungsmanöver benutzen, falls es mir gelingt.«

»Wieso Ablenkungsmanöver?«

»Ich will die Polizei auf die Idee bringen, Ihr Onkel Horace habe Ralph Exeter umgebracht, und zwar in einem Zustand geistiger Unzurechnungsfähigkeit.«

13

Es war schon nach zehn Uhr an diesem Abend, als Paul Drake sich mit seinem Klopfzeichen an Masons Bürotür meldete.

Della Street öffnete.

Durchnäßt und todmüde fiel Drake auf einen Stuhl.

»Ich wäre gern früher gekommen; ich wußte ja, daß ihr zwei nach Hause wollt, aber es war ein fürchterliches Stück Arbeit.«

»Was hast du rausgefunden?« fragte Mason.

»Etwas, das die Polizei unterschlagen hatte. Ich stellte fest, wie sie auf das Schlafmittel gekommen sind.«

»Wie also?«

»Im Badezimmer des Bungalows, in der sie den Mann tot auffanden, in Nr. 21 also, entdeckten sie einen Becher. Einen dieser schweren Glasbecher, wie man sie in Motels hat, weißt du, in Wachspapier gewickelt und mit dem Etikett ›antiseptisch‹.«

Mason nickte.

»In dem Becher war ein Zahnbürstenbehälter aus Glas und ein bißchen weißes Pulver. Leutnant Tragg untersuchte die Glasröhre auf Fingerabdrücke.«

»Fand er welche?«

»Er stellte einige fest, wahrscheinlich von Horace Shelby, aber da ist man noch nicht sicher.«

»Weiter«, bat Mason.

»Jemand hatte den gläsernen Zahnbürstenbehälter zum Zerstoßen von Schlaftabletten benutzt und den Becher als improvisierten Mörser.«

»Wie konnten Sie wissen, daß der Zahnbürstenbehälter als Stößel benutzt wurde?«

»Ein Rest Pulver war so fest in das gerundete Ende der Glasröhre eingestampft, daß er sich da festgesetzt hatte.«

»Dieser Tragg ist ein gründlicher Kerl«, sagte Mason.

Drake nickte.

»Was für ein Pulver war es?« fragte Mason.

»Ein Barbitursäurepräparat mit dem Namen Somniferone. Es ist ein kombiniertes Mittel, das sehr schnell wirkt und mit einem anderen Barbitursäure-Derivat versetzt ist, um die langanhaltende Wirkung zu garantieren.«

»Wie haben sie es analysiert?«

»Mit so einem Röntgengerät für chemische Analysen. Tragg nahm Fingerabdrücke von dem Glasbehälter und schaffte das Ding dann in Windeseile ins Polizeilabor.«

»Sehr schön«, lobte Mason. »Und ich sehe, du bereitest mich auf etwas vor. Sag es mir bitte gleich.«

»Somniferone«, erklärte Drake, »ist das Barbiturat, das Horace Shelby von dem Arzt verschrieben wurde, den Borden Finchley nach seinem Einzug ins Haus rief. Er ist derselbe, der auch Daphne das Schlafmittel verschrieb, das sie mit auf ihre lange Reise nehmen sollte. Unmittelbar vor ihrer Abfahrt gab man ihr das Rezept. Sie besaß Somniferone für drei Monate.«

»Weiter bitte.«

»Das weiß die Polizei zwar noch nicht, aber sie forscht nach. Und sie wird auf die richtige Spur kommen.«

»Welches ist denn die richtige Spur?«

»Deine Mandantin doch. Das Mädchen versteht wahrhaftig, Theater zu spielen. Sie markiert die liebe Unschuld und das sanfte Gretchen, und dabei hat sie es faustdick hinter den Ohren.«

»Was tat sie also deiner Ansicht nach?«

»Sie kaufte Essen in einem chinesischen Restaurant. Damit ging sie zu Nr. 21, nahm ihre Schlaftabletten und zerquetschte sie im Glasbecher mit der Zahnbürstenröhre. Sie lud Ralph Exeter zu einem Gespräch ein, mixte das Schlafmittel in sein Essen, spülte den Rest in die Toilette und wusch die Pappkartons aus. Nachdem er in seinen Betäubungsschlaf gefallen war, schraubte sie das Gasrohr los. Als das Gas ausströmte, ging sie weg. Sie wußte, daß ihr Ralph so oder so nun kein Kopfzerbrechen mehr machen würde.«

»Das nehme ich dir nicht ab«, sagte Mason kopfschüttelnd.

»Brauchst du auch nicht, Perry. Die Polizei wird es aber so sehen.«

»Sie kaufte das chinesische Gericht doch für Horace Shelby.«

»Nein«, entgegnete Drake, »Shelby war schon lange weg.«

»Wieso?«

»Wir fanden einen Taxifahrer, der gerufen wurde, einen Fahrgast an der Ecke beim *Northern Lights Motel* abzuholen. Er fuhr hin. Ein älterer Mann, der etwas konfus schien, wartete schon. Er stieg ins Taxi und war sich nicht ganz klar, wohin er wollte. Zunächst nannte er den Bahnhof, änderte dann sein Ziel und sagte, er wolle zum Flughafen. Offenbar war er vollgestopft mit Bargeld. Er zog ein Bündel Scheine aus der Tasche – ein Hundertdollarschein war die kleinste Note. Der Fahrer mußte mit ihm zum Flughafen gehen, um zu wechseln. Dieser Mann war Horace Shelby. Die Beschreibung paßt auf ihn.«

»Die Zeit?« fragte Mason.

»Eine gute Stunde, bevor Daphne das Essen vom China-Restaurant holte und damit zum *Northern Lights Motel* ging.«

»Gut«, erwiderte Mason, »aber das sind Indizien. Wir haben noch nicht alles Beweismaterial, Paul. Daphne hatte kein Motiv, Ralph Exeter zu ermorden.«

»Mach dir nichts vor, Perry. Auf Exeter hatte sie größeren Zorn als auf sonst jemanden in der Clique. Sie betrachtete Borden Finchley als ihren Onkel und Bordens Frau als ihre Tante. Exeter war der

Fremdling, der Ärger machte und alle unter Druck setzte. Das wußte sie.«

»Und was ist mit Borden Finchley? Wo war er, während alles dies geschah?«

»Borden Finchley hat ein Alibi. Ebenso seine Frau Elinor.«

»Hast du das überprüft?«

»Habe ich. Natürlich ist das Alibi teilweise eine Angelegenheit unter Eheleuten, aber es gibt noch eine neutrale Bestätigung. Die Finchleys räumten nämlich Daphnes sämtliche Sachen aus ihrem Zimmer und machten Inventur von jedem Kleidungsstück, jedem Schminktopf und jedem Stück Papier. Drei Stunden waren sie damit beschäftigt. Die Haushälterin saß währenddessen fast die ganze Zeit da und heulte über diese Bescherung. Mrs. Finchley kam runter, donnerte sie an und schickte sie nach Hause.«

Mason wandte ein: »Es waren auch ein paar Leute aus Las Vegas an dem Fall interessiert, Paul. Als ich meinen ersten Besuch im *Goodwill Sanatorium* machte, kam ein Mann an meinen Wagen und fragte mich, ob ich der vom Gericht zu Shelbys Untersuchung bestellte Arzt sei. Ich verneinte das. Der Mann lief eiligst weg, stieg in seinen Wagen, den er in einiger Entfernung geparkt hatte, und fuhr ab. Die Nummer konnte ich nicht feststellen, ich sah aber das Schild aus Nevada, das ich an den Farben erkannte. Ich wollte ihm nicht zu auffällig folgen, denn ich glaubte, daß er mich im Rückspiegel beobachtete. Deshalb tat ich zunächst so, als ginge ich zum Sanatorium zurück. Dann folgte ich ihm, um die Wagennummer festzustellen, fand ihn aber nicht mehr.«

»Mag ja alles sein, schön und gut«, erwiderte Drake. »Aber zu der Zeit, als deine Mandantin sich in Nr. 21 im *Northern Lights Motel* aufhielt und Horace Shelby scheinbar Essen brachte, war Shelby schon lange weg.«

»Kein Irrtum in der Zeit möglich?«

Drake schüttelte den Kopf. »Nein, ausgeschlossen.«

»Gut, Paul. Wir werden Daphne zwingen, die Karten aufzudekken. Sie hat mich zu oft und zu kräftig hinters Licht geführt.«

Er nickte Della Street zu. »Rufen Sie Daphne bitte an.«

Della suchte die Nummer in ihrer Kartei, ließ die Wählscheibe surren und gab Daphnes Zimmernummer an. »Ich möchte bitte Miss Shelby sprechen.«

Sie wartete eine Zeitlang. »Das arme Kind wird schon schlafen«, meinte sie. »Sie hat ja heute wahrhaftig einiges hinter sich.«

»Armes Kind – daß ich nicht lache«, spottete Drake. »Das Mädchen ist wahrscheinlich schon wieder auf Tour und dreht ein neues Ding.«

Alle drei warteten gespannt.

Schließlich fragte Della: »Sind Sie sicher, daß Sie die richtige Nummer rufen, Fräulein? Würden Sie bitte doch noch einmal durchläuten?«

Sie wartete abermals und sagte dann: »Ich danke Ihnen. Wir rufen später wieder an. Nein, ich will keine Nachricht hinterlassen.«

Della legte auf. »Keine Antwort. Entweder ist sie wirklich nicht in ihrem Zimmer, oder ...« Sie schwieg.

Perry Mason stand auf und sah Drake an. »Okay, Leute, gehen wir.«

»Zusammen in einem Wagen?« fragte Drake, als sie im Fahrstuhl abwärts fuhren.

»Taxi«, bestimmte Mason. »Ich will keine Parkschwierigkeiten vor dem Hotel, und es gibt dort genug Taxis, wenn wir zurückfahren wollen.«

Ein paar Schritte vom Büro entfernt fanden sie ein Taxi und stiegen zu dritt ein.

Mason nannte dem Fahrer Daphnes Hotel. Nach sieben bis acht Minuten rascher Fahrt waren sie am Ziel.

Der Anwalt gab ein großzügiges Trinkgeld. Höchst selbstsicher schritt er durch die Hotelhalle zum Fahrstuhl und sagte zum Liftboy: »Siebter Stock, bitte.« Als sie ausstiegen, wandte er sich nach links und eilte durch den Flur.

Die Fahrstuhltüren schlossen sich.

Mason wartete, bis der Lift den siebten Stock verlassen hatte, bevor er sich die Zimmernummern ansah, und machte dann kehrt. »Falsche Richtung. Ich wollte den Boy aber nicht merken lassen, daß wir uns hier nicht auskennen.«

»Welche Nummer ist es?« fragte Drake.

»718.«

Sie gingen zurück und fanden Nr. 718.

An der Tür hing ein Schild: *Bitte nicht stören.*

»Wir müssen eines berücksichtigen«, sagte Della Street. »Das arme Kind war die ganze Nacht auf den Beinen und hat im Sanatorium gearbeitet. Sie hat seit 36 Stunden nicht mehr geschlafen. Es ist doch ganz natürlich, daß sie dieses Schild heraushängte und zu Bett ging.«

»Ebenso natürlich ist es, aufzuwachen und ans Telefon zu gehen«, entgegnete Mason.

»Vielleicht nicht, wenn sie übermüdet war«, meinte Della.

Mason hämmerte gegen die Tür.

Er wartete einen Moment und klopfte dann lauter.

Es kam keine Antwort.

»Della«, sagte Mason, »es ist mir höchst zuwider, daß ich Sie jetzt um etwas bitten muß, aber ich will unbedingt dieses Zimmer von innen sehen. Fahren Sie bitte nach unten und verlassen sie kurz das Hotel. Dann kommen Sie wieder herein, gehen dreist zum Portier und bitten ihn um den Schlüssel zu Nr. 718. Wenn Sie genau das richtige Maß an Selbstsicherheit mitbringen und entsprechend auftreten, wird er Ihnen den Schlüssel geben. Falls er Sie nach Ihrem Namen fragt, sagen Sie Daphne Shelby. Sollte er weitergehen und Ihren Ausweis sehen wollen, erzählen Sie ihm, wer Sie sind und daß ich hier oben warte. Daphne sei meine Mandantin, und ich müsse befürchten, sie sei betäubt oder sogar ermordet worden, weil sie nicht öffne. Sollte es soweit kommen, bitten Sie den Hausdetektiv, Sie zu begleiten.«

»Chef, glauben Sie wirklich, sie ist –«

»Wer kann es wissen?« sagte Mason. »Einen Mord haben wir bereits. Es könnten zwei werden. Dem Hausdetektiv müssen Sie mitteilen, daß ich hier oben mit einem Privatdetektiv warte. Dadurch klärt sich dann die unschöne Tatsache auf, daß Sie sich des Schlüssels zu einem fremden Zimmer bemächtigen wollten.«

Della nickte zustimmend.

»Versuchen Sie, die Halle möglichst unbemerkt zu verlassen, so daß der Portier Sie nicht gehen sieht. Und wenn Sie wieder hereinkommen, fragen Sie einfach nach dem Schlüssel.«

»Aber Daphne wird vielleicht den Schlüssel bei sich haben?«

»Diese Hotels haben fast alle für jedes Zimmer zwei Schlüssel im Fach und einen dritten in der Schublade, damit sie öffnen können, wenn die anderen abhanden gekommen sind.«

Della ging zum Fahrstuhl, klingelte und wurde kurz darauf abgeholt.

Mason klopfte zur Sicherheit noch einmal an die Tür. Als keine Antwort kam, drehte er sich um und lehnte Schultern, Hüften und die rechte Fußsohle flach gegen die Wand. »Wir stehen vor weiteren scheußlichen Komplikationen«, stellte er fest.

»Hängt natürlich davon ab, was passiert ist«, meinte Drake.

»Ganz egal, was passiert ist, wir haben auf jeden Fall Schwierigkeiten. Wenn sie drin ist, nicht öffnet und nicht ans Telefon geht, haben wir wahrscheinlich eine Leiche – oder eine Betäubte. Im letzteren Fall ist es unsere einzige Hoffnung, sie noch rechtzeitig ins Krankenhaus zu schaffen. Ist sie aber nicht im Zimmer, dann haben wir den Schlamassel.«

»Zum Beispiel?«

»Nehmen wir an, Leutnant Tragg will sie verhören. Er hat sie angewiesen, die Stadt nicht zu verlassen und sich für Vernehmungen bereit zu halten. Wenn sie nicht im Zimmer ist, wird Tragg das als Flucht ansehen, und in diesem Stadium ist Flucht schon ein Beweis für Schuld.«

»Oha«, machte Drake.

Sie warteten vier oder fünf Minuten. Dann hielt der Fahrstuhl wieder im siebten Stock. Die Türen glitten zur Seite, Della Street nickte dem Liftboy dankend zu und lief auf Mason und Drake zu.

»Geschafft?« fragte Mason.

Als Antwort hielt sie nur einen Schlüssel mit ovalem Metallschild hoch. Sie steckte ihn ins Schlüsselloch.

»Lassen Sie mich das lieber machen«, sagte Mason. »Wenn die Tür von innen verriegelt ist, wäre das noch ein Hauptproblem. Wenn nicht, ist es besser, daß ich als ihr Anwalt öffne.«

Der Schlüssel schob das Schnappschloß zurück. Mason drehte versuchsweise den Knopf, drückte gegen die Tür und warf sich noch mit der Schulter dagegen.

»Das genügt. Es ist von innen verriegelt.«

»Das heißt also, sie ist drin?«

Er nickte.

»Laß uns den Hausdetektiv holen«, riet Drake.

»Einmal wollen wir es noch versuchen«, meinte Mason.

Diesmal trommelten seine Knöchel im Doppelwirbel gegen die Türfüllung.

»Also gut«, seufzte er. »Wir müssen den Hausdetektiv holen und die Tür gewaltsam öffnen. Wir ...«

Er brach ab, als von innen das Geräusch des Riegels zu hören war. Die Tür öffnete sich.

Daphne Shelby, nur im Nachthemd, blinzelte ihnen verschlafen entgegen.

»Was ... mir ist schwindlig ... Hilfe ...« Sie brach zusammen.

Della Street lief zu ihr.

»Es gibt hier einen Hausarzt«, sagte Mason. »Wir wollen ihn rufen. Aber zunächst hindert sie am Einschlafen, Paul. Nehmt kalte Kompressen und legt sie ihr auf Kopf und Hals.«

»Okay, tragen wir sie ins Bett zurück und –«

»Nicht ins Bett«, protestierte Mason. »Das wäre das dümmste, wenn sie betäubt wurde. Sie muß laufen. Ich hake sie an einer Seite unter, Della an der anderen. Hol ein paar nasse Handtücher.«

»Sie braucht irgendwas zum Umlegen«, sagte Della, lief zum Schrank und nahm einen Umhang heraus, in den sie Daphne einwickelte. Dann stellten Mason und Della sie auf die Beine, während Drake ins Badezimmer stürzte.

Daphne machte einen oder zwei Schritte, sackte aber wieder zusammen und stöhnte. »Oh, ich bin so müde ... so schrecklich müde.«

Drake kam mit einem nassen Handtuch aus dem Badezimmer angelaufen, legte es Daphne um den Hals und auf den Kopf. »Kommen Sie, Daphne«, ermunterte er sie, »Sie müssen auf und ab gehen.«

»Was ist geschehen, Daphne?« fragte Mason.

»Ich glaube, ich bin vergiftet«, antwortete sie schlaftrunken.

»Und wie kommen Sie darauf?«

»Ich ging in einen Imbiß und trank Schokolade. Mehr wollte ich nicht, nur eine große Tasse heiße Schokolade und etwas Toast. Ich war so müde, hatte die ganze Nacht gewacht.«

»Weiß ich«, sagte Mason. »Bitte weiter.«

»Die Schokolade schmeckte so merkwürdig. Ich war zum Telefon gegangen und hatte sie einen Moment stehen lassen. Die Kellnerin hatte ich gebeten, die Tasse nicht wegzunehmen. Eine komisch aussehende Frau saß gleich nebenan ...« Abrupt brach Daphne ab und knickte wieder in den Knien ein.

Mason und Della richteten sie auf. Drake erschien mit einem neuen kalten Wickel.

»Ruf den Hausarzt an, Paul«, bat Mason. »Sag ihm, wir hätten eine Schlaftablettenvergiftung.«

Mason zog Daphnes Umhang zurück und legte das nasse kalte Handtuch auf ihren Rücken.

»Huuuh!« schrie sie und machte einen kleinen Hopser, »ist das kalt!«

»Es wird Ihnen guttun«, ermunterte Mason sie. »Marschieren Sie weiter.«

Drake hatte inzwischen telefoniert. »Der Arzt kommt sofort«, teilte er mit.

»Della, rufen Sie bitte den Etagenkellner an«, sagte Mason. »Bestellen Sie zwei Kannen starken schwarzen Kaffee.«

Daphne hauchte: »Bitte lassen sie mich doch ... in Ruhe ...«

»Paul, her mit den Tüchern«, befahl Mason.

»Nein, nein«, protestierte sie lahm, »ich bin schon patschnaß.«

»Patschnaß sind Sie erst, wenn wir fertig sind ... Paul, laß die Badewanne einlaufen, lauwarm. Della wird dafür sorgen, daß Daphne ein Bad nimmt – nur zur leichten Anregung und damit sie nicht ganz auskühlt.«

Drake drückte Mason zwei weitere nasse Wickel in die Hand. »Ich bräuchte vier Hände«, brummte er.

Mason hielt Daphne in Bewegung. Della Street bestellte den schwarzen Kaffee. Im Badezimmer hörte man das Wasser einlaufen.

Daphne seufzte. Ihr Kopf fiel gegen Masons Schulter, und wieder knickte sie zusammen.

Der Anwalt stellte sie auf die Beine.

»Gehen Sie, Daphne, marschieren Sie. Sie müssen mithelfen und laufen. Ich kann Sie nicht einfach ziehen!«

»Ich spüre den Boden nicht«, sagte sie. »Meine Füße gehen auf gar nichts.«

»Glauben Sie, die Frau neben Ihnen hat etwas in Ihre Schokolade getan?«

»Sie schmeckte so komisch, irgendwie bitter, aber ich gab einfach mehr Zucker hinein.«

»Können Sie die Frau beschreiben? Wissen Sie noch, wie sie aussah?«

»Nein ... ich kann mich nicht konzentrieren ... tut mir leid, daß ich Sie so im Stich lasse, Mr. Mason.«

Wieder schienen ihr die Beine zu versagen; sie fiel um.

Mason und Della hoben sie gemeinsam auf.

Aber jetzt holte Mason mit der linken Hand aus und versetzte Daphne mit der Handfläche einen kräftigen Schlag ins Kreuz.

Ihr Rücken krümmte sich, sie taumelte nach vorn.

»Tun Sie das ja nicht noch mal!« fauchte sie, stöhnte plötzlich auf und brach wieder zusammen.

Diesmal gelang es weder Mason noch Della Street, sie auf die Füße zu stellen. Wie lebloser Ballast lag sie da.

Mason sah auf sie hinunter und kniff die Augen zusammen.

»Ins Bett mit ihr, Della.«

»Aber dann wird sie ohnmächtig«, wandte Della ein, »das haben Sie uns doch selbst erzählt.«

»Ich weiß«, erwiderte Mason. »Wir wollen sie trotzdem ins Bett tragen.«

Es klopfte.

Drake öffnete.

Ein Mann mit schwarzer Sanitätertasche und Amtsmiene stellte sich vor: »Dr. Selkirk.«

»Diesem jungen Mädchen«, erklärte Mason, »hat man anscheinend eine Überdosis Barbiturate verabreicht.«

»Wir werden ihr den Magen auspumpen«, bestimmte Dr. Selkirk.

»Und den Inhalt aufbewahren«, sagte Mason. »Daran bin ich sehr interessiert.«

»Gibt es hier irgendeinen Behälter?« fragte Dr. Selkirk.

»Hier, die Wasserkaraffe.«

»Gut. Und wir brauchen Kaffee.«

»Schon bestellt«, sagte Mason.

»Sie muß zugedeckt und warmgehalten werden«, ordnete der Arzt an. Er pumpte Daphnes Magen aus und horchte dann mit dem Stethoskop an ihrer Brust. Stirnrunzelnd fühlte er den Puls und sah sich dann den Inhalt der Karaffe an.

Mason ging währenddessen ins Badezimmer und sagte zu Paul Drake: »Laß das Wasser so eiskalt werden, wie's nur geht, Paul.«

»Was?« fragte Drake ungläubig.

»So kalt wie irgend möglich«, wiederholte Mason.

Dr. Selkirk gab ihm ein Zeichen. »Kann ich Sie einen Moment sprechen?«

Mason ging zum Arzt hinüber. Dr. Selkirk dämpfte die Stimme und warf einen besorgten Blick über die Schulter auf das Bett, wo Della Street Daphne sanft das nasse Haar aus der Stirn strich.

»Merkwürdige Sache«, begann Dr. Selkirk. »Ihr Puls ist kräftig und regelmäßig, die Atmung normal, aber im Mageninhalt sind tatsächlich Tablettenreste.«

»Sie meinen, die Tabletten sind noch nicht verdaut? Hat sie sie mit der Schokolade geschluckt?« fragte Mason.

»Schokolade hat sie vor etwa einer Stunde getrunken, aber ich bezweifle, daß die Pillen gleichzeitig genommen wurden. Ich glaube, das muß später gewesen sein.«

»Darf ich mal etwas versuchen?« fragte Mason.

»Was?«

Mason hob die Stimme. »Ich habe Mr. Drake gebeten, warmes Wasser in die Badewanne laufen zu lassen. Ich möchte ...«

Dr. Selkirk schüttelte den Kopf.

»Ich möchte durch dieses warme Bad nur verhindern, daß das junge Mädchen sich erkältet«, beendete Mason seinen Satz.

Dr. Selkirk wollte etwas sagen, aber Mason hob einen Finger, suchte seinen Blick und kniff unmißverständlich ein Auge zu.

»Kommen Sie, Della«, bat er, »bringen Sie Daphne ins Bad. Wir helfen Ihnen, wenn es nötig ist. Lassen Sie sie etwa zehn Minuten im Wasser.«

»Sie wird sich entspannen und sofort einschlafen, wahrscheinlich in tiefe Ohnmacht versinken«, warnte Dr. Selkirk.

»Wir wollen es trotzdem versuchen«, sagte Mason. »Herausholen können wir sie ja jederzeit.«

»Ich ziehe sie aber nicht aus«, erklärte Della schnippisch. »Sie sollten eine Krankenschwester bestellen, wenn sie –«

»Schon gut, Della«, entgegnete Mason. »Lassen Sie ihr die Sachen an, Umhang und Nachthemd. Tauchen Sie sie einfach ins warme Wasser.«

»Sie müssen mir dabei helfen«, verlangte Della.

»Mache ich.«

Sie nahmen Daphne auf, trugen sie ins Badezimmer und hielten sie über die Wanne.

»Sind Sie wach, Daphne?« fragte Mason.

Ein Zucken der Augenlider war die einzige Reaktion.

»Los, Della, legen wir sie hinein.«

Mason ließ Daphnes Schultern sinken, Della die Füße. Das Mädchen platschte in die Wanne.

Ein durchdringender Schrei brach sich an den Wänden. »Zum Teufel, was fällt Ihnen ein?« schimpfte Daphne, kam prustend aus der Wanne hoch und schlug wild um sich. »Das Wasser ist eiskalt!« kreischte sie. »Sie verdammter –«

»Na schön, Daphne«, unterbrach Mason sie, »es war gut gespielt, hat aber nicht funktioniert. Della wird bei Ihnen bleiben, Ihnen beim Abtrocknen helfen und Kleider aus dem Schrank bringen. Und dann kommen Sie vielleicht heraus und erzählen uns jetzt, was hier nun wirklich los ist.«

Mason ging hinaus und schloß die Tür.

»Ich friere so«, klagte Daphne.

»Ziehen Sie die nassen Sachen aus«, befahl Della.

»Lassen Sie doch etwas warmes Wasser in die Wanne. Ich möchte warm duschen. Bin bis auf die Knochen durchgefroren.«

Im Zimmer sagte Drake: »Teufel auch, Perry, woher wußtest du das?«

»Ihre ersten beiden Schritte, als wir mit ihr gingen, waren völlig normal. Dann erinnerte sie sich plötzlich, und im nächsten Moment sackte sie zusammen. Dann kam sie wieder zu sich und versuchte es noch mal. Sie machte ihre Sache ganz gut, wußte aber nicht genau, was sie eigentlich tat.«

»Was wird mit diesem Mageninhalt?« fragte Dr. Selkirk.

»Erledigt«, sagte Mason. »Spülen Sie ihn in die Toilette und schicken Sie mir die Rechnung, Doktor. Ich bin Perry Mason, der Anwalt. Was ich wissen wollte, habe ich festgestellt.«

»Das war eine ganz schöne Pferdekur – ein Mädchen, das ein warmes Bad erwartet, in eine Wanne mit eiskaltem Wasser zu stekken ...«

Mason grinste. »Ich wußte, daß sie reagieren würde, glaubte nur nicht, daß es derartig –«

Lautes Klopfen unterbrach ihn.

Dr. Selkirk sah Mason fragend an.

»Dies ist Daphnes Zimmer«, sagte Mason hastig. »Ich glaube, wir sollten nicht öffnen.«

Das Klopfen wurde energischer. Leutnant Traggs Stimme ertönte: »Aufmachen – Polizei!«

Mason zuckte die Schultern.

»Ich bin der Hausarzt hier. Wir müssen dieser Aufforderung nachkommen«, sagte Dr. Selkirk.

Er ging zur Tür und öffnete.

Tragg schien überrascht. »Wohnt hier eine Miss Daphne Shelby?« fragte er. Dann entdeckte er Perry Mason und rief: »Um alles in der Welt – was tun Sie schon wieder hier?«

»Miss Shelby ist krank«, klärte Mason ihn auf. »Ihr ist eine Überdosis Schlafmittel verabreicht worden. Della Street ist bei ihr im Badezimmer. Ich muß mit ihr sprechen, wenn sie herauskommt.«

»*Ich* muß mit ihr sprechen«, verkündete Tragg.

Er wandte sich Dr. Selkirk zu. »Wer sind Sie?«

»Ich bin Dr. Selkirk, der Hotelarzt.«

»Und was ist mit ihr los?«

Mason schaltete sich ein. »Doktor, ich glaube, Sie sollten die Zustimmung der Patientin abwarten, bevor Sie diese Frage beantworten.«

Dr. Selkirk zögerte.

»Lassen Sie sich nicht von diesem spitzfindigen Juristen ins Bockshorn jagen«, sagte Tragg. »Hat das Mädchen Sie angerufen?«

»Jemand rief von diesem Zimmer aus an«, erwiderte Dr. Selkirk.

»Also, was ist mit ihr?«

»Ich ... ich bin nicht gewillt, zum jetzigen Zeitpunkt Angaben zu machen.«

Tragg ging auf die Karaffe zu, die neben dem Bett auf der Erde stand.

»Was ist das hier?« fragte er.

»Ausgepumpter Mageninhalt.«

»Und was sind die rosa Dinger da drin?«

»Tabletten, teilweise aufgelöste Tabletten.«

»Hat jemand versucht, sie einzuschläfern oder zu vergiften?«

»Deshalb mußte ich ihr ja den Magen auspumpen«, gab Dr. Selkirk zögernd zu.

»Also, ich weiß nicht mehr, was ich davon halten soll«, sagte Tragg.

»Ich bin jedoch überzeugt«, fuhr Dr. Selkirk fort, »daß diese Tabletten innerhalb der letzten fünfzehn Minuten eingenommen wurden. Fast so lange bin ich schon hier. Als Mediziner würde ich sagen, daß sie Tabletten geschluckt hat, kurz bevor sie diese Herren einließ.«

Ein triumphierendes Lächeln erschien auf Traggs Gesicht.

»Genau diese Art Beweismaterial habe ich gesucht. Natürlich konnte ich nicht wissen, daß wir es so leicht finden würden, aber —«

»Was wissen Sie denn schon«, unterbrach Mason ihn. »Doktor, sind Sie sich Ihrer Diagnose absolut sicher?«

Dr. Selkirk lächelte. »Sie schienen sich jedenfalls der Ihrigen vorhin absolut sicher zu sein.«

Mason ging zur Badezimmertür. »Leutnant Tragg ist hier. Er will Ihnen ein paar Fragen stellen, Daphne. Ich rate Ihnen ab, auch nur eine einzige Frage zu beantworten. Kein Wort!«

»Moment mal«, widersprach Tragg, »diese Taktik wird der jungen Dame einigen Ärger verursachen.«

»Was für Ärger?«

»Ich werde sie zum Polizeipräsidium mitnehmen.«

»Unter Arrest?«

»Möglicherweise.«

»Sie können sie nicht mitnehmen, es sei denn, sie verhaften sie«, sagte Mason. »Und falls Sie das tun, wird es Ihnen höchst peinlich sein, wenn Sie angesichts gegenteiliger Beweise später dafür geradestehen müssen.«

Tragg überdachte die Lage einen Moment und nahm im bequemsten Stuhl des Raumes Platz.

»Doktor«, wandte er sich an Dr. Selkirk, »Sie dürfen mit niemandem über die Sache sprechen, bevor ich Gelegenheit bekomme, Ihnen ein paar Fragen zu stellen. Sie sind jetzt entbehrlich, wenn Sie glauben, daß keine Gefahr mehr besteht.«

»Wirklich nicht«, versicherte Dr. Selkirk. »Ihr Puls ist kräftig und regelmäßig, vielleicht etwas zu lebhaft. Offensichtlich regt sie irgendwas auf. Das Herz arbeitet kräftig und klar. Ihre Atmung ist völlig in Ordnung. Die Pupillen reagieren normal. Den Magen habe ich ausgepumpt. Irgendwelche Barbiturate, die sie genommen haben mag, werden ihr einen gesunden Nachtschlaf verschaffen, sind jedoch nicht im geringsten gefährlich.«

Tragg ging zum Schreibtisch, faltete ein Stück Papier mit einem scharfen Knick und fing an, die Pillen aus der Flüssigkeit in der Karaffe zu fischen.

»Ziemlich dreckiger Job«, meinte er, »aber ich glaube, dies gehört zu der Art von Beweismaterial, auf die ich scharf bin.«

Della Street rief aus dem Badezimmer: »Geben Sie mir bitte die Kleider, die auf dem Stuhl neben dem Bett liegen.«

Mason raffte die Kleidungsstücke zusammen und klopfte an die Badezimmertür.

Della Street öffnete einen Spalt. Mason reichte die Sachen hinein.

»Perry«, begann Tragg, »ich werde das Mädchen mit ins Polizeipräsidium nehmen. Wenn es sein muß, werde ich sie wegen Mordverdachtes verhaften. Mir liegt genügend Beweismaterial vor, um das zu rechtfertigen.«

»Machen Sie nur«, erwiderte Mason, »aber ich werde sie instruieren, Fragen nur in meinem Beisein zu beantworten. Das Mädchen ist die ganze Nacht über auf den Beinen gewesen. Warum lassen Sie sie nicht ausschlafen und verhören sie morgen?«

»Das werde ich tun, aber sie wird heute nacht an einem Ort schlafen müssen, der uns dafür garantiert, daß sie nicht noch mehr Schlafpillen verschlingt.«

»Tun Sie, was Sie wollen«, sagte Mason.

Tragg betrachtete ihn nachdenklich. »Irgendwas geht Ihnen durch den Kopf, Perry. Was ist es?«

»Ganz einfach der Gedanke, daß Sie sich selbst Ärger schaffen, indem Sie unwiderrufliche Maßnahmen ergreifen, bevor Sie Ihrer Sache wirklich sicher sind.«

»Sie haben Ihre Sorgen, ich meine«, sagte Tragg.

Nach ein paar Minuten kamen Della Street und Daphne aus dem Badezimmer.

»Es tut mir leid, Miss Shelby, aber Sie müssen mit mir zum Polizeipräsidium kommen. Ich werde Sie heute nacht so unterbringen, daß ich sicher sein kann, Sie morgen früh noch vorzufinden. Ich habe Perry Mason versprochen, für Ihren Nachtschlaf zu sorgen. Ebenso werde ich aber dafür sorgen, daß Sie keine Schlaftabletten mehr nehmen. Also, wie viele haben Sie geschluckt?«

»Beantworten Sie keine Fragen«, warnte Mason.

Tragg seufzte. »Also gut. Holen Sie Ihre Sachen. Ich will Ihre Handtasche hier nicht untersuchen, aber ich mache Sie darauf aufmerksam, daß Sie durchsucht werden, wenn wir zur Arrestzelle kommen.«

Erhobenen Hauptes und mit blitzenden Augen schritt Daphne durch die Tür. Für Mason hatte sie nur ein: »Sie Neunmalkluger mit Ihrer Kaltwassermethode!« übrig.

»Seien Sie nicht kindisch, Daphne. Ich versuche ständig, Ihnen zu helfen. Ihre eigenen Versuche sind laienhaft.«

»Ihre sind um so fachmännischer«, spottete sie.

Leutnant Tragg hörte neugierig zu. »Also, Daphne«, sagte er, »gehen wir.«

Sie verließen das Zimmer.

Perry Mason sagte leise zu Della: »Behalten Sie den Schlüssel.«

Sie fuhren gemeinsam im Fahrstuhl hinunter. Tragg eilte mit Daphne durch die Halle und schob sie in ein Polizeiauto.

»Wir wollen noch einmal in Daphnes Zimmer zurückkehren. Schnell!« flüsterte Mason.

»Warum?« fragte Drake.

»Was glaubst du, warum sie die Schlaftabletten genommen hat?«

»Um Mitleid zu erregen; oder um den Eindruck zu erwecken, jemand hätte sie vergiften wollen.«

Mason schüttelte den Kopf. »Wir hatten sie in der Falle, als wir anklopften. Sie öffnete erst, als sie sich ausgezogen, ein Nachthemd übergeworfen, ein paar Schlaftabletten geschluckt und beschlossen hatte, uns Theater vorzuspielen.«

»Warum denn?«

»Damit wir nicht sehen sollten, was sie gerade getan hatte, als wir anklopften und warteten.«

»Und was war das?«

»Wenn mich nicht alles täuscht, war sie bei Horace Shelby im Nachbarzimmer.«

14

Mason ging direkt auf die Tür in Daphnes Zimmer zu, die offenbar die Verbindung zum Nebenraum herstellte.

Sie war geschlossen.

Er drehte den Knopf, wodurch der Federriegel zurückgeschoben wurde, und drückte sanft dagegen.

Die Tür öffnete sich geräuschlos. Das Zimmer war leer.

Mason warf eilig einen Blick in Badezimmer und Schrank, lief zur Flurtür und stieß sie auf.

Draußen stand Paul Drake.

»Es ist kein Mensch herausgekommen«, sagte er.

»Schnell!« rief Mason. »Er ist ein patenter Mann. Während wir hier bei Daphne waren, ging er auf und davon. Sie hat uns ihre Rolle nicht nur vorgespielt, um sich zu schützen, sondern um ihm Zeit zum Entwischen zu lassen.«

Er rannte durch den Flur zum Fahrstuhl, schlug wild auf den Knopf und gab dem Liftboy fünf Dollar. »Ganz durch bis zur Halle, schnell!« sagte er.

Die Türen schlossen sich. Der feixende Boy fuhr direkt zur Halle. Mason eilte zum Portier.

»Aus Nr. 720 ist jemand ausgezogen?« fragte er.

»O ja, gerade eben.«

»Wie sah der Mann aus?«

»Schon älter, schlank, vornehm, ziemlich nervös – da geht er ja noch!«

»Wo?«

»Gerade durch die Drehtür auf die Straße.«

Mason lief durch die Halle zur Tür hinaus und rief dem Portier am Eingang zu: »Holen Sie uns ein Taxi, rasch!«

Wieder wirkte ein Fünfdollarschein Wunder.

Mason, Della Street und Paul Drake sprangen in das Taxi.

»Wohin?« fragte der Fahrer.

»Folgen Sie diesem Mann da vorn, aber lassen Sie ihn nichts merken. Es handelt sich um eine durchaus rechtmäßige, aber etwas kitzlige Sache. Hier sind zwanzig Dollar, um Ihr Gewissen zu erleichtern.«

»Du lieber Himmel, bei zwanzig Dollar habe ich keine Gewissensbisse mehr.« Der Fahrer steckte den Schein grinsend weg.

»Wollen wir ihn denn nicht anhalten?« fragte Drake.

»Jetzt auf keinen Fall. Wir müssen wissen, wohin er geht.«

Der Mann ging in die Hotelgarage.

»Er wird im Wagen wieder herauskommen«, sagte Mason zum Fahrer, »und wir müssen ihm folgen ... Paul, da drüben ist eine Telefonzelle. Ruf dein Büro an und mach ein paar Leute mobil ... Wie viele Wagen mit Telefon hast du?«

»Zwei.«

»Setz beide ein. Laß einen in östlicher und einen in südlicher Richtung starten.«

Drake telefonierte.

Es dauerte fast zehn Minuten, bis der Mann, den sie verfolgten, wieder aus der Garage auftauchte. Er fuhr einen Wagen mit Nummernschildern aus Massachusetts.

Mason warf vergnügt einen Blick auf die Schilder und ergriff dann Drakes Arm. »Das ist Ralph Exeters Wagen.«

Er wandte sich zum Fahrer. »Sie müssen ihm unbedingt folgen. Es wird schwierig werden, wenn er aus der Stadt fährt, aber tun Sie Ihr möglichstes.«

»Hier im Verkehr kann er mir nicht entwischen«, erwiderte der Fahrer, »aber wenn er auf die Autobahn kommt und Gas gibt, wird es nicht einfach sein mitzuhalten. Diese Kisten sind für den Stadtverkehr eingerichtet, für schnelles Starten und Bremsen, aber nicht für die hohen Geschwindigkeiten auf der Autobahn.«

»Ich weiß«, sagte Mason. »Versuchen Sie Ihr Bestes.«

Der ältere Herr fuhr den Wagen vorsichtig, riskierte nichts und blieb unter der erlaubten Höchstgeschwindigkeit. Der Taxifahrer hatte keine Schwierigkeiten, hinter ihm zu bleiben. Jetzt bog der vordere Wagen in die Schnellstraße nach Santa Ana ein und wurde schneller.

Der Taxifahrer hatte es schwerer, aber der Mann vorn blieb in der rechten Spur und fuhr vorsichtig.

Nach zehn Minuten hielt er an einer Tankstelle.

»Brauchen Sie Benzin?« fragte Mason.

»Ich könnte wohl was vertragen«, erwiderte der Fahrer.

»Dann fahren Sie rein.«

Della Street meinte: »Ist das nicht gefährlich?«

»Er weiß ja nicht, wie wir aussehen«, sagte Mason.

Der Fahrer des Wagens mit dem Nummernschild aus Massachusetts ging ins Restaurant.

Mason winkte den Tankwart heran und gab ihm einen Zwanzigdollarschein. »Wir haben es sehr eilig. Könnten Sie uns vor dem anderen Wagen bedienen?«

Der Tankwart grinste. »Ich kann bei dem anderen Wagen ein bißchen kurztreten.«

»Tun Sie das bitte.«

Paul Drake war schon am Telefon.

»Ruf deinen Wagen an, der nach Süden gestartet ist«, sagte Mason. »Er ist wahrscheinlich hier irgendwo auf der Schnellstraße. Sag ihm, wo wir sind. Er soll versuchen, uns rechtzeitig zu erreichen.«

Mason lief in höchster Ungeduld auf und ab.

Endlich erschien der Mann aus dem Restaurant. Mason sah sich das Gesicht gründlich an. Er hatte vornehme Züge, eine schmale Nase, etwas vorspringende Backenknochen, blaue Augen und trug einen kurzen grauen Schnurrbart.

Er sah fortwährend zurück über die Schulter, seine Augen hetzten nervös umher. Von dem Taxi schien er so gut wie keine Notiz zu nehmen. Mason hielt sich nach Möglichkeit im Hintergrund.

Paul Drake kam aus der Telefonzelle. »Mein Mann ist etwa fünf Meilen hinter uns. Er müßte uns eingeholt haben, bis wir hier abfahren.«

»Gute Arbeit«, lobte Mason. »Diese Autotelefone sind wahrhaftig ihren Preis wert.«

»Taxis sind so verflixt auffallend«, sagte Drake. »Der Mann wird uns spitzkriegen, wenn wir ihm weiter folgen.«

»Deshalb werden wir vor ihm rausfahren. Es ist unwahrscheinlich, daß er jetzt noch abbiegt.«

»Wenn er's doch tut, haben wir Pech gehabt«, unkte Drake.

Der Tankwart nickte Mason zu. »Ihr Wagen ist fertig.«

Mason zahlte und instruierte den Taxifahrer: »Geradeaus. Und fahren Sie bitte langsam. Lassen Sie den anderen Wagen überholen, wenn er will.«

»Es ist schwierig, von hinten kommende Wagen zu erkennen«, entgegnete der Fahrer. »Alle Scheinwerfer sehen gleich aus.«

»Natürlich«, sagte Mason. »Wir müssen warten, bis er vorbeizieht.«

»Stop!« rief Drake. »Hier kommt mein Geschäftswagen.«

Eine glänzende schwarze Limousine kam heran. Der Fahrer hupte ein paarmal.

»Fahren Sie rechts heran und halten Sie«, bat Mason den Taxifahrer. »Hier sind nochmals zwanzig Dollar. Geben Sie mir Ihre Telefonnummer, damit ich Sie eventuell als Zeugen laden kann.«

»Sie sind Perry Mason, der Rechtsanwalt, nicht?« fragte der Fahrer.

»Stimmt.«

»Ich werde mit Vergnügen Ihr Zeuge sein, Mr. Mason. Hier ist meine Karte.«

Die drei stiegen rasch um in die große Limousine.

Kurz darauf rief Drake, der aus dem Rückfenster gesehen hatte: »Hier kommt unser Mann, Perry.«

»Wieviel Sprit haben Sie?« fragte Mason den Fahrer.

Drake lachte. »Mach dir keine Sorgen, Perry. Er ist mit vollem Tank abgefahren. Jeder meiner Wagen wird bis obenhin gefüllt, wenn wir ihn abstellen.«

Mason seufzte erleichtert. »Okay.«

Der Wagen aus Massachusetts zog vorbei. Drakes Wagen folgte.

»Manövrieren Sie ein bißchen«, riet Mason. »Halten Sie keinen festen Abstand.«

Paul Drake lächelte. »Kümmern Sie sich um Ihre Paragraphen, Herr Rechtsanwalt. Dieser Mann versteht vom Beschatten mehr, als du dir vorstellen kannst. Es ist ein ganz spezieller Beruf, und er ist ein Könner darin.«

Mason lehnte sich zurück und seufzte tief. »Ich bin nervös wie'n Rennpferd«, gab er zu.

»Ich verstehe das alles nicht«, sagte Drake. »Wieso fährt Horace Shelby Ralph Exeters Wagen, warum versteckte Daphne ihn im Nebenzimmer, warum –«

»Behalt deine Fragen für dich«, unterbrach Mason ihn. »Wir werden die Antworten bald haben.«

»Das ist mir ein Leben für ein berufstätiges Mädchen«, stellte Della Street fest. »Wir kommen sicher morgen früh in Tucson an, wenn ich normalerweise im Büro sein müßte.«

»Wahrscheinlicher ist Ensenada«, sagte Mason.

Sie machten es sich bequem und bereiteten sich auf eine lange Verfolgungsfahrt vor. Zu ihrer Überraschung aber hielt ihr Mann vor einem Motel in San Diego und mietete ein Zimmer unter dem Namen H. R. Dawson.

Mason gab Drakes Detektiv seine Instruktionen.

»Wir werden Sie so schnell wie möglich ablösen. Wir brauchen zwei oder drei Leute für die Sache. Rufen Sie bitte Mr. Drakes Büro an. Sie werden noch eine Weile durchhalten und den Mann weiter beschatten müssen, aber nach einer Stunde wird Sie wohl jemand ablösen können.«

»Ist schon recht. Ich kann es die ganze Nacht machen, wenn ich gelegentlich eine Tasse Kaffee kriege«, erwiderte der Detektiv. »Und ich habe auch ein paar Tabletten bei mir, die mich wachhalten, wenn's hart wird. Ich halte schon durch.«

»Gut. Bleiben Sie in Verbindung mit dem Büro. Paul, ruf deine Zweigstelle in San Diego an und laß einen Mann von dort kommen. Und jetzt brauchen wir einen Wagen für die Rückfahrt.«

Der Fahrer rief telefonisch ein Taxi. Mason ließ sich zu einem Autoverleih fahren, und eine halbe Stunde später befanden sich die drei im Mietwagen auf der Rückfahrt nach Norden.

»Weißt du vielleicht, was das alles bedeuten soll?« fragte Drake.

»Nicht mit Sicherheit«, gab Mason zu, »aber mir kommt allmählich eine Idee.«

»Müssen wir nicht melden, was wir hier unternommen haben?«

»Warum?«

»Wenn das Horace Shelby ist, und er fährt den Wagen des Ermordeten, dann ist er verdächtig.«

»Verdächtig für wen?«

»Für die Polizei.«

»Für mich aber nicht«, erwiderte Mason. »Gott behüte! Wir wissen doch, daß er so was niemals tun würde.«

»Wieso weißt du das?«

»Weil Daphne es gesagt hat. Sie behauptet, Onkel Horace würde keiner Fliege was zuleide tun.«

»Vielleicht hat er sich verändert«, meinte Drake trocken. »Mir ist jedenfalls ziemlich mulmig bei dem Gedanken, der Polizei den Wagen des Ermordeten zu verschweigen.«

»Die Polizei hat uns nicht danach gefragt«, widersprach Mason. »Wir müssen Horace Shelby eine Chance einräumen.«

»Was für eine Chance?«

»Wir wollen ihm Gelegenheit geben, eine Weile sein eigener Herr zu sein und sein seelisches Gleichgewicht wiederzufinden. Und er soll auch eine Chance haben, die Polizei nach Möglichkeit hinters Licht zu führen. Wenn sein Halbbruder glaubhaft zu machen versucht, Horace Shelby sei wieder unzurechnungsfähig, können wir beweisen, daß er Leutnant Tragg überrumpelte – und das zeugt von recht hoher Intelligenz.«

»Ich dachte, Sie wollten ihn als Mörder hinstellen und beweisen, er sei strafrechtlich nicht verantwortlich?« erinnerte Della Street.

Mason lächelte. »Ein guter Anwalt ändert seine Taktik entsprechend den Umständen.«

»Und die Umstände haben sich geändert?« fragten beide wie aus einem Mund.

»Außerordentlich«, bestätigte Mason. »So, Paul, und jetzt müssen wir einiges veranlassen. Als erstes soll sich ein Detektiv im *Northern Lights Motel* einquartieren. Du kannst ihn vom nächsten Münzfernsprecher aus beordern. Laß ihn heute abend schon Posten beziehen.«

»Warum?«

»Weil das Haus sonst besetzt sein wird. Der einzige freie Bungalow wird Nr. 21 sein. Die Polizei hat den Leichnam abtransportiert, den Raum fotografiert, und damit ist er wieder zu vermieten. Wenn dein Mann sich jetzt anmeldet, wird er Nr. 21 erhalten. Weiter. Ein anderer Mann soll morgen früh mit seinem offiziellen Ausweis zum Motel gehen, sich die Meldeliste zeigen lassen und sämtliche Wagen mit Nummernschildern aus Nevada notieren. Sieh diese Zulassungsnummern durch, sofern welche vorhanden sind, und überprüfe schleunigst die Eigentümer.«

»Mache ich«, sagte Drake. »Und was hältst du davon, wenn ich jetzt mal eine Weile fahre? Es ist ein langer Weg nach Hause.«

»Warte noch eine halbe Stunde. Ich habe einen gräßlichen Tatterich und muß noch eine Menge nachdenken.«

»Das ist eine Aufforderung an uns, den Mund zu halten«, verkündete Della entschieden und mit einem Seitenblick auf Drake.

15

Ziemlich erschöpft erschien Della Street am nächsten Morgen um zehn Uhr im Büro und fand Perry Mason bereits bei der Arbeit.

»Perry«, rief sie erstaunt, »seit wann sind Sie denn schon hier?«

»Etwa seit einer halben Stunde«, sagte er grinsend. »Haben Sie überhaupt noch geschlafen?«

»Genau halb so lange, wie ich nötig hatte. Himmel, ist mir das Aufstehen schwergefallen.«

»Aber die Sache marschiert. Paul Drakes Mann aus San Diego hat angerufen. Horace Shelby ist über die Grenze gefahren, hat Tijuana passiert und ist auf dem Weg nach Ensenada. Offenbar hat er nicht die geringste Ahnung, daß er verfolgt wird. Er fliegt wie eine fröhliche Lerche dahin und fährt nun schneller und sicherer. Aber nicht mehr mit dem Massachusetts-Wagen.«

»Nein?«

»Den parkte er in San Diego und kaufte einen gebrauchten Wagen gegen bar auf einem Parkplatz, der schon frühmorgens geöffnet war.«

»Und was ist mit Daphne?«

Mason wurde ernst. »Sie können ihr nicht das geringste nachweisen, aber der District Attorney hat einen vollständigen Bericht von der Polizei vorliegen. Er las eine Menge unbewiesenes Zeug in das Beweismaterial hinein und will sie vor Gericht bringen. Man glaubt, den Fall perfekt zu haben.«

»Und was glauben Sie?«

Mason kniff das rechte Auge zu. »Ich versuche, mich durchzulavieren, vertrete aber offiziell nur Daphne, sonst niemanden. Und ganz gleich, was sie von mir erwartet, ich nehme ihre Interessen wahr.«

»Was haben Sie veranlaßt?«

»Eine Vorverhandlung beantragt.«

»Ob man wohl genügend Beweise hat, um sie vor das Schwurgericht zu bringen?«

»Man glaubt es. Die Polizei ist absolut überzeugt, daß Ralph Exeter sich im Bungalow aufhielt, nachdem Shelby weggegangen war, daß Daphne das chinesische Essen für Exeter kaufte und es mit ihm zusammen aß.«

»Wobei sie ihm also das Schlafmittel verpaßt hätte?«

Mason nickte.

»Woher weiß die Polizei, daß Horace Shelby nicht im Zimmer war?«

»Sie hat den Taxifahrer gefunden, den auch Paul Drake ausfindig machte.«

»Haben auch wir irgendwas Neues festgestellt?«

»Drakes Mann ist bereits in Nr. 21 einquartiert.«

»Hat es dabei Schwierigkeiten gegeben?«

»Nicht die geringsten. Und jetzt, Della – wir hatten doch schon mit Bill Hadley zu tun, dem Detektiv, der Physiker ist?«

»Dem Spezialisten für Autounfälle?«

Mason nickte. »Er versteht was von Metallurgie und solchem Zeug. Kann am Grad der Beschädigung nachweisen, wie schnell der Wagen fuhr und so weiter. Mir fällt gerade ein, er sollte sich mal das gelockerte Gasrohr ansehen und mit ein paar Versionen aufwarten, die von der Polizei noch nicht gefunden wurden. Die Polizei hat das Gasrohr als merkwürdigen Umstand akzeptiert; aber normalerweise schraubt man kein Gasrohr mit bloßen Fingern los, man braucht Werkzeug dazu. Was die Polizei zur Zeit auch immer glauben mag – kein Schwurgericht wird annehmen, daß ein Mädchen wie Daphne einen Satz Werkzeuge mit sich herumträgt, um Gasrohre loszuschrauben.«

Dellas Gesicht leuchtete auf. »Ja, das ist eine Idee! Darauf wäre ich gar nicht gekommen.«

»Ich glaube auch nicht, daß Hamilton Burger, der District Attorney, schon darauf gekommen ist«, feixte Mason. »Rufen Sie bitte Bill Hadley an, Della.«

Kurz darauf hatte Della Street den Physiker am Apparat. Mason sagte: »Bill, Sie haben schon ein paar Autounfälle für mich bearbeitet. Aber diesmal handelt es sich um einen Mordfall. Gehen Sie ins *Northern Lights Motel*, Nr. 21. Da ist ein Mord begangen worden – zumindest glaubt die Polizei, es war Mord. Ein Gasrohr wurde losgeschraubt, und ein Mann, der mit Barbitursäurepräparaten betäubt war, starb an Gasvergiftung.«

»Und was soll ich tun?« fragte Hadley.

»Feststellen, was passierte«, erwiderte Mason.

»Soll ich mich als Hellseher betätigen?«

»Sehen Sie sich das Gasrohr an. Man schraubt kein Gasrohr mit den Fingern ab.«

»Kann ich denn hinein?« fragte Hadley. »Brauche ich irgendwelche Vollmachten oder –«

»Keineswegs«, unterbrach Mason ihn. »Fahren Sie bitte so schnell wie möglich hin. Der Mieter wird sich höchst entgegenkommend verhalten, sobald Sie sich ausweisen. Das Gasrohr ist wieder festgeschraubt worden. Sehen Sie zu, was Sie feststellen können.«

»Ich nehme an, ich muß Aufnahmen machen?«

»Nehmen Sie Kameras, Blitzlichter und Mikroskope mit, ein ganzes Labor.«

»Okay«, sagte Hadley. »Sonst noch was?«

»Lassen Sie keinen Menschen außerhalb des Raumes wissen, was Sie vorhaben. Der Mieter weiß Bescheid.«

»Gut. Ich suche sofort alles zusammen und bin am frühen Nachmittag dort.«

»Erregen Sie bitte keinen Verdacht«, mahnte Mason.

»Unsinn. Ich gehe als Tourist vom Lande, als richtiger Motivjäger.«

Mason legte auf und sagte zu Della Street: »Ich besuche jetzt Daphne. Mal sehen, was für eine Nacht sie hinter sich hat.«

»Die Arme«, sagte Della.

»Kommt drauf an. Sie müssen zugeben, Daphne hat sich da ein starkes Stück geleistet, als sie ihren Onkel im Nebenzimmer einquartierte und diesen Schlafpillentrick inszenierte.«

»Ich nehme an, das wird die Polizei gegen sie ausspielen.«

»Bestimmt. Tragg hat ja jedes Krümchen aus dem Mageninhalt gefischt.«

Mason lachte in sich hinein. »Nie werde ich ihr Quieken vergessen, als wir sie in das kalte Wasser legten.«

Mason verließ sein Büro und fuhr ins Untersuchungsgefängnis. Er murmelte einige mitfühlende Worte, als Daphne Shelby, die recht mitgenommen aussah und offenbar eine schlaflose Nacht verbracht hatte, von der Wärterin ins Besuchszimmer geführt wurde.

»Ganz schön hart, Daphne, wie?« fragte Mason.

Sie war dem Weinen nahe, faßte sich aber und warf trotzig den Kopf zurück. »Es ist hart, aber zu ertragen.«

»Irgendwie scheint es aussichtslos, Ihnen beizubringen, daß Sie Ihrem Anwalt gegenüber mit offenen Karten spielen müssen.«

»Was habe ich denn jetzt wieder getan?«

»Es geht um das, was Sie nicht getan haben. Sie vergaßen, mir zu berichten, daß Ihr Onkel Horace in Ihrem Nachbarzimmer wohnte, in Nr. 720, daß Sie bei ihm waren und mit ihm sprachen und deshalb mein erstes Klopfen an Ihrer Zimmertür überhörten.«

»Mr. Mason«, entgegnete sie, »über eines wollen wir uns klar sein: Ich bin offen und ehrlich, aber ich werde Ihnen nichts mitteilen, was Onkel Horace schaden könnte.«

»Sie wissen doch inzwischen, daß er nicht mit Ihnen verwandt ist?«

»Aber ich empfinde soviel für ihn, dagegen kann ich nichts tun. Ich war immer wie seine Tochter, habe ihn versorgt und behütet. Und jetzt ist er ein kranker alter Mann, den ich beschützen muß, so gut ich kann.«

»Weiß die Polizei von dem Trick mit Ihrem Nebenzimmer?«

Sie schüttelte den Kopf. »Das glaube ich nicht.«

»Dann haben Sie es ihnen auch nicht erzählt?«

»Himmel, nein!«

»Konnten Sie aus den Fragen der Beamten nicht schließen, daß sie Bescheid wissen?«

»Nein.«

»War Ihnen bekannt, daß er Ralph Exeters Wagen fuhr?«

Sie sah ihm herausfordernd in die Augen, holte tief Luft und sagte: »Nein.«

»Also gut, Daphne, spielen wir die Komödie weiter. Sie führen mich an der Nase herum, um Ihren Onkel zu schützen. Nun will ich Ihnen etwas erzählen. Ich vertrete Sie, und ich werde versuchen, Sie von dieser Mordanklage freizubekommen. Nicht Ihren Onkel vertrete ich, sondern nur Sie. Ich werde keinen juristischen und moralischen Schachzug unversucht lassen, um Sie freizubekommen. Das ist meine Pflicht, verstehen Sie das?«

»Ich denke, ja.«

»Sie werden noch eine Weile hierbleiben müssen.«

»Ich werde mich daran gewöhnen.«

Mason stand auf und wollte gehen.

Plötzlich lag ihre Hand auf seinem Arm. »Bitte, Mr. Mason, ich kann es ertragen. Ich bin jung und elastisch, bin widerstandsfähig; aber wenn Onkel Horace in so eine Zelle käme, mit Gittern vor den Fenstern und Wärtern und all diesen Dingen hier, dann würde er vollkommen verrückt.«

Mason sah sie aus seiner Höhe lächelnd an. »Daphne, ich helfe nur Ihnen. Ein Anwalt hat nur Raum für ein Mandat in ein und derselben Sache. Daran müssen Sie sich gewöhnen.«

»Und ich helfe Onkel Horace. Daran müssen Sie sich gewöhnen.«

Er lachte. »Das habe ich bereits – auf die harte Tour.«

Als Mason wieder in seinem Büro eintraf, fand er eine bedeutsame Nachricht von Paul Drake vor. Ein Wagen aus Nevada war im *Northern Lights Motel* registriert gewesen. Der Besitzer hatte sich als Harvey Miles aus Carson City eingetragen, der Wagen lief jedoch auf den Namen eines Stanley Freer aus Las Vegas.

»Konntest du was über die Leute erfahren?« fragte Mason.

»Über Freer, ja. Miles scheint nur ein Name zu sein, aber Freer ist ein ›Kollekteur‹.«

»Ein Kollekteur?«

»Ja. Den brauchen sie, wenn ein Hochstapler versucht, sich vor der Bezahlung seiner Spielschuld zu drücken.«

»Wie sind die Methoden?«

»Da Glücksspiel in den meisten Staaten illegal ist, sind auch Freers Methoden dem Vernehmen nach illegal – aber höchst wirksam. Wenn Exeter Spielschulden hatte und Freer ihn aufsuchte und ihn vielleicht davon verständigte, daß Horace Shelby sich im *Northern Lights* in Nr. 21 versteckt hielt, dann scheint es mir todsicher, daß Exeter hinging und eine Erpressung versuchte. So jedenfalls stelle ich mir die Sache vor.«

Mason schwieg nachdenklich. Endlich sagte er: »Das haut hin, Paul. Ein paar Männer aus Nevada haben das Sanatorium beobachtet. Sie wollten unbedingt mit dem Gerichtsarzt reden. Das heißt, die Spieler hatten das Warten satt. Und es bedeutet gleichzeitig, daß sie mächtig auf Draht waren. Sie könnten beobachtet haben, wie Horace Shelby das Haus verließ und wohin er ging. Darauf erklärten sie Exeter, sie wollten nicht auf Shelbys Tod warten, Exeter sollte das Geld besorgen oder ... Dann hat sich ein Kollekteur der Sache angenommen und Exeter beobachtet. Und wenn Exeter das Ding verpfuscht hat, könnte der Kollekteur ihn fertiggemacht haben.«

»Es ist eine Möglichkeit«, gab Drake zu. »Diese Kollekteure sind bereit, von Zeit zu Zeit eine Schuld abzuschreiben, aber nur als abschreckendes Beispiel. Wenn sich herumspricht, daß ein allzu pflichtvergessener Schuldner sich plötzlich nicht mehr bei bester Gesundheit befindet, dann beschleunigt das überall die Zahlungen. Meist werden aber ein paar Muskelmänner vorgeschickt, um dem Knaben erst mal eine Abreibung zu verpassen«

Mason ließ sich die Zusammenhänge noch einmal durch den Kopf gehen. »Ein Schwurgericht würde mir diese Theorie eventuell abnehmen, Paul. Sie leuchtet sogar mir selbst ein.«

16

Marvin Mosher, einer der Stellvertreter des District Attorney, wandte sich an Richter Linden Kyle, der gerade den Saal betreten hatte:

»Ich bitte das Gericht, vorab eine einleitende Erklärung anzuhören.«

»Das ist bei einer Vorverhandlung nicht üblich«, stellte Richter Kyle fest.

»Ich verstehe, Euer Gnaden. Jedoch ist es der Sinn einer solchen einleitenden Erklärung, dem Gericht den Zweck unserer Beweise verständlich zu machen, damit es sie in das Gesamtbild einzuordnen vermag.«

»Wir erheben keinen Einspruch«, sagte Mason.

»Beginnen Sie«, entschied Richter Kyle. »Aber ich schlage vor, Sie fassen sich kurz. Ein Richter besitzt einige Erfahrung in der Einordnung von Beweismaterial.«

»Sehr wohl, ich werde den Fall in einer kurzen Zusammenfassung darstellen«, kündigte Mosher an. »Die Beschuldigte, Daphne Shelby, glaubte bis vor einigen Tagen, die Nichte des 75 Jahre alten Horace Shelby zu sein. Sie war wie eine Nichte dieses Mannes aufgetreten und hatte sich – wie ich beweisen werde – seine Gunst erschlichen. Sie stand im Begriff, diese Beziehung dazu zu benutzen, sich einen erheblichen finanziellen Vorteil zu verschaffen. Zu diesem Zeitpunkt besuchten Borden Finchley, Shelbys Halbbruder, und dessen Ehefrau Elinor in Begleitung eines Freundes Horace Shelby. Sie waren entsetzt über das, was sie vorfanden, über das Ausmaß, in dem dieses Mädchen sich bei Shelby in Gunst gesetzt hatte und er von ihr abhängig geworden war.«

»Einen Moment«, unterbrach Richter Kyle. »Sie sagen, die Beschuldigte glaubte, Horace Shelbys Nichte zu sein?«

»So ist es, Euer Gnaden. Ich komme darauf zurück, wenn das Gericht sich noch etwas gedulden möchte.«

»Fahren Sie fort.«

»Die Finchleys schlugen vor, die Beschuldigte möge einen Erholungsurlaub von drei Monaten antreten. Sie selbst wollten Horace Shelby während dieser Zeit versorgen und sich des Haushalts annehmen. Die Beschuldigte war völlig erschöpft, und um ihr gerecht zu werden, sollten wir erwähnen, daß sie um die Pflege des Mannes, bei dem sie lebte, eifrig bemüht war. Die Beschuldigte erhielt großzügige Mittel für eine Seereise in den Orient. Während ihrer Abwesenheit erfuhren die Finchleys nicht nur, daß Horace Shelby beabsichtigte, sie zu seiner Alleinerbin einzusetzen, sondern daß er ihr bereits große Summen gegeben hatte und im Begriff war, ihr noch größere Beträge auszuzahlen.«

»Was verstehen Sie hier unter großen Beträgen?« fragte Richter Kyle.

»Die letzte Summe, die gleichzeitig die Maßnahme auf seiten der Finchleys auslösten, war ein Scheck über 125 000 Dollar.«

»Über wieviel?«

»125 000 Dollar.«

»War dieses Mädchen denn seine Nichte?«

»Nein, Euer Gnaden. Sie ist keineswegs verwandt mit ihm, sondern die Tochter von Horace Shelbys früherer Haushälterin, das Kind aus einer Affäre, die sich am anderen Ende des Kontinents abgespielt hatte. Ich will jedoch zugunsten der Beschuldigten festhalten, daß sie Horace Shelby guten Glaubens für ihren Onkel hielt. Er selbst hatte es ihr erzählt.«

»Und die Mutter?« fragte Richter Kyle.

»Ihre Mutter starb vor verhältnismäßig kurzer Zeit. Sie ist etwa zwanzig Jahre Shelbys Haushälterin gewesen. Die Finchleys stellten fest, daß Shelbys geistige Kräfte abgenommen hatten, daß er übertriebene Vorstellungen hinsichtlich seiner Pflichten gegenüber der Beschuldigten hatte und daß die Beschuldigte eine Taktik verfolgte, durch die der betagte Mann schließlich seines letzten Cents beraubt werden konnte. Als die Finchleys dann herausfanden, daß Shelby diesem jungen Mädchen einen Scheck über 125 000 Dollar gegeben hatte, wandten sie sich an das Gericht und baten um einen Vormund.«

»Das ist ganz verständlich«, sagte Richter Kyle und fixierte Daphne.

»Als die Beschuldigte aus dem Orient zurückkehrte«, fuhr Mosher fort, »und feststellte, daß Shelbys Vermögen ihrem Zugriff entzogen war, wurde sie wütend. Horace Shelby war zu der Zeit zur Behandlung in einem Sanatorium. Daphne Shelby sicherte sich unter falschem Namen Arbeit in diesem Institut. Sie übernahm einen Posten als Hausangestellte für genau die Zeit, die sie brauchte, um Horace Shelby zur Flucht zu verhelfen. Sie brachte ihn in das *Northern Lights Motel* und quartierte ihn in Bungalow 21 ein. Seit diesem Tag, das möchte ich dem Gericht zur Kenntnis bringen, hat von Horace Shelbys wirklichen Verwandten keiner ihn gesehen oder von ihm gehört. Die Polizei war und ist auch jetzt nicht in der Lage, ihn aufzufinden. Mit Wissen der Beschuldigten verschwand Horace Shelby spurlos vom Erdboden, nachdem er ein Testament gemacht hatte, in dem er ihr sein gesamtes Vermögen hinterließ. Es ist durchaus möglich, daß er tot ist. Ferner gelang es der Beschuldigten durch einen raffinierten Schwindel unter Mißachtung des Gerichts und trotz der Ernennung eines Vormunds, fünfzigtausend Dollar aus Horace Shelbys Vermögen in die Hand zu bekommen. Der Verstorbene, Bosley Cameron alias Ralph Exeter, war ein Freund der Finchleys und als solcher mit den Umständen vertraut. Es scheint, daß Exeter Horace Shelbys Spur bis zum *Northern Lights Motel* verfolgt hatte. Die Beweise werden ergeben, daß die Beschuldigte Exeter in den von Shelby bewohnten Bungalow lockte, kurz nachdem Shelby ihn verlassen hatte. Sie ging in ein nahes chinesisches Restaurant und kaufte Essenportionen in Kartons. Sie benutzte das Ende eines gläsernen Zahnbürstenbehälters als Stößel und ein Wasserglas als Mörser und zerrieb damit Schlaftabletten, die sie für ihre Seereise erhalten hatte. Dieses Präparat mischte sie in Exeters Essen. Als Exeter bewußtlos war, ließ sie ihn im Motel allein. Vorher schraubte sie die Leitung los, die zu einem Gasheizofen mit Ventil führte. Exeter wurde gefunden, als ein Zimmernachbar das Gas roch. Exeter war tot. Offenbar wurde der Tod durch dieses Gas verursacht, aber Exeter war zunächst mit dem Barbiturat betäubt worden. Dann ging dieses Mädchen ins *Hollander-Heath Hotel.* Als die Polizeibeamten ihr dort auf die Spur kamen, schluckte sie eiligst ein paar Schlaftabletten von der gleichen Sorte, die Ralph Exeter verabreicht worden war, und erzählte ein Märchen von einer vergifteten Tasse Schokolade, die sie getrunken hätte. Das sollte offenbar bei den Beamten den Eindruck erwecken, eine dritte Person habe Ralph Exeter das Gift verabreicht. Ich möchte nun dem Gericht mitteilen, daß der Grund, weshalb der Fall bereits im jetzigen Stadium verfolgt wird, in kürzlichen Entscheidungen unserer höheren Gerichte zum Schutz Unschuldiger zu suchen ist. Durch diese Entscheidungen sind die Pflichten der Staatsanwälte und der Polizei über Gebühr erschwert worden. Die Beschuldigte hat es abgelehnt, bei uns auszusagen. Sie hat sich geweigert, Fragen in Abwesenheit ihres Anwalts zu beantworten. Ihr Anwalt hat ihr geraten, hinsichtlich gewisser Schlüsselfragen keine Angaben zu machen. Folglich bleibt uns keine andere Wahl, als das vorhandene Beweismaterial zusammenzustellen und dem Gericht unseren Fall vorzutragen. In dieser Verhandlung haben wir lediglich zu beweisen, daß ein Verbrechen begangen wurde und berechtigte Gründe zu der Annahme bestehen, daß die Beschuldigte dieses Verbrechen begangen hat. Danach wäre es die Pflicht des Gerichts, die Beschuldigte vor ein Schwurgericht zu stellen.«

Mosher setzte sich.

»Wenn das Beweismaterial diese Erklärung bestätigt«, ergriff Richter Kyle das Wort, »besteht gewiß kein Zweifel, daß die Beschuldigte einem Schwurgericht überantwortet werden sollte. Ich habe häufig darauf hingewiesen, daß einige der letzten Entscheidungen zum Schutz der Rechte Beschuldigter sich gelegentlich als Bumerang erweisen und die Behörden zu Amtshandlungen zwingen. Hätten die Behörden jedoch mehr Zeit zu gründlichen Ermittlungen, wäre ein solcher Schritt möglicherweise entbehrlich. Indessen« – und hier lächelte Richter Kyle – »ist dieses Gericht nicht befugt, sich über die Entscheidungen höherer Instanzen hinwegzusetzen. Beginnen Sie also mit der Beweisaufnahme.«

»Darf auch ich eine einleitende Erklärung abgeben?« schaltete Mason sich ein.

»Nun ja, wenn Sie es wünschen«, erwiderte Richter Kyle. »Obwohl das durchaus ungewöhnlich ist.«

Mason ließ sich nicht beirren. »Die Beweise werden ergeben, daß die Finchleys sich Jahre hindurch nicht für Horace Shelby interessiert hatten. Als sie jedoch erfuhren, daß Shelby recht wohlhabend geworden war, besuchten sie ihn. Und sobald sie feststellten, daß Shelby ein Testament verfaßt hatte oder beabsichtigte, die Beschuldigte zur Alleinerbin zu machen, schoben sie sie schnell in den Orient ab. Während der drei Monate ihrer Abwesenheit quälten sie ihn bis zur Verzweiflung.

Nachdem er ihre Vorhaben durchschaut hatte, ihn in ein Sanatorium zu stecken, versuchte Shelby, unter Umgehung der Finchleys, einen wesentlichen Teil seines Vermögens bar ausgezahlt zu erhalten. Er wollte im Besitz einer gewissen Geldsumme sein, um einen Prozeß in seinem Sinne führen zu können. Daher bat er die Beschuldigte, das Geld von seinem Konto für ihn abzuheben. Sie versuchte das, wurde aber durch einen Gerichtsbeschluß daran gehindert, mit dem ein Vormund bestellt worden war. Was die fünfzigtausend Dollar betrifft, in deren Besitz die Beschuldigte sich durch List und Betrug gesetzt haben soll, so wurde diese Summe legal und durch meine Bemühungen erlangt. Sie ist der Beschuldigten ausgehändigt worden, die ihrerseits den gesamten Betrag an Horace Shelby weitergab. Wir glauben beweisen zu können, daß Ralph Exeter Berufsspieler und bei anderen Spielern verschuldet war; daß die Finchleys ihrerseits Schulden bei ihm hatten und daß Exeter als treibende Kraft im Hintergrund wirkte. Er legte den Finchleys nahe, ihre Verbindung und Verwandtschaft mit Horace Shelby dazu zu benutzen, um sofort Geld flüssigzumachen. Weiter werden wir zeigen – zumindest durch Indizien –, daß Ralph Exeter den Aufenthalt von Horace Shelby ausfindig machte und ihm Forderungen stellte. Gegen eine bedeutende Summe wollte er Shelbys Freiheit nicht gefährden. Wir werden beweisen, daß Shelby einige Schlaftabletten zerquetschte, die er von der Beschuldigten erhalten hatte. Er mischte sie in ein Essen, das Exeter angeboten wurde, und zwar nur aus dem Grund, um Shelby die Flucht vor seiner allzu besorgten Verwandtschaft zu ermöglichen. Wir behaupten weiterhin, daß, nachdem die Beschuldigte und ebenso Horace Shelby das Motel verlassen hatten und Ralph Exeter in dem Zimmer schlief, eine vierte Person das Gasrohr losschraubte und Exeter vergiftete.«

»Das können Sie beweisen?« fragte Richter Kyle.

»Wir können«, bestätigte Mason.

Richter Kyle überlegte ein paar Augenblicke und forderte dann Mosher auf: »Also gut. Beginnen Sie mit der Beweisaufnahme.«

Mosher rief Zeugen nach Zeugen vor und baute einen bombensicheren Fall aus Indizienbeweisen auf.

Dr. Tillman Baxter identifizierte Daphne und sagte aus, wie sie sich um die Stellung beworben und Horace Shelby zur Flucht verholfen hatte.

Er beschrieb Shelbys Zustand in Fachausdrücken. Shelby habe, so erklärte er, im ersten Stadium an *dementia senilis* gelitten; das Gericht habe einen Arzt, Dr. Grantland Alma, zur Untersuchung von Horace Shelby bestellt; diese Untersuchung hätte am Nachmittag des Tages stattfinden sollen, an dem Shelby aus dem Sanatorium fortgeschafft worden sei.

Weiter sagte Dr. Baxter aus, er habe gehofft, seine Diagnose durch einen unparteiischen Psychiater bestätigt zu finden, aber die Flucht Shelbys habe jede Möglichkeit ausgeschlossen, etwas über den tatsächlichen Zustand des Mannes zu erfahren.

Leutnant Tragg berichtete, wie er Ralph Exeter, auch als Bosley Cameron bekannt, tot im Bungalow Nr. 21 des *Northern Lights Motel* gefunden habe. Auch einen Glasbecher habe er in dem Raum entdeckt. Darin sei ein Behälter gewesen, wie er für neue Zahnbürsten benutzt werde. Derselbe sei als Stößel zum Zerdrücken von Pillen gebraucht worden, die sich als Schlaftabletten mit dem Markennamen

»Somniferone« entpuppten. Es seien die gleichen Tabletten gewesen, die die Beschuldigte später in ihrem Hotel geschluckt habe, als ihr Anwalt sie besuchte – offenbar, um sie vor dem bevorstehenden Eintreffen der Polizei zu warnen.

Leutnant Tragg schilderte mit sichtlichem Vergnügen, wie die Beschuldigte von ihrem eigenen Anwalt als Simulantin entlarvt worden sei, indem er sie in eine Badewanne mit eiskaltem Wasser gesteckt habe, während sie doch auf lauwarmes gefaßt gewesen wäre.

Dann wurde Tragg vorübergehend abgerufen.

Ein Verkäufer aus einem Drugstore beim *Northern Lights Motel* erkannte die gläserne Zahnbürstenhülse als die wieder, in der eine gewisse Standardmarken-Zahnbürste im Handel sei. Er identifizierte auch die Beschuldigte, die an diesem Tag bei ihm eine Zahnbürste, Zahnpasta, Haarbürste und Kamm, Rasierapparat und Rasiercreme gekauft habe, sowie eine kleine Plastiktasche zum Transport dieser Artikel.

Die Kellnerin im chinesischen Restaurant erkannte in Daphne die Person, die chinesisches Essen in Pappkartons zum Mitnehmen gekauft und erzählt habe, es sei für ihren Onkel, der chinesische Mahlzeiten besonders schätze. Die Kellnerin beschrieb auch Daphnes Benehmen, während sie auf das Essen wartete: sie sei außerordentlich nervös gewesen.

Mason hörte all diesen Zeugen mit unbeteiligter Miene zu, als beträfen ihre Aussagen nicht nur uninteressante, sondern völlig unwesentliche Dinge. Er machte sich nicht die Mühe, irgendeinen der Zeugen ins Kreuzverhör zu nehmen, bis Leutnant Tragg in den Zeugenstand zurückkehrte und seine Aussage beendete. Da stand Mason auf und lächelte den Polizeioffizier freundlich an.

»Sie sagen, das Verbindungsrohr zwischen Gasheizung und Gasleitung wurde losgeschraubt, Leutnant?«

»Ja.«

»Und Sie folgerten daraus, dies sei geschehen, nachdem der Verstorbene bewußtlos geworden war?«

»Als Ermittlungsbeamter hielt ich das für die vernünftigste Erklärung«, erwiderte Tragg. »Und die Obduktion hat es unbestreitbar erwiesen. Ich zog in Betracht, daß das Losschrauben von so einem Rohr von erheblichen Geräuschen begleitet sein mußte und daß Exeter nicht untätig herumgesessen hätte, während die Vorbereitungen für seinen Tod getroffen wurden.«

»Es sei denn, er hätte Selbstmord begangen«, wandte Mason ein.

Leutnant Tragg lächelte triumphierend. »Wenn er Selbstmord beging, Mr. Mason, hätte er auch die Waffe dazu besessen. Wenn die Waffe fehlt, scheiden wir gewöhnlich Selbstmord aus.«

»Waffe?« fragte Mason.

»Eine kleine Rohrzange«, erklärte Tragg. »Das Gasrohr war so fest mit dem Heizkörper verbunden, daß nirgends eine undichte Stelle entstehen konnte. Man brauchte eine Rohrzange, um das 7,5 Zentimeter lange Verbindungsstück zu lockern. Es befand sich aber keine Rohrzange im Zimmer.«

»Ach ja«, sagte Mason liebenswürdig, »darauf wollte ich eben kommen, Leutnant. Sie haben nur den Punkt vorweggenommen. Man braucht eine Rohrzange, um die Gaszuleitung zu lockern?«

»Allerdings.«

»Aus Sicherheitsgründen werden diese Rohre üblicherweise sehr fest angeschraubt, nicht wahr?«

»Ja, Sir.«

»Manchmal auch mit einer chemischen Lösung, die wie ein Siegel wirkt, um das Entweichen des Gases zu verhindern?«

»Das stimmt.«

»Um dieses Gasrohr loszuschrauben, bedurfte es erheblicher Kräfte, nicht wahr?«

Tragg vermied die Falle. »Einiger Anstrengung«, gab er zu, »aber keiner körperlichen Leistung, die eine verhältnismäßig kräftige junge Frau nicht schaffen könnte – falls es das ist, worauf Sie abzielen.«

»Nicht darauf ziele ich ab, Leutnant«, entgegnete Mason. »Der springende Punkt ist, daß eine Rohrzange um das Rohr fassen und genügend Halt finden muß, um es loszuschrauben.«

»Richtig.«

»Nun haben diese Rohrzangen Klauen mit scharfer Riffelung, und wenn Druck auf die Greifschenkel ausgeübt wird, verengen sich die Klauen. Die Rillen oder Riefen darin greifen so fest um das Rohr, daß die Zange nicht abrutschen kann. Stimmt das?«

»Jawohl, Sir.«

»Und weil Sie Einkerbungen auf diesem Rohr fanden, wußten Sie, daß es mit einer Rohrzange gelockert wurde?«

»So ist es.«

»Nun, haben Sie diese Rillen fotografiert, Leutnant?«

»Fotografiert?«

»Genau das.«

»Nein, Sir. Warum sollte ich sie fotografiert haben?«

»Haben Sie das Rohr abgeschraubt, so daß man es als Beweisstück vorlegen könnte?«

»Ganz gewiß nicht, das Gas strömte doch aus. Wir haben das Rohr schleunigst wieder festgeschraubt.«

»Aber Sie bemerkten jene Einkerbungen darauf?«

»Ja, Sir.«

»Ist Ihnen nicht der Gedanke gekommen, Leutnant, daß diese Rillen sehr bedeutsam sein könnten?«

»Natürlich. Sie waren bedeutsam, weil sie zeigten, daß eine Rohrzange gebraucht wurde.«

»Haben Sie die Markierungen unter einem Mikroskop geprüft?«

»Nein.«

»Unter einem Vergrößerungsglas?«

»Nein.«

»Sie wissen doch sicher, Leutnant, daß Messer oder Meißel, wenn sie bei Holz benutzt werden, recht häufig infolge einer Beschädigung der Klinge einen so typischen Abdruck hinterlassen, daß das benutzte Instrument identifiziert werden kann?«

»Das weiß jeder Mensch.«

»Aber Sie sind nicht auch auf die Idee gekommen, Leutnant, daß bei manchen Rohrzangen gelegentlich eine der geriffelten Rundungen in den Klauen beschädigt oder eingerissen wird und daß diese Zange dann eine Spur auf jedem Rohr hinterläßt, für das sie gebraucht wird?«

Traggs Gesicht ließ erkennen, daß ihm plötzlich Masons Argument und seine Bedeutung aufgingen.

»Wir haben das Rohr nicht entfernt«, gab er zu. »Es ist noch in seinem ursprünglichen Zustand.«

»Es wurde aber wieder fest angeschraubt?«

»Ja, Sir.«

»Und bis zur Stunde wissen Sie nicht, Leutnant, ob sich unter den Einkerbungen auf jenem Rohr Spuren befanden, die einen Hinweis auf die Rohrzange geben könnten?«

Leutnant Tragg zögerte und sagte schließlich: »Ich will zugeben, Mr. Mason, Sie haben da ein neues Argument. Ich weiß es nicht. Ebenso gebe ich zu, daß es vielleicht zweckmäßiger gewesen wäre, diese Spuren sorgfältig unter dem Mikroskop zu prüfen. Ich habe immer versucht, fair zu sein. Die Untersuchung eines Verbrechens ist häufig eine wissenschaftliche Angelegenheit.«

»Ich danke Ihnen sehr für Ihre unparteiische Aussage, Leutnant

Tragg. Ich habe Ihre Sachlichkeit immer geschätzt. Keine weiteren Fragen.«

»Nun, meine Herren«, sagte Richter Kyle, »es scheint, wir sind heute ein gutes Stück vorwärtsgekommen. Der Fall wird morgen wohl in wenigen Stunden beendet werden können?«

»Das möchte ich annehmen«, pflichtete der stellvertretende District Attorney bei.

Richter Kyle verkündete: »Es ist Dienstschluß. Das Gericht vertagt sich bis morgen früh 9.30 Uhr. Die Beschuldigte wird in die Untersuchungshaft zurückgeführt. Die Sitzung ist geschlossen.«

17

Bei seiner Rückkehr ins Büro fand Mason Paul Drake vor, der Neues von Horace Shelby zu berichten hatte.

»Dem Knaben geht es recht gut«, informierte er Mason. »Er tankt Sonnenschein da unten in Ensenada, geht spazieren, ist viel sicherer geworden seit seiner Ankunft und scheint sich zu amüsieren.«

»Hat schon jemand mit ihm gesprochen?«

»Nicht in Form eines Interviews. Aber meinem Mann gelang es, ein zwangloses Gespräch mit Shelby anzuknüpfen, als er zum Kai runterschlenderte. Er berichtet, der Mann sei bei völlig klarem Verstand.«

Mason seufzte. »Na schön. Ich denke, dann kann er jetzt einen weiteren Schock verkraften.«

»Willst du runter?«

»Will ich«, sagte Mason. »Pinky wird mich in einer schnellen zweimotorigen Maschine nach San Diego fliegen. Dann will ich Francisco Munoz in Tijuana treffen und ... Gib deinem Mann Bescheid, nach mir Ausschau zu halten, Paul. Ich werde ihn vor dem Motel erwarten.«

»Wird erledigt.«

»Und dann muß ich mich darauf verlassen können, daß du weder Finchley noch seine Frau heute abend aus den Augen verlierst. Sie sollen ständig beschattet werden. Setz zwei oder drei Leute mit Wagen an, wenn's sein muß.«

»Hab ich schon getan«, erwiderte Drake.

»Wie benehmen sich die Finchleys?«

»Ganz normal. Sie gingen zum Gericht, um die Beweisaufnahme zu hören, und anschließend wieder nach Hause.«

»Beobachte sie sorgfältig«, sagte Mason. »Della und ich fliegen jetzt nach Ensenada. Kommen Sie, Della.«

»Ohne Abendessen?« fragte Della Street.

»Oh, es gibt ein wundervolles Souper«, versprach Mason. »Echte Schildkrötensuppe, gebratene Wachteln, ein kleines Wildsteak, falls Sie Lust haben, ein bißchen Santo-Tomaso-Wein und –«

»Sie meinen, wir essen in Mexiko?«

»Das meine ich. Rufen Sie Pinky und Francisco Munoz an, und auf geht's. Je früher wir starten, desto früher essen wir.«

Della Street seufzte. »In Ensenada kann man keine Diät halten. Es wäre ein Verbrechen, unter solchen Umständen Quarksalat zu bestellen.« Ihre Finger flogen über die Wählscheibe.

Mason ging noch einmal auf Paul Drake zu. »Hör mal, Paul, kennst du die Methode, um die Klauen einer Rohrzange ein Stück Wildleder zu wickeln, damit die Zange fest genug ein Stück Metall faßt und du es abschrauben kannst, wobei aber keine Spuren im Metall hinterlassen werden?«

»Gesehen habe ich das schon«, sagte Drake.

Mason überreichte ihm ein Stück Rohr.

»Laß deinen Mann im *Northern Lights Motel* das Stück Verbindungsrohr zwischen Gasleitung und Heizofen abmontieren und durch dieses hier ersetzen.«

Paul Drake nahm das Stück in die Hand.

»Paßt das denn?«

»Haarscharf«, sagte Mason. »Man hat sehr sorgfältig Maß genommen.«

Drake drehte das Rohrstück langsam hin und her. »Hier sind tiefe Einkerbungen«, stellte er fest, »die Spuren einer Rohrzange und – und hier ist ein Defekt in einer Klaue?«

»Genau«, bestätigte Mason.

»Also hör mal, Perry, damit würde man doch Beweise verfälschen.«

»Beweise wofür?«

»Du weißt genau, was ich meine. Mordbeweise. Zum mindesten Beweise in einem Fall von Totschlag.«

»Entferne sorgfältig das Stück Rohr, das jetzt dran ist«, sagte Mason, »und zwar so vorsichtig, daß keine Spuren zurückbleiben. Dann nimm das Stück Rohr in Gewahrsam, bis Tragg es dir abfordert.«

»Trotzdem bleibt es Unterdrückung von Beweismitteln.«

»Unterdrückung von Beweismitteln, du meine Güte! Du nimmst das Beweisstück doch nur in deine Obhut. Es ist ein Beweis, den Tragg nicht haben wollte. Und jetzt geh bitte an die Arbeit, bevor jemand danach fragt.«

Drake seufzte. »Du wagst dich auf dünnes Eis.«

»Pinky wartet startbereit mit dem vollgetankten Flugzeug auf uns«, mahnte Della.

»Gehen wir.«

»Kommen wir heute abend zurück?« fragte sie.

»Ja«, erwiderte Mason, »und morgen früh geht's ins Gericht.«

18

Das Taxi hielt vor dem *Casa de Mañana.*

Mason half Della Street aus dem Wagen und zahlte.

»Nicht warten?« fragte der Fahrer.

»Nein«, erwiderte Mason lächelnd, »haben Sie vielen Dank. Gracias.«

Der Fahrer bedankte sich für das Trinkgeld und fuhr ab.

Mason und Della blieben stehen.

Inskip, Paul Drakes Detektiv, pfiff leise aus einem parkenden Wagen. Sie überquerten die Straße und gingen auf ihn zu.

»Nr. 5«, meldete Inskip. »Er ist drin.«

Der Anwalt bat den Detektiv: »Warten Sie hier, Inskip. Sie fahren uns zum Flughafen zurück, wenn wir fertig sind.«

Die beiden gingen unter ein paar Bananenstauden am Büro vorbei und über einen breiten Korridor. Mason klopfte an die Tür von Nr. 5.

Es kam keine Antwort. Nichts rührte sich.

Er klopfte noch einmal.

Die Tür wurde vorsichtig einen Spalt breit geöffnet.

Mason betrachtete das angstvolle Gesicht, lächelte beruhigend und sagte: »Ich bin Perry Mason, Mr. Shelby, und dies ist meine Sekretärin, Della Street. Wir dachten, eine kleine Unterhaltung mit Ihnen sei wohl an der Zeit.«

»Sie ... Sie sind ... Perry Mason?«

»Der bin ich.«

»Wie haben Sie denn ... ach, das ist nun egal ... treten Sie näher.«

Shelby öffnete die Tür.

»Ich wollte mich gerade für die Nacht fertig machen«, sagte er entschuldigend und zog seinen Rock wieder an.

Mason klopfte ihm beruhigend auf die Schulter, ging durch das Zimmer und setzte sich auf die Bettkante. Della Street nahm einen der schweren Ledersessel, Horace Shelby den anderen.

»Es war eine harte Zeit für Sie«, begann Mason.

Shelby nickte. »Sie sind also der Anwalt, der Daphne vertritt?«

»Ja.«

»Das arme Kind.«

»Sie hat große Schwierigkeiten«, sagte Mason.

Shelby sah auf. »Sie hat Schwierigkeiten?«

»Ja.«

»Wieso? Sie sollte doch jetzt keine mehr haben.«

»Allerdings nicht.«

»Welcher Art sind sie denn?« fragte Shelby.

»Sie steht wegen Mordes an Ralph Exeter vor Gericht«, erklärte Mason und machte eine Pause.

Shelbys Gesicht verriet Erstaunen, dann Bestürzung und Zorn.

»Sagten Sie Mord?«

»Ja.«

»Ralph Exeter.« Shelby spuckte die Worte aus. »Dieser gemeine, erpresserische Spieler und Hochstapler – er ist also tot!«

»Ja.«

»Es war Mord, sagen Sie?«

»Ja.«

»Wer hat ihn umgebracht?«

»Die Polizei behauptet, Daphne.«

»Wo wurde er ermordet?«

»Im *Northern Lights Motel* in Nr. 21.«

Shelby schwieg eine Weile gedankenschwer.

Della Street zog heimlich ihren Stenogrammblock aus der Handtasche und fing an, Notizen zu machen.

Endlich brach Shelby das Schweigen. »Ich glaube, ich muß die Folgen wohl auf mich nehmen.«

»Sie?« fragte Mason.

»Wenn er tot in dem Zimmer gefunden wurde, das ich im *Northern Lights Motel* bewohnte, dann habe ich ihn getötet.«

»Auf welche Weise?«

»Mit einer Überdosis Schlaftabletten«, gestand Shelby bereitwillig.

»Es ist wohl am besten, Sie erzählen mir die ganze Geschichte.«

»Da gibt es nicht viel zu erzählen. Ich bin durch die Hölle gegangen, Mr. Mason, durch die reinste Hölle. Daran will ich nicht einmal mehr denken, geschweige denn es beschreiben.«

»Ich weiß, was Sie durchgemacht haben«, sagte Mason.

»Nein, Sie können es nicht ermessen. Sie sehen meine Erlebnisse aus der Sicht eines rüstigen Mannes, der im Vollbesitz seiner Kräfte ist. Ich aber bin kein junger Mann mehr. Ich weiß, daß ich manchmal phantasiere. Es gibt Zeiten, da bin ich völlig in Ordnung, und dann wieder fühle ich mich – nun, wie halb im Schlaf. Ich schalte nicht mehr ganz so, wie ich sollte. Wenn andere Leute reden, schlafe ich gelegentlich ein. Ich bin eben nicht mehr jung. Auf der anderen Seite bin ich aber auch noch nicht zu alt. Ich kann mich selbst versorgen und weiß, was ich mit meinem Geld tun will. Ich bin in der Lage, meine Geschäfte zu führen. Sie können sich wohl kaum vorstellen, was es heißt, wenn einem plötzlich der Teppich unter den Füßen weggezogen wird; wenn man nicht einmal mehr fünf Cent in der Tasche hat; wenn andere Menschen einem vorschreiben, was man zu tun hat; wenn sie einem Spritzen geben und man an sein Bett gefesselt wird. Das alles möchte ich nicht zum zweitenmal durchmachen, und wenn ich ein Dutzend Morde begehen müßte.«

Mason nickte verständnisvoll.

»Daphne hat mich herausgeholt«, fuhr Shelby fort, »und dafür sei sie gesegnet. Sie hat sich was einfallen lassen und mich in jenem Zimmer im *Northern Lights Motel* einquartiert.«

»Und was geschah dann?«

»Ich sollte das Zimmer nicht verlassen und auf sie warten. Sie wollte mir zu essen bringen.«

»Tat sie das?«

»Ja. Sie holte mir etwas aus einem chinesischen Restaurant.«

»Und dann?«

»Danach ging sie weg. Und sie war kaum zwei Minuten draußen, als es klopfte. Ich verhielt mich ruhig. Es wurde aber noch einmal geklopft, und ich wollte die Aufmerksamkeit nicht auf meinen Bungalow lenken, indem ich nicht öffnete. Deshalb ging ich zur Tür und machte auf. Da stand Ralph Exeter mit seinem üblichen schmierigen Grinsen und sagte: ›Ich komme mal rein, Horace.‹ Er drängte sich buchstäblich ins Zimmer.«

»Erzählen Sie bitte genau, was geschah«, sagte Mason. »Ich muß alles über Exeter wissen.«

»Exeter schob sich in mein Zimmer und klärte mich sofort über seine Absichten auf. Er sagte, er sei derjenige, der über meine Zukunft entscheiden könne. Wenn ich ihm 125 000 Dollar zahlte, behielte ich meine Freiheit. Er wolle dafür sorgen, daß Finchley und seine Frau auszögen. Ich könne mit dem Rest meines Geldes tun, was ich wolle. Wenn ich aber nicht mitspiele, werde er mich den Behörden übergeben und schwören, ich sei völlig unzurechnungsfähig. Dann müsse ich den Rest meines Lebens in einem Sanatorium ans Bett geschnallt verbringen.«

»Weiter«, bat Mason.

»Sie wissen nicht, was ich mitgemacht habe, Mr. Mason. Wenn diese Erfahrungen nicht gewesen wären, hätte ich ihn ausgelacht, wäre zum Telefon gegangen und hätte die Polizei gerufen. Aber wie die Dinge lagen, hätte mir ja kein Mensch geglaubt. Man hätte mich für verrückt erklärt. Ich war verzweifelt.«

»Was taten Sie?«

»Daphne hatte mir ein paar Schlaftabletten gegeben. Ich ging ins Badezimmer, zerrieb einige davon in einem Glas und kam zurück ins Zimmer. Ich wollte versuchen, sie in ein Getränk oder sonst etwas zu mischen. Und der Bursche spielte mir direkt in die Hände. Als ich zurückkam, besah er sich das chinesische Essen und fragte mich, ob ich einen Teller und ein Besteck hätte. Ich sagte, wir hätten nur Eßstäbchen, aber er bat darum. Während ich sie ihm gab, benutzte ich eine Gelegenheit, die zerdrückten Schlaftabletten in das Essen zu schütten. Er aß alles auf. Ich sagte ihm, ich wolle versuchen, über seinen Vorschlag nachzudenken. Im Prinzip sei ich einverstanden, aber 125 000 Dollar in bar würden meine Reserven erschöpfen, und ich müsse einige Berechnungen anstellen. Die Schlafpillen begannen währenddessen zu wirken. Nach kurzer Zeit streckte er sich auf dem Bett aus, gähnte und schlief ein.«

»Und was taten Sie?«

»Ich wusch die Essenbehälter, nahm seinen Wagen, fuhr zum *Hollander-Heath-Hotel* und konnte das Zimmer neben Daphne mieten.«

»Warum nahmen Sie seinen Wagen?« fragte Mason.

»Das mußte ich. Ich hatte früher am Tag versucht, draußen ein Taxi zu rufen, aber das war zu gefährlich.«

»Wohin fuhren Sie mit dem Taxi?«

»Zum Stadtrand – nein, zuerst zum Bahnhof. Dann entschloß ich mich für den Flughafen. Ich hatte Geld und wollte einen Wagen mieten. Beim Flughafen versuchte ich es, aber niemand wollte mir einen geben, ohne meinen Führerschein gesehen zu haben.«

»Sie hatten keinen bei sich?«

»Gar nichts hatte ich bei mir. Ich besaß überhaupt nur eine Zahnbürste, einen Pyjama, Haarbürste und Kamm, also nur die paar Kleinigkeiten, die Daphne für mich eingekauft hatte.«

»Was taten Sie daraufhin?«

»Ich nahm einen Bus zurück nach El Mirar und lief zu Fuß bis zum Motel.«

»Gut. Und was passierte nun im *Hollander-Heath-Hotel*?«

»Daphne war in meinem Zimmer. Sie hörte Ihr Klopfen nicht. Sie hatte das Schild rausgehängt, aber den Fehler gemacht, die Tür von innen zu verriegeln. So wußten die Leute, daß sie drin war. Irgend etwas mußte sie nun schnell unternehmen. Sie schluckte den Rest von meinen Schlaftabletten, zog sich wie der Wind aus, warf ein Nachthemd über und stieg ins Bett. Dann stand sie wieder auf und öffnete. Bis die Wirkung der Tabletten eintrat, wollte sie sich entsprechend verstellen. Sie sagte, man würde ihr den Magen auspumpen und damit lange genug beschäftigt sein, so daß ich inzwischen fliehen könnte.«

»Und was machten Sie?«

»Daphne spielte also ihre Rolle, während ich eine Weile wartete, um den besten Zeitpunkt abzupassen. Ich packte die Kleinigkeiten, die sie mir besorgt hatte, in den Plastikbeutel, ging zum Portier und meldete mich ab. Dann holte ich Ralph Exeters Wagen aus der Garage und fuhr nach San Diego. Dort stellte ich ihn ab und übernachtete in einem Motel. Am nächsten Morgen kaufte ich einen gebrauchten Wagen bei einem Händler, der mit dem Führerschein nicht so pedantisch war. Ich wollte weiter nach Mexiko, aber ohne Triptik konnte ich nur bis hierher fahren. Das Triptik bekommt man nur mit Personalpapieren, Führerschein und all dem Zeug.«

»Ist es wahr«, fragte Mason, »daß Daphne die Tochter Ihrer Haushälterin ist?«

Shelby sah ihm gerade in die Augen. »Es ist wahr«, erwiderte er, »aber ebenso wahr ist es, daß ich ihr Vater bin.«

»Was?« rief Mason aus.

»Das ist die Wahrheit«, sagte Shelby. »Ich wollte Daphnes Mutter heiraten, aber sie war nicht geschieden und konnte auch keine Scheidung erwirken. Dann starben damals mein Bruder und seine Frau bei einem Autounfall, und ich hielt es für richtig, Daphne als deren Tochter aufzuziehen. Natürlich wußte aber Borden Finchley, daß das nicht stimmte. Deshalb erzählte ich ihm, Daphne sei die Tochter meiner Haushälterin, die in anderen Umständen gewesen sei, als sie aus dem Osten kam und die Stellung bei mir annahm. Borden Finchley hatte sich niemals viel um mich gekümmert. Ich teilte ihm auch nicht mit, daß ich es zu einigem Vermögen gebracht hatte. Ralph Exeter war es, glaube ich, der herausfand, daß ich recht wohlhabend war. Borden hatte bei Ralph Exeter hohe Spielschulden, und Exeter setzte ihn unter Druck. Sie besuchten mich zusammen. Das war der erste Besuch von Borden und seiner Frau seit etwa zwanzig Jahren. Und dann kamen sie auf die teuflische Idee, Daphne loszuwerden. Und sie fingen an, mich zu schikanieren, bis ich durchdrehte. Sie machen sich keinen Begriff, was sie mir alles antaten – diese gewissen kleinen Dinge. Dann gaben sie mir Drogen, und ich merkte, wie ich allmählich konfus wurde ... Nun, jetzt bin ich darüber hinweg. Ich muß zurück und für die Folgen meiner Tat einstehen. Wenn ich Ralph Exeter zu viele Schlaftabletten gab und er daran starb, dann habe ich das zu verantworten. Aber ich wollte ihn wahrhaftig nur einschläfern, damit ich verschwinden konnte. Und das ist auch die Wahrheit.«

»Die Schlaftabletten haben ihn nicht getötet«, sagte Mason. »Jemand hat die Gasleitung aufgeschraubt und ihn so vergiftet.«

»Was?« rief Shelby.

Mason nickte.

Shelby schwieg einen Moment und seufzte. »Nun, das werde ich wohl auf mich nehmen müssen. Kein Mensch wird mir die Wahrheit glauben.«

»Die Polizei hat festgestellt, daß Sie vorher vom Motel aus ein Taxi genommen hatten. Sie wußte, daß Daphne chinesisches Essen für irgend jemanden besorgt hatte, und glaubt, es müsse für Ralph Exeter gewesen sein, weil Sie ja weggefahren waren.«

»Ich fuhr fort und kam zurück«, erklärte Shelby. »Ich hatte mein Versprechen Daphne gegenüber nicht gehalten. Sie wollte, daß ich auf dem Zimmer bliebe, aber ich wollte mir die Möglichkeit zur Flucht sichern und einen Wagen auftreiben.«

Mason sah auf seine Uhr. »Ein Flugzeug wartet auf mich«, sagte er.

Horace Shelby tat einen Seufzer, zog einen neuen Koffer unter dem Bett hervor und begann zu packen.

»Okay, in zehn Minuten bin ich fertig.«

19

Um 9.30 Uhr am nächsten Morgen wurde die Gerichtsverhandlung fortgesetzt.

»Strafsache gegen Daphne Shelby«, eröffnete Richter Kyle die Sitzung.

Marvin Mosher stand auf. »Wenn das Gericht erlaubt, rufe ich Leutnant Tragg zum weiteren direkten Verhör in den Stand.«

»Bitte sehr«, sagte Richter Kyle. »Mr. Mason wird jedes weitere Kreuzverhör zurückstellen, bis Sie Ihr Verhör beendet haben.«

Leutnant Tragg erschien wieder im Zeugenstand.

»Es hatte sich gestern die Frage erhoben, ob Werkzeugspuren auf dem Gasrohr im Motel als Beweis dienen könnten«, begann Mosher. »Ihrer Aussage nach hatten Sie dieses Rohr nicht als Beweisstück entfernt und mitgenommen. Ich frage Sie, Leutnant Tragg, ob sich die Lage seit gestern verändert hat.«

»Das hat sie, Sir.«

»Wie ist sie also jetzt?«

»Ich ging heute morgen in den Bungalow und nahm das Stück Verbindungsrohr ab. Hier ist es.«

Leutnant Tragg übergab das Rohrstück dem stellvertretenden Ankläger.

»Wir erheben Einspruch, Euer Gnaden«, schaltete Mason sich ein. »Und zwar mit der Begründung, daß keine korrekten Voraussetzungen geschaffen wurden.«

»Aber was wollen Sie denn, Mr. Mason?« fragte Richter Kyle. »Sie hatten doch, wie ich glaube, selbst darauf hingewiesen, daß die Polizei es versäumte, Beweismaterial zu sichern, weil sie dieses Rohrstück nicht entfernte.«

»Das stimmt«, erwiderte Mason, »aber die Polizei kann nicht beweisen, daß dieses Rohr hier dasselbe ist, das sich in der Wohnkabine befand, als die Leiche gefunden wurde.«

»Oh, ich glaube, da sind Sie zu formell, Mr. Mason«, sagte Richter Kyle. Er wandte sich zu Tragg. »Gibt es irgendwelche Anzeichen, daß an dem Rohr etwas verändert wurde seit dem Zeitpunkt, als Sie es zuerst sahen, bis zu seiner Sicherstellung?«

»Nicht die geringsten.«

»Sind die Werkzeugspuren auf diesem Rohr dieselben, die Sie beim ersten Ansehen feststellten?«

»Sie scheinen völlig gleich zu sein.«

»Gut. Ich lasse das Rohr als Beweisstück zu«, entschied Richter Kyle.

»Kreuzverhör«, sagte Mosher kurz.

Mason erhob sich und ging auf Leutnant Tragg zu. »Haben Sie diese Werkzeugspuren auf dem Rohr unter einem Vergrößerungsglas geprüft?«

»Nein, Sir. Ich habe nur das Beweisstück sichergestellt, bevor ich zur Verhandlung kam.« Traggs Lächeln wirkte fast etwas geziert.

Mason zog ein Vergrößerungsglas aus der Tasche, studierte die Spuren auf dem Rohr und reichte Tragg beides.

»Ich bitte Sie, die Werkzeugspuren jetzt zu prüfen«, sagte er. »Und gründlich.«

Leutnant Tragg brachte die Lupe in die richtige Entfernung und drehte das Rohrstück in der Hand hin und her. Plötzlich schien er zu stutzen.

»Sehen Sie etwas?« fragte Mason.

»Ich glaube«, erwiderte Tragg vorsichtig, »hier ist eine Unregelmäßigkeit zu erkennen. Eine der scharfen Kanten an den Klauen der Rohrzange scheint einen Defekt zu haben.«

»So daß man also das Werkzeug, mit dem dieses Rohr losgeschraubt wurde, identifizieren könnte?«

»Möglicherweise«, sagte Leutnant Tragg.

»Sie geben also zu, ein wesentliches Beweisstück übersehen zu haben?«

Tragg rückte unbehaglich hin und her. »Nun, das Beweisstück liegt dem Gericht ja jetzt vor.«

»Ich danke Ihnen. Das ist alles.«

»Damit ist unser Fall abgeschlossen«, verkündete Mosher.

»Soll etwas zur Verteidigung vorgetragen werden?« fragte Richter Kyle. »Es scheint sicher, daß hier zumindest ein Prima-facie-Fall gegen die Beschuldigte vorliegt.«

»Wir werden etwas zur Verteidigung vorbringen«, entgegnete Mason, »und ich rufe als meinen ersten Zeugen Horace Shelby in den Stand.«

»Was?« rief Mosher.

»Mein erster Zeuge ist Horace Shelby«, wiederholte Mason.

»Wenn das Gericht erlaubt – das kommt völlig überraschend für die Staatsanwaltschaft«, unterbrach Mosher. »Darf ich um eine Pause von fünfzehn Minuten bitten? Ich möchte dem District Attorney persönlich Bericht erstatten.«

»Ich gewähre Ihnen fünfzehn Minuten«, entschied Richter Kyle. »Der Fall scheint eine unerwartete Wendung zu nehmen.«

Als der Richter die Bank verlassen hatte, drehte Mason sich zu Daphne um. »Sie müssen sich auf einen Schock vorbereiten, Daphne. Ich will Ihnen nicht vorher erzählen, was Sie hören werden. Man wird Ihre Reaktion beobachten, und man soll Ihre Überraschung sehen.«

»Sie haben Onkel Horace tatsächlich als Zeugen parat?« fragte sie.

Mason nickte.

»Oh, tun Sie das nicht!«

»Warum nicht?«

»Weil man ihn ins Sanatorium zurückschicken wird. Man wird ...«

»Sie halten mich für einen großen Stümper, Daphne«, unterbrach Mason sie. »Ich habe Ihren Onkel von drei erfahrenen Psychiatern begutachten lassen, und zwar von einem gestern abend, von zwei weiteren heute morgen. Ihr Onkel hat gut geschlafen, er fühlt sich ausgezeichnet. Er ist für völlig gesund und zurechnungsfähig erklärt worden. Sie glauben ja nicht, wie günstig sich das auf ihn auswirkt. Diese Ärzte sind Koryphäen. Alles, was Borden Finchley zur Bekräftigung seiner Behauptungen aufzuweisen hatte, war das Zeugnis von praktischen Ärzten und von diesem Mann, der das sogenannte Sanatorium leitet. Aber die Männer, die Ihren Onkel für normal erklären, sind Fachleute.«

»Oh, wie ich mich darüber freue, Mr. Mason, wie sehr ich mich freue!«

»Sie haben ihn gern, nicht wahr?«

»Ich weiß nicht warum, aber ich achte und bewundere diesen Mann so sehr.«

»Warten Sie ein paar Minuten, Daphne. Ich glaube, die Sache wird sich noch ganz gut entwickeln. Bleiben Sie hier sitzen, und sprechen Sie mit niemandem. Ich bin gleich zurück.«

Mason ging zu Paul Drakes Platz. »Beschatten deine Leute alle Beteiligten, Paul?«

Drake nickte.

Perry Mason reckte sich und gähnte.

»Du mußt wissen, was du tust«, sagte Drake.

Mason lachte. »Sehe ich so zuversichtlich aus, Paul?«

»Du siehst aus, als ob du vier Asse in der Hand hättest.«

»Das ist gut. In Wirklichkeit habe ich aber nur ein paar Zweier und schiebe einen verdeckten Stapel in die Mitte.«

»Irgendwie sagt mir mein Gefühl, du kommst durch, Perry.«

»Hoffen wir's.«

Plötzlich erschien Hamilton Burger, der District Attorney, und eilte mit Riesenschritten durch den Gerichtssaal. Mosher fing ihn sofort ab.

»Siehst du, Paul?« sagte Mason. »Sie haben den großen Boss angerufen, damit er sich persönlich überzeugt, was hier los ist.«

Richter Kyle kehrte aus seinem Zimmer zurück und setzte die Sitzung fort. »Ich sehe, der District Attorney ist persönlich zur Verhandlung erschienen. Sie sind an diesem Fall interessiert, Mr. Burger?«

»Sehr sogar, Euer Gnaden. Ich werde die Entwicklung mit größtem Interesse verfolgen.«

»Darf ich fragen, aus welchem Grunde?«

»Weil in dem Fall, daß die Beschuldigte Ralph Exeter nicht ermordete, Horace Shelby es getan haben muß. Und ich möchte das Verfahren in jeder Einzelheit so geführt wissen, daß man uns nicht in eine Position drängen kann, die Horace Shelbys Strafverfolgung ausschließt.«

»Also gut«, sagte Richter Kyle. »Beginnen Sie, Mr. Mason.«

»Ich rufe Horace Shelby in den Zeugenstand.«

Shelby wurde vereidigt und nahm Platz, nachdem er Daphne ermunternd zugelächelt hatte.

»Einen Moment bitte«, schaltete sich Burger ein. »Zunächst, Euer Gnaden, muß dieser Zeuge belehrt werden, daß er des Mordes verdächtig ist, entweder allein handelnd oder als Mittäter der Beschuldigten, Daphne Shelby. Er muß darauf aufmerksam gemacht werden, daß alles, was er sagt, später gegen ihn verwandt werden kann.«

Mason war aufgesprungen. »Euer Gnaden, ich protestiere gegen diese offenkundige Mißachtung des Gerichts, gegen diesen Versuch, einen Zeugen der Verteidigung einzuschüchtern und zu erschrecken, so daß er nicht unbefangen aussagen kann.«

»Ich meinerseits«, rief Hamilton Burger dazwischen, »erhebe Einspruch dagegen, daß dieser Zeuge aussagt. Er ist nämlich nicht zeugnisfähig; er leidet an einer Krankheit, die als *dementia senilis* bekannt ist.«

Mason lächelte. »Es wäre gut, wenn der District Attorney sich bezüglich der Unzurechnungsfähigkeit des Zeugen endlich entscheiden würde. Im Falle der Unzurechnungsfähigkeit dürfte nämlich die Belehrung des Zeugen, daß seine Aussagen später gegen ihn benutzt werden können, ein Schlag ins Wasser sein.«

Auch Richter Kyle lächelte und wandte sich dem Zeugen zu.

»Das Gericht möchte Ihnen einige Fragen stellen, Mr. Shelby.«

»Bitte, Sir«, antwortete Horace Shelby.

»Sie wissen, daß dies hier ein Gerichtssaal ist?«

»Jawohl, Sir.«

»Und warum sind Sie hier?«

»Als Zeuge der Verteidigung.«

»Sie sind durch einen Gerichtsbeschluß dieses Bezirks für geschäftsunfähig erklärt worden?«

»Davon weiß ich nichts. Gewinnsüchtige Verwandte haben mir zugesetzt und mir Drogen verabreicht, so daß ich nicht mitbekam, wer mich in das sogenannte Sanatorium geschleppt hatte. Ich wurde dort gegen meinen Willen festgehalten und ans Bett geschnallt. Wie ich hörte, hatte das Gericht einen Arzt zu meiner Untersuchung bestellt.«

Mason war schon wieder auf den Beinen. »Ich möchte dem Gericht mitteilen, daß Dr. Grantland Alma, der vom Gericht zur Untersuchung dieses Mannes seinerzeit bestellte Arzt, ihn einwandfrei für geschäftsfähig und geistig völlig gesund erklärt hat. Zwei andere namhafte Psychiater haben ihn ebenfalls untersucht und festgestellt, daß er geistig gesund und absolut in der Lage ist, seine Geschäfte selbst zu führen. Ich kann diese Ärzte in den Stand rufen, falls das Gericht es wünscht.«

Richter Kyle lächelte. »Besteht der District Attorney weiterhin auf seinem Einspruch?«

Hamilton Burger besprach sich im Flüsterton mit Marvin Mosher. »Wie ich höre, Euer Gnaden, gibt es zwei Ärzte, die bezeugen wollen, daß der Mann an Altersschwachsinn leidet.«

»Zwei praktische Ärzte, keine psychiatrischen Fachärzte«, widersprach Mason. »Der vom Gericht bestellte Arzt erklärt ihn für geistig gesund, und zwei weitere hervorragende Psychiater kamen zu dem gleichen Ergebnis. Wenn Sie die Zeit des Gerichts in Anspruch nehmen wollen, um zwei praktische Ärzte gegen drei Spezialisten aussagen zu lassen, dann tun Sie es.«

Hamilton Burger hielt eine erneute Flüsterkonferenz und sagte dann: »Wir nehmen unseren Einspruch vorübergehend zurück, Euer Gnaden. Wir bitten aber, den Zeugen zu belehren.«

Richter Kyle wandte sich an den Zeugen. »Mr. Shelby, das Gericht will Sie in keiner Weise einschüchtern. Es muß Sie jedoch darauf hinweisen, daß Sie als Gehilfe, als Mittäter oder als Alleinschuldiger bei dem Verbrechen angesehen werden können, das jetzt der Beschuldigten zur Last gelegt wird. Das Gericht belehrt Sie daher, daß Ihre sämtlichen Aussagen später gegen Sie verwandt werden können und ferner, daß Sie in jedem Prozeßstadium das Recht auf Ihren eigenen Anwalt haben. Vertritt Mr. Mason Sie?«

»Nur insoweit, als er beweisen will, daß ich geistig gesund und geschäftsfähig bin.«

»Er vertritt Sie nicht im Hinblick auf eine eventuelle Anklage im Zusammenhang mit Ralph Exeters Tod«

»Nein, Sir.«

»Wünschen Sie, daß ein bislang nicht beteiligter Verteidiger Sie jetzt über Ihre Rechte und Pflichten in Verbindung mit diesem Verbrechen unterrichtet?«

»Nein, Sir.«

»Wollen Sie weiter aus eigenem Entschluß aussagen?«

»Ja, Sir.«

»Sie können der Verhandlung folgen?«

»Vollkommen, Sir.«

»Werden Sie sich der Belehrung des Gerichts erinnern, daß alle Ihre Aussagen zu einem späteren Zeitpunkt gegen Sie verwandt werden können?«

»Jawohl, Sir.«

»Sie wissen, daß Sie keine Fragen zu beantworten brauchen, deren Beantwortung Sie belasten könnte?«

»Das weiß ich.«

»In Ordnung«, schloß Richter Kyle. »Beginnen Sie mit dem Verhör, Mr. Mason.«

»Ist die Beschuldigte mit Ihnen verwandt oder verschwägert, Mr. Shelby?« fragte Mason.

Shelby sah geradeaus und antwortete: »Jawohl, Sir. Sie ist meine Tochter.«

»Ihre Tochter?« wiederholte Mason. »Bitte sprechen Sie lauter, damit das Gericht Sie hören kann.«

Geflüster erhob sich unter den Zuhörern hinten im Gerichtssaal. Richter Kyle stellte die Ruhe wieder her.

»Wollen Sie das bitte erklären?« sagte Mason.

»Die Beschuldigte ist die Tochter der Frau, die meine Haushälterin war; der Frau, die ich innig geliebt habe. Ich konnte sie wegen gesetzlicher Schwierigkeiten nicht heiraten. Später hielt ich es für richtiger, unsere Beziehungen so fortzusetzen. Wir kamen überein, daß Daphne sich für meine Nichte halten sollte. Um für sie zu sorgen, machte ich ein Testament. Darin hinterließ ich selbstverständlich alles Daphnes Mutter. Nach ihrem Tod wollte ich das Testament zugunsten Daphnes ändern. Aber das war eines der Dinge, zu denen ich niemals kam, bis ... bis es fast zu spät war.«

»Und jetzt haben Sie ein solches Testament gemacht?«

»Ja.«

»Es geschah ohne Zwang und aus freiem Willen?«

»Ja.«

»Sie waren im *Goodwill Sanatorium* untergebracht?«

»Jawohl, Sir.«

»Freiwillig oder gegen Ihren Willen?«

»Absolut gegen meinen Willen.«

»Was geschah dann?«

»Daphne rettete mich.«

»Und weiter?«

Daphne schluchzte inzwischen leise in ihr Taschentuch. Tiefes Schweigen herrschte im Gerichtssaal.

Horace Shelby fuhr mit seiner Geschichte fort und beschrieb in allen Einzelheiten seine Flucht aus dem Sanatorium, seinen Aufenthalt im *Northern Lights Motel*, Ralph Exeters Erpressung und wie er, Shelby, ihn betäubt und seinen Wagen gestohlen hatte.

Die Zuhörer beugten sich vor und saßen auf den Stuhlkanten. Hamilton Burger besprach sich von Zeit zu Zeit aufgeregt flüsternd mit seinem Stellvertreter.

Schließlich fragte Mason, zum Tisch der Staatsanwälte gewandt: »Kreuzverhör?«

Hamilton Burger sagte: »Euer Gnaden, diese Aussage hat uns vor völlig neue Tatsachen gestellt. Es ist fast Mittag, und wir bitten das Gericht, uns bis heute nachmittag um zwei Uhr Zeit zur Ausarbeitung des Falles zu gewähren.«

»Das Gericht ist einverstanden«, erklärte Richter Kyle, »und vertagt sich bis heute nachmittag zwei Uhr.«

Er verließ die Bank.

Horace Shelby eilte zu Daphne und umarmte sie.

Daphne lachte und weinte zugleich.

Die Gerichtsreporter, alarmiert durch die dramatische Entwicklung der Verhandlung, stürzten zu den Telefonen.

Paul Drake bahnte sich einen Weg zu Mason.

»Etwas Merkwürdiges, Perry«, flüsterte er.

»Was?«

»Heute morgen in der Verhandlungspause, nachdem Leutnant Tragg seine Aussage gemacht hatte, ging Borden Finchley zum Parkplatz hinunter, wo sein Wagen stand. Er stieg ein, fuhr zu einem freien Platz, der ziemlich mit Unkraut bewachsen ist, und vergewisserte sich, daß ihn niemand beobachtete. Dann holte er eine Zange aus dem Wagen, spielte ein bißchen damit herum und ließ sie fallen.«

»Dein Mann hat ihn beschattet?«

»Ja.«

»Hat er die Zange gefunden?«

»Noch nicht. Er hatte noch keine Gelegenheit dazu, weil er Borden Finchley weiter beobachten mußte.«

»Und was tat Finchley?«

»Stieg in seinen Wagen und fuhr zurück zum Gericht, um sich den Rest der Verhandlung heute morgen anzuhören.«

Mason schlenderte zu Leutnant Tragg, der sich mit einem Reporter unterhielt. »Kann ich Sie einen Moment sprechen, Leutnant?« fragte er.

»Gewiß«, erwiderte Tragg und ging voran in eine Ecke des Saales.

»Sie waren heute morgen ziemlich schnell bei der Hand mit Ihrer Aussage, es sei dasselbe Rohrstück«, sagte Mason.

»Aber hören Sie, Perry, welchen Sinn hat es, in einer Sache wie dieser dermaßen theoretisch zu werden. Wir wissen beide, es ist dasselbe Rohr. Natürlich habe ich nicht die ganze Nacht danebengesessen und es bewacht. Und ich habe auch nicht meine Initialen draufgesetzt, aber ich kann es identifizieren, und das habe ich getan.«

»Sie haben sich geirrt«, entgegnete Mason.

Traggs Augen wurden schmal. »Was meinen Sie damit?«

»Ich habe das Rohrstück abmontiert und zu diesem Zweck die Zange mit Wildleder umwickelt. Ich ersetzte es durch das Stück, das Sie herausnahmen und das nur künstliche Werkzeugspuren aufweist. Sie wurden sorgfältig mit einer Rohrzange eingedrückt, an der eine Klaue vorher vorsätzlich beschädigt worden war.«

Tragg schoß das Blut ins Gesicht. »Ist Ihnen klar, was Sie damit sagen?« fragte er.

»Ich denke doch.«

»Sie haben in einem Mordfall Beweise vernichtet.«

»O nein, das habe ich nicht«, protestierte Mason. »Hier, sehen

Sie, da habe ich das echte Stück Rohr, das ich herausnahm. Wenn Sie glauben, es hat irgendeinen Beweiswert – bitte behalten Sie es. Ich habe es nur vorsorglich in Gewahrsam genommen.«

Leutnant Tragg bekam böse Augen.

»Der Zweck meiner Maßnahme war folgender: Wer auch das Gasrohr gelockert hatte – er sollte erfahren, daß seine Rohrzange eine besondere Art von Spuren auf dem Rohr hinterließ. Zu Ihrer Information teile ich Ihnen mit, daß Borden Finchley heute morgen in der Verhandlungspause mit seinem Wagen zu einem freien Platz fuhr, eine Rohrzange in das Unkraut warf und dann zum Gericht zurückkehrte. Wenn ich nun Borden Finchley als Zeugen laden lasse und ihn hiermit überfalle, kann ich ihm ein paar belastende Zugeständnisse ablocken. Dann aber wäre die Mordkommission ganz schön blamiert. Falls Sie ihn aber während der Mittagspause bearbeiten und ihn nicht merken lassen, daß irgendwas bei den Spuren auf diesem Rohr nicht astrein ist – dann könnten Sie möglicherweise bis zwei Uhr heute nachmittag ein Geständnis haben. Sie sind doch recht geschickt in diesen Dingen. In dem Fall brauchte kein Mensch jemals von der Auswechslung des Gasrohres zu erfahren. Die Polizei könnte das Verdienst für sich in Anspruch nehmen, den Fall gelöst zu haben, Hamilton Burger das Verfahren gegen die Beschuldigte einstellen. Wir hätten eine glücklich wiedervereinte Familie und ...«

»Wo ist dieser freie Platz? Wohin hat er die Zange geworfen?« fragte Tragg aufgeregt.

Mason winkte Paul Drake und sagte: »Paul, sag deinem Mann, der Borden Finchley beschattet, er soll mit Leutnant Tragg zusammenarbeiten.«

Dann drehte er sich nach Daphne um und lächelte ihr zu. »Wir sehen uns nach dem Essen, Daphne.«

Mit verweinten Augen, die Arme fest um Horace Shelby geschlungen, sah sie zu ihm auf.

Mason ging auf Della Street zu. »Das ist der beste Zeitpunkt für unsern Abgang«, sagte er.

20

Als das Gericht um zwei Uhr wieder zusammentrat, stand Hamilton Burger auf und sagte: »Ich bitte das Gericht, eine wichtige Erklärung der Staatsanwaltschaft anzuhören.«

»Beginnen Sie«, erwiderte Richter Kyle.

»Dank der glänzenden Arbeit der Polizei – im besonderen der Mordkommission unter Leutnant Tragg«, verkündete Burger, »wurde der Mord aufgeklärt. Die Polizei besitzt ein schriftliches Geständnis von Borden Finchley. Ich darf kurz zusammenfassen: Finchley fand Ralph Exeter bewußtlos auf und hielt die Umstände für günstig, die Gasleitung zu öffnen und Exeter zu vergiften. Er glaubte, der Strafe nicht nur entgehen, sondern sie sogar auf Horace Shelby abwälzen zu können. Seiner etwas verworrenen Vorstellung nach wäre er im Falle von Horace Shelbys Verurteilung zum Tode dessen Alleinerbe geworden. Sein Hauptmotiv war jedoch, dem Druck zu entgehen, den Ralph Exeter auf ihn ausübte; es ging um eine sehr beträchtliche, in mehreren Monaten entstandene Spielschuld. Ich möchte Leutnant Tragg öffentlich Dank aussprechen. Die Anklagebehörde bittet, das Verfahren gegen die Beschuldigte Daphne Shelby einzustellen.«

Hamilton Burger setzte sich.

Richter Kyle zwinkerte Perry Mason zu. »Irgendwelche Einwände seitens der Verteidigung, Mr. Mason?«

Mason lächelte. »Nicht die geringsten, Euer Gnaden.«

»Es wäre nicht fair gegen mich selbst«, schloß Richter Kyle, »wenn ich die Feststellung unterließe, daß diese Lösung dem Gericht große Genugtuung bereitet. Das Verfahren gegen die Beschuldigte wird eingestellt. Sie ist aus der Haft zu entlassen. Die Sitzung ist geschlossen.«

Laute Beifallsrufe ertönten aus den dichtgedrängten Reihen der Zuhörer. Als Richter Kyle die Bank verlassen hatte, wogte die Menge nach vorn, um der vor Freude weinenden Daphne Shelby zu gratulieren und dem strahlenden Horace Shelby die Hand zu schütteln.

Leutnant Tragg schlängelte sich zu Perry Mason durch. »Wenn Sie je in Ihrem Leben irgendwas von dem ausgewechselten Gasrohr verlauten lassen, bringe ich Sie vor Gericht.«

»Aber wieso?« sagte Mason unschuldig. »Das war doch völlig in Ordnung. Ich habe das Beweistück, das Sie übersehen hatten, für die Polizei sichergestellt. Ich trug es bei mir und wollte es Ihnen übergeben. Aber dann holten Sie das perfekt gefälschte Rohrstück heraus, mit dem ich das von mir demontierte Stück ersetzt hatte. Und als Sie unter Eid aussagten, Sie hätten es als dasselbe Rohr erkannt, da wartete ich eben einfach, bis ich Sie privat zu fassen bekam, um Sie aufzuklären. Und Sie werden sich erinnern, daß ich es bei erster Gelegenheit tat.«

»Sie sind ganz schön clever, Mason. Diesmal sind Sie damit durchgekommen, aber setzen Sie Ihr Glück nicht aufs Spiel.«

Mason grinste. »Ich liebe das Risiko, Leutnant. Es macht mir Spaß, mein Glück zu riskieren ... Hat Finchley Ihnen übrigens erzählt, wie er Shelby auf die Spur gekommen ist?«

»Spieler aus Las Vegas haben ihn entdeckt. Es wurde vereinbart, Exeter mit einem großen Coup die Schulden regeln zu lassen. Der Mann aus Las Vegas stellte nur für Exeter fest, wo sich Shelby aufhielt, und wusch sich die Hände in Unschuld. Er wollte keine schlechte Presse für die Spielhöllen in Las Vegas. Finchley brauchte eine Entscheidung. Er und seine Frau waren dabei, Daphnes Sachen auszuräumen. Zwischendurch ging er zum Motel und peilte die Lage. Er fand Exeter schlafend – betäubt. Finchley hatte die Nase voll von Exeter und der Bande aus Las Vegas. Er glaubte, er könnte sich Exeter vom Hals schaffen. Aus dem Werkzeugkasten in seinem Wagen holte er eine Rohrzange, öffnete die Gasleitung, fuhr wieder nach Hause und verlangte von seiner Frau, daß sie ihm ein Alibi gab.«

Mason nickte. »Paßt alles haarscharf.«

Tragg streckte unvermittelt die Hand aus, ergriff Masons Rechte und schüttelte sie demonstrativ.

»Vielen Dank für die Blumen«, sagte er.

Ein Pressefotograf schoß eine Blitzlichtaufnahme von den beiden Männern. Ein Reporter kam dazu und fragte Mason: »Was hat Tragg Ihnen gerade gesagt?«

»Der Leutnant hat mir nur erklärt«, berichtete Mason, »daß die Polizei Daphne Shelby niemals verhaftet hätte, wenn ich ihm gegenüber meine Karten etwas früher auf den Tisch gelegt hätte.«

Tragg strahlte den Anwalt an.

Der Reporter schien verblüfft. »Und warum taten Sie es nicht?« fragte er.

Mason drehte sich zu Horace Shelby um, der einen Scheck ausschrieb. »Sollte ich mich denn um ein gutes Honorar bringen?«

Der Reporter lachte. Mit einem neuen Blitzlicht stürzte der Fotograf herbei und machte einen Schnappschuß von Mason, wie er gerade den Scheck in Empfang nahm.

Ullstein Krimis

»Bestechen durch ihre Vielfalt«
(Westfälische Rundschau)

Andrew York
Ein Streichholz ans Pulverfaß (1862)

Michael Underwood
Ehrlich lebt gefährlich (1863)

James Hadley Chase
Geld stinkt nicht (1864)

Alfred Hitchcocks
Kriminalmagazin Band 91 (1865)

Ed McBain
Große Kanonen für kleine Gangster (1866)

Carter Brown
L wie Leiche (1867)

Nick Carter
Diamanten für Katmandu (1868)

Ellery Queen
Drury Lanes letzter Fall (1869)

Erle Stanley Gardner
Perry Mason und das Mädchen mit der Narbe (1870)

Alfred Hitchcocks
Kriminalmagazin Band 92 (1871)

Ross Thomas
Geheimoperation Gelber Hund (1872)

Robert Charles
Terror gegen New York (1873)

Michael Butterworth
Der letzte Song ist für den Tod (1874)

John Creasey
Unternehmen Känguruh (1875)

James Hadley Chase
Ein Schlummertrunk vom Boß (1876)

Alfred Hitchcocks
Kriminalmagazin Band 93 (1877)

James Pattinson
Tod im Zeichen des Skorpions (1878)

Ruth Rendell
Mord ist ein schweres Erbe (1879)

Nick Carter
Die Drachenlady von Hongkong (1880)

Ellery Queen
Vom Teufel gehetzt (1881)

Carter Brown
Immer eine Frau auf Eis (1882)

Alfred Hitchcocks
Kriminalmagazin Band 94 (1883)

Ted Allbeury
Agenten sind treue Feinde (1884)

Mary Roberts Rinehart
Alptraum um Mitternacht (1885)

Michael Underwood
Schlummertrunk mit LSD (1886)

Andrew York
Eine Falltür für den Henker (1887)

Erle Stanley Gardner
Perry Mason und der letzte Brief (1888)

Alfred Hitchcocks
Kriminalmagazin Band 95 (1889)

ein Ullstein Buch